KUWEI
酷威文化
图书 影视

流光

沈从文
散文选

沈从文 著

四川文艺出版社

图书在版编目（CIP）数据

流光：沈从文散文选 / 沈从文著. —— 成都：四川
文艺出版社, 2023.3（2023.7重印）
ISBN 978-7-5411-6506-1

Ⅰ. ①流… Ⅱ. ①沈… Ⅲ. ①散文集—中国—现代
Ⅳ. ①I266

中国版本图书馆CIP数据核字(2023)第014204号

LIUGUANG SHENCONGWEN SANWEN XUAN

流光：沈从文散文选

沈从文　著

出 品 人	谭清洁
出版统筹	刘运东
特约监制	王兰颖　李瑞玲
责任编辑	任子乐　范菱薇
特约策划	王兰颖
特约编辑	李　莉　陈思宇
营销统筹	高云雪
封面设计	卷帙设计 QQ:2649686699
责任校对	段　敏

出版发行	四川文艺出版社（成都市锦江区三色路238号）
网　　址	www.scwys.com
电　　话	010-85526620

印　　刷	天津旭丰源印刷有限公司			
成品尺寸	145mm×210mm	开　本	32开	
印　　张	8	字　数	206千字	
版　　次	2023年3月第一版	印　次	2023年7月第二次印刷	
书　　号	ISBN 978-7-5411-6506-1			
定　　价	45.00元			

目录
CONTENTS

一封未曾付邮的信

阴郁模样的从文，目送二掌柜出房以后，用两只瘦而小的手撑住了下巴，把两个手拐子搁到桌子上去，"唉！无意义的人生，——可诅咒的人生"，伤心极了，两个陷了进去的眼孔内，热的泪只是朝外滚。

"再无办法，伙食可开不成了！"——二掌柜的话很使他难堪。但他并不以为二掌柜对于他是侮辱与无理，他知道一个开公寓的人，果像他自己这样住上了三个以上的客人，公寓中受的影响，是能够陷于关门的地位的。他只伤心自己的命运。

"我不能奋斗去生，未必连爽爽快快去结果了自己也不能吧？"一个不良的思绪时时抓着他心头。

生的欲望，似乎是一件美丽东西——也许是未来的美丽的梦，在他面前不住的晃来晃去，他已注了意。于是，他又握起笔来写他的信了。他意思是要在这最后一次决定他的命运。

　　A 先生：

　　　　先生，在你看我信以前，我先在这里向你道歉，请原谅我！

　　　　一个人，无平白故，向别一个陌生人写出许多无味的话语，妨碍了别人正当事情；在有个时候，还得给人以心上的不愉快，我知道，这是一桩很不对的行为。不过，我为求生，除了这个似乎已无第二个途径了！所以我不怕别人讨嫌依然写了这信。

　　　　先生对这事，若是懒于去理会，我觉得并不什么要紧！我希望能够像在夏天大雨中见到一个大水泡为第二个雨点破灭了一般不措意。

我很为难。因为我并不读过什么书，不知道要如何来述明我的为人以及对于先生的愿望。

我是一个失业人——不，我并不失业，我简直是无业人！我无家，我是浪人，——我在十三岁以前就成了一个无家可归的人了。过去的六年，我只是这里——那里无目的的流浪。

我坐在这不可收拾的破烂命运之舟上，竟想不出法去做一次一年以上的固定生活。我成了一张小而无根的浮萍，风是如何吹——风的去处，便是我的去处。湖南——四川——我如今竟又到这死沉沉的沙漠北京了。

经验告我是如何不适于徒坐。我便想法去觅相当的工作，我到一些同乡们跟前去陈述我自己的愿望，我到各小工场去询问；我又各处照这个样子写了好多封信去表明我的愿望是如何低而易容。可是，总是失望了。生活她正同弃我而去的女人一样：无论我是如何设法去与她接近，到头终于失败。

一个陌生少年，在这茫茫人海中，更何处去寻同情与爱？我怀疑：这是我方法的不适当。

人类的同情，是轮不到我头上了。但我并不怨人们给我的刻薄。我知道，在这个傲扰争逐世界里，别人并不须对他一人负有什么应当必然的义务。

生活之绳，看着是要把我扼死了！我竟无法去解除。

我希望在先生面前充一个仆欧。我只要生！我不管如何生活方式都满意！我愿意用我手与脑终日劳作来换每日低限度的生活费。我愿……我请先生为我寻一生活法。

我以为："能用笔写他心同情于不幸者的人，不会拒绝这样一个小孩子，"这愚陋可笑的见解，增加了我持笔的勇气。

我住处是……倘若先生回复我这小小愿望时。

…………

愿先生康健！

…………

"伙计！——伙计！"他把信这样写就了，叫伙计付邮。

"什么？——有什么事？"在他喊了六七声以后，才听到一个懒惰的应声。从这声中，可以见到一点不理会的轻蔑与骄态。

他生出一点火气来了。但他知道这时发脾气的结果，于事情并不什么利益——简直是有害的；依然按纳着性子，和和气气的"来呀，有事！"

一个青脸庞——二掌柜兼伙计——气呼呼的钝猪一般立在他面前。他把刚写好的封套放了信进去，"请你，发一下！……本京一分……三个子儿就得了！"

"没得邮花怎么发？……是的，虽然一分也不有！——你不看早上洋火夜里的油，是怎么来的。"

"……"

"一个大不有如何发？——那里借？"

"……"

"谁扯谎？——那无法……并不是。"

"那算了吧。"他实在不能再看二掌柜青色脸给怪样子他看了，打发了他出去。

这时，从窗子外面，送了一个小小冷笑声到他耳朵边来。

他，粗暴的，同疯狂一样：全身战栗，头失了知觉。从桌上取过信来，就势一撕，扯成两半。那两张信纸，轻轻的掉了下地，他并不去注意；只将两个半边信封，叠做一处；又是一撕，向字篓中尽力的掼去。

遥
夜

一

我似乎不能上这高而危的石桥，不知是那一个长辈曾像用嘴巴附着我耳朵这样说过似的：爬得高是跌得重！究竟这句话是什么地方说的？我实不知道。

石桥美丽极了。我不曾看过大理石，但这时我一望便知道除了大理石以外再没有什么石头可以造成这样一座又高大，又庄严，又美丽的桥了！这桥搭在一条深而窄的溪涧上，桥两头都有许多石磴子，不过上去的那一边石磴是平斜好走的，下去的那边却陡峻笔直。我不知不觉就上到桥顶了。我很小心地扶着那用黑色明角质做成的空花栏杆向下望，啊，可不把我吓死了！三十丈，也许还不止。下面溪水大概是涸了，看着有无数用为筑桥剩下的大而笨的白色石块，懒懒散散睡了一溪沟。石罅里，小而活泼的细流在那里跳舞一般的走着唱着。

我又仰了头去望空中，天是蓝的，蓝得怕人！真怪事！为甚这样蓝色天空会跳出许许多多同小电灯一样的五色小星星来？它们满天跑着，我眼睛被它光芒闪花了。

这是什么世界呢？这地方莫非就是通常人人说的天宫一类的处所吧？我想要找一个在此住的人问问，可是尽眼力向各方望去，除了些葱绿参天的树木，柳木根下一些嫩白色水仙花在小剑般淡绿色叶中露出圆脸外，连一个小生物——小到麻雀一类东西也不见！……这或是过于寒冷了吧！不错，这地方是有清冷冷的微风，我在战栗。

但是这风是我很愿意接近的，我心里所有的委屈当第一次感受到风时便给总吹掉了！我这时绝不会想到二十年来许多不快的事情。

我似乎很满足，但并不像往日正当肚中感到空虚时忽然得到一片满蘸果子酱的烤面包那么满足，也不是像在月前一个无钱早上不能到图书馆去取暖时忽然从小背心第三口袋里寻出一枚两角钱币那么快意，我简直并不是身心的快适，因为这是我灵魂遨游于虹的国，而且灵魂也为这调和的伟大世界溶解了！

——我忘了买我重游的预约了，这是如何令人怅惘而伤心的事！

二

当我站在靠墙一株洋槐背后，偷偷的展开了心的网幕接受那银筝般歌声时，我忘了这是梦里。

她是如何的可爱！我虽不曾认识她的面孔便知道了。她是又标致，又温柔，又美丽……的一个女人，人间的美，女性的美，她都一个人占有了。她必是穿着淡紫色的旗袍，她头发必是漆黑有光……我从她那拂过我耳朵的微笑声，攒进我心里的清歌声；可以断定我所猜想的是一点不错。

她的歌是生着一对银白薄纱般翅膀的：不止是能跑到此时同她在一块打住用一块或两三块洋钱买她歌声的那俗恶男子心中去，并且也跑进那个在洋槐背后胆小腼腆的孩子心里去了！……也许还能跑到这时天上小月儿照着的一切人们心里，藉着这清冷有秋意挟上些稻香的微风。

歌声停了。这显然是一种身体上的故障，并非曲的终止。我依然靠着洋槐，用耳与心极力搜索从白花窗幕内漏出的那种继歌声以后而起的窸窣。

"哼……！"这是一种多么悦耳的咳嗽！可怜啊！这明是小喉咙倦于紧张后一种娇惰表示。想着承受这娇惰表示以后那一瞬的那个俗恶厌物，心中真似乎有许多小小花针在攒刺，但我并不即因此而跑开，骄傲心终战不过妒忌心呢。

"再唱个吧！小鸟儿。"像老鸟叫的男子声撞入我耳朵。这声音正是又粗暴又残忍惯于用命令式使对方服从他的金钱的玩客口中说的。我的天！这是对于一个女子而且这样可爱可怜的女子应说的吗？她那银筝般歌声就值不得用一点温柔语气来恳求吗？一块两三块洋钱把她自由尊贵践踏了，该死的东西，可恶的男子！

她似乎又在唱！这时歌声比先前的好像生涩了一点，而且在每个字里，每一句里，以及尾音，都带了哭音；这哭音很易发见。继续的歌声中，杂着那男子满意高兴奏拍的掌声；歌如下：

> 可怜的小鸟儿啊！
> 你不必再歌了吧！
> 你歌咏的梦已不能再会实现了。
>
> 一切都死了！
> 一切都同时间死去了！
> 使你伤心的月姊姊披了大氅，
> 不会为你歌声而甩去了，
> 同你目语的星星已嫁人了，

> 玫瑰花已憔悴了，——为了失恋，
> 水仙花已枯萎了；——为了失恋：
>
> 可怜的鸟儿啊！
> 你不必——请你不必再歌了吧！
> 我心中的温暖，
> 为你歌取尽了！
>
> 可怜的鸟儿啊！
> 为月，为星，为玫瑰，为水仙，为我，为一切，
> 为爱而莫再歌了吧！

我实在无勇气继续的听下去了。我心中刚才随歌声得来一点春风般暖气已被她以后歌声追讨去了！我知道果真再听下去，定要强取我一汪眼泪去答复她的歌意。

我立刻背了那用白花窗幔幕着的窗口走去，渺渺茫茫见不到一丝光明。心中的悲哀，依然挤了两颗热泪到眼睛前来……

——因被角的湿冷使我惊醒。歌声还在心的深处长颤。——

三

即或是没有这些砰砰訇訇的炮声将我脆弱的灵魂摇撼，我依然也不能睡觉啊！想着这时的九二姑娘知是怎样，她也许孤零的一人，正在那阴阴沉沉的囚笼般小房中，黯淡灯光下，抽抽咽咽的将伊伤心眼泪，滴放在我给伊那张丝笺上！她也许正为伊那归依者搂在怀里，而

勉强装出笑容，让那带有酒气的嘴巴，在伊颊上连吻！她也许因伤心极了，哭倦了，而熟睡了！她也会，想念着过去的那一瞥，而怅惘大哭吧？

我不知觉间，又把汗衫袋内伊那两张摺皱了的信纸取出了。我知道这上而有伊银箫般声音，有伊玫瑰般微笑！我用口吻了又用眼泪来浸湿。

伊匆匆忙忙的走去，便向人海中消失了！伊的遗物，怕除了我颊间保留着温馨的吻，与镂在心版上温柔微笑的淡影外，便只是这两张从一册练习簿上扎下来，背着"伊的他"，战战栗栗用铅笔写把我的信了！

伊说：是无期徒刑的人，永无自由之期，永无……在这堂中，谁能救拔她？伊又说虽用力冲过了礼教墙垣，然而如今在自己耕耘的园地里，发生了许多荆棘却不能再想法拔去；伊又说欲读书却彼事势所牵制，在近来，即外出亦非容易；伊又说伊的他是怎样对伊处处施以难堪压迫；伊末了还说不愿意我爱伊，爱伊实反伤伊心，而且处到此种情景下，两者都有不幸。

伊虽知道别人是用诱骗手段把伊成为占有物，但不能得家庭与社会的谅解；伊虽知道自己应负责继续生活下去，但伊毛羽已为伊的他剪去，……伊结果只怨命。

伊如今正为着"命"将倩影又向人海中消失了！

啊！亲爱的可怜的姑娘！你承认是"命"，何必又定要在你临走那头一晚上，将你那又甜又苦的热泪，流放在一个孩子的脸上来呢？你要我不必爱你，那么，你也应不须爱我……我真惭愧，不能用力来援助你；你不会于这时怨我吧？我想，你对你可怜的弟弟，或不至有丝毫憎恨！你知道你可怜的弟弟，是怎样到这喧扰纷争的世界上，不为人齿，孤独畸零的活着！

你走了，把我交付你，请你用爱丝织成网，紧紧包裹着那颗冰冷的，灰色的，不完整的小心也带着跑了！这是你的胜利。但是，我呢？空空洞洞的我，怎么来生下去？……是！我的心如今依然还是在我胸腔里，但你已把它揉碎了，你已把它啮去一角了！

狠心的姑娘！

我还记着在你动身以前给你那信——

……姑娘！将你那珍珠般眼泪尽量地随意流吧！不要吝惜。我愿它为我把所受的冷酷侮辱洗去，我愿它把我溺死。

不错！我曾小孩般倒在你怀里大哭，在那寂寥冷清的公园中。我怎么不这样怅然惘然，当你那小小嘴唇第一次在一个孩子瘦颊上为爱的洗礼时，它抚摸遍了我旧痛新创。

你说他们眼睛是一堵墙，阻隔了我俩；他们眼睛是一双剑，寒光逼住了我俩，——我不能爱你，你不敢爱我！但是，你那丰腴柔嫩的小颊，终于昨天到我宠儿上了！他们，无聊的他们，算得什么东西？

…………

这时，我要在一些刻薄，冷酷，毒恶，无意思的监视下，不措意似的，把窗幔甩去，承受你那近身时温柔的一瞥，已不可得了！我要冒着了刮面寒风，跑到社稷坛左右，寻找那合并映在银白色月光下的两个黑影，已不能够了！即或伤心身世，再不会有人来为我揾拭眼角余泪！再不会有人来偎着脸慰藉我了！……再不会有人来劝我珍重为忧伤而憔悴的身子了！

我向那里去找我那失去了的心的碎片？……的确，除非梦里，除非梦里：但是，梦又是怎么一种不可凭靠的东西！

姑娘！可爱而又可怜的姑娘啊！请你放老实点，依然用你那柔荑，轻轻的轻轻抚着我头上的长发，我要在你那浅浅微涡的颊边吻到醒后；倘若是梦能有凭。

四

在别人如狂如醉的欢喜热闹中我伴着寂寞居然也把这年节挨过了。从昨天到街头无目的闲踱买来的一张晚报上，我才知道如今已是初五。时光老人好匆忙的脚步！

为着无聊，同六与十弟在厂甸潮水般的人众中挤了一身臭汗。在我前后的无量数男男女女！有身上红红绿绿如花似玉为施爱而来的青年女人，有脑满肠肥举动迟钝的绅士，有服饰华丽为求女人青盼的儇薄少年，有……他们她们都高兴到一百二十分似的：肩挨肩，背靠背，在那里慢慢移动。平日无人行走的公园这时正像一个大盆，满着上一盆泥鳅。也许她们他们在此盆中同时发见了一种或多种极有意思的玩意儿，足以开心，而我不会领略，所以反觉更加感到孤独无聊！

不久，我们又为着人的潮流一同冲出外面来了！

六与十都说是时间还没有到吃晚饭左右，最好是跑到十四的家中去拜年。他们说的大致是不会错的。把拜年除开，第一是六可以看看几天不见了的伊，而十弟也可以就便为八妹拜年。但他们口上的理由却单提为十四夫妇拜年。

"充配角也充厌了！我何苦又定要去到那充满着幸福——富贵与爱美——的家中看别人演喜剧呢？即或我这麻木的感官，稍稍刺激是不什么要紧，然从别人脸上勉强表示出来的欢迎神气，也就够要人消受啊！……"

不过到后来，我这"顽固"的意思，终敌不过口上的牵扯；——也是我自己在克制我顽固，我即刻又跳上洋车，向二十四胡同进发了。

拜年究竟也还合算，只要一进屋，口上提出嗓子喊一声，进门时向着老主人略略把腰一屈，就完事了。拜年的所得，不是小时候在故乡中像周家娘似的送一串用红绒绳穿就的白制钱；却只是一盘五颜六色的糖果。这糖不知叫什么名儿，吃时但觉软软的滑滑的，大概是很值钱，也许还是什么西洋的东西！这也算是我的幸福。

在一间铺陈耀眼的客室中，着上了一个乡下气未脱寒伧气十足的我，真是不大什么适宜！我处处觉得感到迫束。但软松褐色靠椅上坐着实在比公寓中冷板凳好过一点，而且主人还未回，六与十也很直率的替主人留客——失了自主力的我，也只好不说走了。

……女人，那么一对一对：十四与九，六与十一，十与八。……一个做太太的主妇，一个做不问家事单享点快乐的老爷。老爷到外面找钱，两太太便到家中用。太太二十五六，老爷四十二三……年龄虽似乎远了一点，但有钱可以把两方不匀称的调和，大不致妨事……太太娇憨若不解事，处处还露出孩子气，虽然已有了几个小小爱的结晶，但这并不影响到太太方面。太太依然是年青，美丽，……老爷公余回家，宴会以外，便享受太太的狂爱……即或是太太嗔怒多于喜乐，但这初不妨于幸福丝微……自然！有时还非这个不见的有趣。——

"六呢，经济上是拙笨了一点。然而她们资质很恰当，而性格趣味亦不见多少龃龉，在十一的神情举止间看来，还不是个二十四岁以上的姑娘……虽说是……但总还剩下一大段青春足供她俩浪费。——

"十与八呢，他们正都是在创造爱的时候，前途正有许多许多满开着白花，莺唱着情歌。……可爱的春天可走。——

"我呢，我就是我。……一个人单单做梦，做一切的梦。……我是专做梦的人，这也好。……"

"特意来拜年的！"

我昏昏迷迷靠在客室那张褐色椅上睁起眼睛做梦，给六一声把我吵醒了。进房来的是一个阔绰而和气的胖子，这不要说可以知道是主人了，我连忙站起来把我为到别人面前而做出的笑脸，加上一倍高兴神气。照面一下，又得六与十为介绍了一句：

"这是三弟！"

头一次困难总算解除了。谈了两分钟"天气的好丑"，最后便是吃点心。

我总会是因为久久不向一个陌生人做笑脸了，从对坐那个小镜子中，我发见我自己困难的神色。在这样新年到人家屋里不是能做这样阴惨惨样子给主人看的。从这中，别人会引起比厌恶还更甚的误会。我只好尽他们谈话，把头慢慢移到壁间那几张油画上面去。

十一来了，她是依然像小孩子般可爱。大凡女人们既没有什么很不如意的事情——譬如死丈夫，丈夫讨小，或丈夫不在家专到外面鬼混，或两方面相差处太多，或家长不好，……自然是很不容易老的，何况又有许多许多洋货铺为向外国几万里路运贩新奇化妆品呢。伊虽已为六做了七八年主妇，年龄也快到卅数目相近了，但任谁看来，都会承认伊是又风韵，又活泼，窈窕，温柔，娇美，——在间或有个时候，还会当着旁人，在六面前撒一点娇痴的一个妇人。

伊把六手上夹着年糕的筷子用极敏捷手法抢了过去，六但笑了一笑。有幸福的六！

"伊不是有意在那里骄傲人吗！？"

即或不是故意给我难堪，然这样我如何能看？我又悔恨我先前为甚不顽固到底了！

女主人十四同她八妹不久都来了，在伊等背后又同来了一位相貌不大引人注意——说刻薄点是有点笨傻；——然而命好，衣衫漂亮时髦的少年，这自然是很有意思的一回事！十四夫妇一对，六与十一又是一对，十与八也可以算成一对：他们她们虽不能像公园中那么手挽着手儿谈话，脸偎着脸儿亲热，然他们各人心是融合的，心是整个的。我们虽是相互的谈着笑着，我无论如何是不会跑进她们心上去占据着一小角位置！终于我又要起身跑了。在我身子为他们制住，口中在设辞解释我要去的意思时，眼泪正朝里面心上流。

…………

虽然在眩目的电灯下，大餐桌上，吃了一餐极精美丰富的晚饭，但心灵上的痛苦，却找不出什么相当的代价来赔偿了！

五

那陌生的不知名的年青的姑娘啊！一个孩子，一个懦弱的，渺小的，不为人所注意的平凡孩子，在这世界沉眠但有微细鼾呼的寂寞深夜，凭了凄清的流注到窗上床上的水银般漾动的月光，用眼泪为酒浆，贡献给神面前，祝你永生；

——祝你美丽的面目，不为一切悲哀之魔所啮伤；祝你纯洁的灵魂，永不浸入丑笨的世界缩影，祝你同玫瑰般：常开笑靥于芳春时节；祝你同春风般：到处使一切欢愉苏生，使世界光明璀璨；祝你沉酣的梦境里，能寻出神所吝惜与你的一切要求……萧箫的秋夜雨声中，你还能在你所爱的少年怀里安睡。

啊啊！姑娘！生命中的一刹那，这不过流星在长空无极间一瞥，这不过电花在漆黑深夜里一闪；但是，我便已成了你灵魂的俘虏了！我忘了社会告给我们的无意思的理性梏链，把我这无寄顿的爱，很自然的放到你苍穹般——纯洁伟大崇高的灵魂上面了！假使你知道到耶路撒冷的参朝圣地的人们是怎样一种志诚，在慈母摇篮里的小孩的微笑是怎样一种真率；你当知我是怎样的敬你。

日来的风也太猖狂了，我为了扫除我星期日的寂寞，不得不跑到东城一友人校中去消蚀这一段生命。诅咒着风的无聊，也许人人都一样。但是，当我同你在车上并排的坐着时，我却对这风私下致过许多谢忱了。风若知同情于不幸的人们，稍稍的——只要稍稍的因顾忌到一切的摧残而休息一阵，我又那能有这样幸福？你那女王般骄傲，使我内心生出难堪的自惭，与毫不相恕的自谴。我自觉到一身渺小正如一只猫儿，初置身于一陌生锦绣辉煌的室中，几欲惶惧大号。……这呆子！这怪物，这可厌的东西！……当我惯于自伤的眼泪刚要跑出眶外时，我以为同坐另外几个人，正这样不客气的把那冷酷的视线投到我身上，露出卑鄙的神气。

到这世上，我把被爱的一切外缘，早已挫折消失殆尽了！我那能再振勇气多看你一眼？

你大概也见到东单时颓然下车的我，但这对你值不得在印象中久占，至多在当时感到一种座位宽松后的舒适罢了！你又那能知道车座上的一忽儿，一个同座不能给人以愉快的平常而且褴褛的少年，心中会有许多不相干的眼泪待流？

　　我不是什么诗人，不能用悦耳的清歌唱出灵魂中的蕴藏，我的（真美善）创作品，怕不过从灰败的凹陷的两个眼眶中泻出的一汪清泪罢了！明月在我被上伏着，除她还有谁能知道？

　　明月也跑去了！

流光

上前天，从鱼处见到三表兄由湘寄来的信，说是第二个儿子，已有了四个月，会从他妈手上做出那天真神秘可爱的笑样子了，我惘然想起了过去的事。

那是三年前的秋末。我正因为了一个女人的怀恋而得到轻蔑的报复，决心到北国来变更我不可堪的生活，由芷江到了常德。三表兄正从一处学校辞了事务不久，住在常城一个旅馆中。他留着我说待明春同行，本来失了家的我，无目的的流浪，还有什么不可？自然就答应他了！我们同在一个旅馆，又同在一间房；并且还同在一铺床上睡觉。

无钱也正同如今一样。不过衣衫比这时似乎阔绰一点了，我还记着我身上穿的那件蓝绸棉袍，初几次因无罩衫，竟不大好意思到街上去。脚下那英国式尖头皮鞋，也还是新从上海买的。小孩子的天真，也要多一点，我们还时常斗嘴哭脸呢。

也许是还有别种原故吧，那时快乐心情，比如今便要高兴到多了。在并不很小的一个常城，大街小巷，几乎被我俩走尽。尤其感生兴味而不觉厌倦的，便是熊伯妈家中与F女校了。熊家大概是在高山巷一带，这时可稍稍模糊了。她家有极好吃的腌莴苣，四季豆，醋辣子，大蒜；每次于我们到时，都会满盘满碗从大覆水坛内取出给我们尝；F女校却是去看望三表嫂——那时的密司易而常常走动。

我们同密司易是同行。但在我未到常以前却没有认识过。我们是怎么就认识，这时却想不起了！大概是死去不久的漪舅母为介绍过一次。……唔！是了！漪舅妈在未上轮过汉口以前，原是住到伊校中！而我们同三表兄到伊校中去会过伊。当第一次见伊时，谁曾想到这就是半年后的三表嫂呢！这在他两人本身上，也许已发见了一种特别足以注意的处所！我们在归途路上时，似乎就说到伊身上去。

伊那时是在 F 女校充级任教员。

我们是这样一天一天的熟下去了。在两个月以后，我们差不多是每天要到伊处一次。其实我们旅馆去 F 校，已有到三里远近距离。间或因到有一点别的事情——如有客，或下雨，但那都很少，——不能于下午到 F 校同上课那样按时看望伊时，伊每每会适如其来的从校役手中送来一封信。信中大致是有事相商，或请代办一点……事情当然是真。不过，事情总不是那么很急应得即时办就的，就是再延缓到一天两天——到一礼拜也还不至于误事！不待说，她们是在那里创造永远的爱了。

不知为甚，我那时竟会这样愚笨，单把兴味放在一架小小风琴上面去了，全没有发见自己已成了别人配角。

三表哥是一个富于美术思想的人。他会用彩色绫缎或通草粘出各样乱真的花卉，又会绘画，又会弄有键乐器；性格呢，是一个又细腻，又懦怯，极富于女性的，搀合粘液神经二质而成的人。虽说是几年来长到外面跑，做一点清苦教员事业，把先时在凤凰充我小学校教师时那种活泼优美的容貌用衰颓沉郁颜色代了去一半，然清癯的丰姿，温和的性格，在一般女性看来，依然还是很能使人愉快满意的丈夫啊！

在当时的谈话中，我还记着有许多次数不知其所以便到了恋爱线上去。其实这也不过很自然的一会事！然而这时想来，便又不能不令人疑到两方的机锋上都隐着一个小小针。我们谈到婚姻问题时，伊每每这样说：

　　"运用由书本上得来一点理智，——虽然浅薄，——便可以吸引异性虚荣心，企慕心，为永远或零碎的卖身，成了现代婚姻的，其实同用金钱成交的又相差几许？……我以为感情的结合，两方各在赠与；不在获得。……"

　　她结论必是"我不爱，……其实独身还好"。这话用我的经验归纳起来，其意正是：

　　——我没有满意我过去所见的男性，故不愿结婚。

　　一个有资格为人做主妇，为小孩子做母亲，却寻不到适意对手的女人，大凡都是这么说法。这正是一点她们应有的牢骚。伊当然也不是什么例外。

　　凡是两方都在那里用高热力创造爱时，是谁也会承认这是非常容易达到"中和"途径的！于是，不久，他们便都以为可以合作生活下去，好过这未来的春天了。虽然他俩总也会在稍稍沉静时，偷偷的察觉到对方不足与缺憾，不过那时的热情狂潮，却已自动的流过去弥缝了。所以他们就昂然毅然……自然别人没法阻间也不须阻间。

　　这消息传出后，就有许多同伊同学过的姐姐妹妹，不断的写了些在她以为是尽忠告的信来劝伊应当再思三思：这不过是一些不懂人情不明事理的蠢话罢了！那能听的许多？

　　在他们还没有合居以前，我为着不可抵抗的命运之流又冲到别处去了，虽然也曾得到他们结婚照片，也曾得过他夫妇几次平常的通讯。

　　不久，又听到三表兄已为一个孩子做父亲了；不久，又听到小孩子满七七时得惊风症殇掉了！……在第一次我叫三表嫂，三表兄觑着我做出会心的微笑，而伊却很高兴的亲自跑进厨房为我蒸清汤鲫鱼时，那时她们仍在常住着；我到她寓中候轮。——这又是去年夏天的事了！

在这三四年当中，她生命上自必有许多值得追怀，值得流泪，值得歌咏的经过；可是，我，还依然是我！几年前所眷念的女人，早安分的为别人做二夫人养小孩子了！到最近来便连梦也难于梦见。人呢，一天一天的老去了！长年还丧魂失魄似的东荡西荡，也许生活的结束才是归宿。……

街

有个小小的城镇，有一条寂寞的长街。

那里住下许多人家，却没有一个成年的男子。因为那里出了一个土匪，所有男子便都被人带到一个很远很远的地方去，永远不再回来了。他们是五个十个用绳子编成一连，背后一个人用白木梃子敲打他们的腿，赶到别处去作军队上的搬运军火的伕子的。他们为了"国家"，应当忘了"妻子"。

大清早，各个人家从梦里醒转来了，各个人家开了门，各个人家的门里，皆飞出一群鸡，跑出一些小猪，随后男女小孩子出来站到门限上洒尿，或蹲到门前洒尿，随后便是一个妇人，提了小小的木桶，到街市尽头去提水。有狗的人家，狗皆跟到主人身前身后摇着尾巴，也时时刻刻照规矩在人家墙基上翘起一只腿洒尿，又赶忙追到主人前面去。这长街早上并不寂寞。

当白日照到这长街时，这一条街静静的像在作午睡，什么地方柳树桐树上有新蝉单纯而又倦人的声音，许多小小的屋子里，湿而发霉的土地上，头发干枯脸儿瘦弱的孩子们，皆蹲到土地上或伏在母亲身边睡着了。作母亲的全按照一个地方的风气，当街坐下，织男子们束腰用的板带过日子。用小小的木制手机，固定在屋角一柱上，伸出憔悴的手来，敏捷的把手中兽骨线板压着手机的一端，退着粗粗的棉线，一面用一个棕叶刷子为孩子们拂着蚊蚋。带子成了，便用剪子修理那些边沿，等候每五天来一次的行贩，照行贩所定的价钱，把已成的带子收去。

　　许多人家门对着门，白日里，日头的影子正正的照到街心不动时，街上半天还无一个人过身。每一个低低屋檐下人家里的妇人，各低下头来赶着自己的工作，做倦了，抬起头儿来，用疲倦的忧愁的眼睛，张望到对街一个铺子，或见到一条悬挂到檐下的带样，换了新的一条，便仿佛奇异的神气，轻轻的叹着气，用兽骨板击打自己的下颔，因为她一定想起一些事情，记忆到由另一个大城里来的收货人的买卖了。她一定还得想到另外一些事情。

　　有时这些妇人各把工作停顿下来，遥遥的谈着一切，最小的孩子已饿哭了，就拉开前幅的衣襟，抓出枯瘪的乳头，塞到那些小小口里去。她们谈着手边的工作，谈着带子价钱同棉纱价钱，谈到麦子和盐，谈到鸡的发瘟、猪的发瘟。

　　街上也常常有穿了朱红绸子大裤过身的女人，脸上抹胭脂擦粉，小小的髻子，光光的头发，都说明这是一个新娘子。到这时，小孩子便大声喊着看新娘子，大家完全把工作放下，站到门前望着，望到不见这新娘子的背影时始重重的换了一次呼吸，回到自己工作凳上去。

　　街上有时有一只狗追一只鸡，便可见到一个妇人持了长长的竹子打狗的事情，使所有小孩子们皆觉得好笑。长街在日里也仍然不寂寞。

　　街上有时什么人来信了。许多妇人皆争到跑出去，看看是什么人从什么地方寄来的。她们将听那识字的人，念及信内说到的一切，小孩子同狗，也常常凑着热闹，追随到那个人家里去，那个人家便不同了。但信中有时却说到一个人死了的这类事，于是主人便哭了。于是一切不相干的人，围聚在门前，过一会，又即刻走散了。这妇人，伏在堂屋里哭泣，另外一些妇人便代为照料到孩子，买豆腐，买酒，买纸钱，于是不久大家都知道那家男子已死掉了。

　　街上到黄昏时节，常常有妇人手中拿了小小簸箩，放了一些米，一个蛋，低低的喊出一个人的名字，慢慢的从街的一端走到另一端去。这为小孩子夜哭发热，使他在家中安静的一种方法，这方法，同时也就娱乐到一切坐到门边的小孩子。长街上这时节也不寂寞的。

黄昏里，街上各处飞着小小的蝙蝠，望到天上的云，同归巢还家的老鸹，背了小孩子到门前站定的女人们，一面摇动背上的孩子，一面总轻轻的唱着忧郁凄凉的歌，娱悦到心上的寂寞。

"爸爸晚上回来了，回来了，因为老鸹一到晚上也回来了！"

远处山上全紫了，土城擂鼓起更了，低低的屋里，有小小油灯的光，为画出屋中一切轮廓，听到筷子的声音，听到碗盏相磕的声音……但忽然间小孩子又哇的哭了。

爸爸没有回来，有些爸爸早已不存在到这世界上了，但并没有信来。有些在临死时还忘不了家中的一切，便托了便人带了信回来，得到这个信息哭了一整夜的妇人，到晚上，便把纸钱放在门前焚烧，红红的火光照到街上下人家的屋檐，照到各个人家的大门。见到这火光的孩子们，也照例十分欢喜。长街这时节也并不寂寞的。

阴雨天的夜里，天上漆黑，街头无一个街灯，狼在土城外山嘴上嗥着，用鼻子贴近地面，如一个人的哭泣。地面仿佛浮动在这奇怪声音里。什么人家的孩子，在梦里醒来，吓哭了，母亲便说"莫哭，狼来了，谁哭谁就尽狼吃掉。"

卧在土城上高处木棚里一个老而残废的人，打着梆子。这里的人不须明白一个夜里有多少更次，且不必明白半夜里醒来是什么时候。那梆子声音，只是告给长街上人家，狼已爬进土城到了长街，要他们小心一点门户。

一到阴雨的夜里，这长街更不寂寞，因为狼的争斗，使全街热闹了许多。冬天若半夜里落了雪，则早早的起身的人，开了门，便可看到狼的脚迹，同糍粑一样印在雪里。

三年前的
十一月二十二日

六点钟时天已大亮，由青岛过济南的火车，带了一身湿雾骨碌骨碌跑去。从开车起始到这时节已整八点钟，我皆光着两只眼睛。三等车车厢中的一切全被我看到了，多少脸上刻着关外风雪记号的农民！我只不曾见到我自己，却知道我自己脸色一定十分难看。我默默地注意一切乘客，想估计是不是有一个学生模样的年轻人，认识徐志摩，知道徐志摩。我想把一个新闻告给他，徐志摩死了，就是那个给青年人以蓬蓬勃勃生气的徐志摩死了。我要找寻这样一个人说说话，一个没有，一个没有。

我想起他《火车擒着轨》那一首诗。

> 火车擒着轨，在黑夜里奔：
> 过山，过水，过陈死人的坟；
> 过桥，听钢骨牛喘似的叫，
> 过荒野，过门户破烂的庙；
> ⋯⋯⋯⋯⋯⋯
> 睁大了眼，什么事都看分明，
> 但自己又何尝能支使命运？

这里那里还正有无数火车的长列在寒风里奔驰，写诗的人已在云雾里全身带着火焰离开了这个人间，想到这件事情时，我望着车厢中的小孩、妇人、大兵，以及吊着长长的脖子打盹、作成缢毙姿势的人物。从衣着上看，这是个佃农管事。

当我动手把车窗推上时，一阵寒风冲醒了身旁一个瘦瘦瘦的汉子，睡眼迷矇的向窗口一望，就说"到济南还得两点钟"。说完时看了我一眼，好像知道我为什么推开这窗子吵醒了他，接着把窗口拉下，即刻又吊着颈脖睡去了。去济南的确还得两点钟！我不好意思再惊醒他了，就把那个为车中空气凝结了薄冰的车窗，抹了一阵，现出一小片透明处。望到济南附近的田地，远近皆流动着一层乳白色薄雾。黑色或茶色土壤上，各装点了细小深绿的麦秧。一切是那么不可形容的温柔，不可形容的美！我心想：为什么我会坐在这车上？为什么一个人忽然会死？我心中涌起了一种古怪的感情，我不相信这个人会死。我计算了一下，这一年还剩余两个月，十个月内我死了四个最熟的朋友。生死虽说是大事，同时也就可以说是平常事。死了，倒下了，瘪了，烂了，便完事了。倘若这些人死去值得纪念，纪念的方法应当不是眼泪，不是仪式，不是言语。采真是在武昌被人牵至欢迎劳苦功高的什么伟人彩牌楼下斩首的，振先是在那个永远使读书人神往倾心的"桃源洞"前被捷克制自动步枪打死的，也频是给人乱枪排了，与二十七个同伴一起躺到臭水沟里的，如今却轮到一个"想飞"的人，给在云雾里烧毁了。一切痛苦的记忆综合到我的心上，起了中和作用。我总觉得他们并不当真死去。多力的，强健的，有生气的，守住一个理想勇猛精进的，全给早早的死去了。却留下多少早就应当死去了的阉鸡、懦夫，与狡猾狐鬼，愚人妄人，在白日下吃、喝、听戏、说谎、开会、著书、批评攻击与打闹！想起生者，方使人悲哀！

落雨了，我把鼻子贴住玻璃。想起《车眺》那首诗。

八点左右火车已进了站，下了火车，坐上一辆洋车，尽那个看来十分忠厚的车夫，慢慢的拉我到齐鲁大学。在齐鲁大学见到了朱经农，一问才知道北平也来了三个人，南京也来了两个人。算算时间，北来车已差不多要到了。我就又匆匆忙忙坐了车赶到津浦车站去，同他们会面，在候车室里见着了梁思成、张慰慈同张奚若。再一同过中国银行，去找寻一个陈先生，这个陈先生便是照料志摩死后各事，前一天搁下了业务，带了人佚冒雨跑到飞机出事地点去，把志摩从飞机残烬中取出，加以洗涤、装殓，且伴同志摩遗体回到济南的。这个人在志摩生前还不与志摩认识。

见到了陈先生，且同时见到了从南京来的郭有守。我们正想弄明白出事地点在某处，预备同时前去看看。问飞机出事地点离济南多远，应坐什么车，方知道死者遗体昨天便已运到了济南，停在一个小庙里了。

那位陈先生报告了一切处置经过后，且说明他把志摩搬回济南的原因。

"我知道你们会来，我知道在飞机里那个样子太惨，所以我就眼看着他们佚子把烧焦的衣服脱去，把血污洗尽，把破碎的整理归一，包扎停当，装入棺里，设法运回济南来了……！"

他话说的似乎比记下的还多了一些，说到山头的形势，去铁路的远近，山下铁路南有一个什么小村落。以及从村落中居民询问飞机出事时情形所得的种种。

那几天正值湿雾季，每天照例皆是雾。山峦、河流、人家，一概皆包裹在一种浓厚湿雾里。飞机去济南只差三十里，几分钟就应当落地。机师王姓本来是个济南人，对于济南地方原极熟习。飞机既已平安超越了泰山高岭，估计时间应当已快到济南，或者为寻觅路途，或者为寻觅机场，把飞机降低，于是訇的撞了山崖发了火。着了火后的飞机，翻滚到山脚下，等待这种火光引起村子里人注意，赶过来看火时，飞机各部分皆着了火，已燃烧成为一团火了。躺在火中的人呢，早完事了。两个飞机师皆已成为一段焦炭，志摩坐位在后面一点，除了衣服着火皮肤有一部分灼伤外，其他地方并不着火。那天夜里落了小雨，因此又被雨淋了一夜。这件事直到第二天方为去失事地方较近的火车站站长知道，赶忙报告济南，济南派人来查验证明后，再分别拍电报告北平南京。济南方面陈先生过出事地点时，是二十的中午。棺枢运过济南时，是二十一的下午。当二十二我们到济南时，去出事时已经三天了。

我们一同过志摩停枢处去时，九点半钟，天正落小雨，地下泥滑滑的，那地方是个小庙，庙名似乎叫福缘庵。一进去小小院子里，满是济南人日常应用的陶器。这里是一堆钵头，那里有一堆瓦罐，正中有一堆大瓮同一堆粗碗，两廊又是一列一列长颈脖贮酒用的罂瓶。庙内房屋只一进三间，神座上与泥地上也无处不是陶器。原来这地方就是个售卖陶器的堆店。在庙中偏右神座下，停了一具棺材，两个缩头缩颈的本地人，正在那里烧香。

两个工人把棺盖挪开，各人皆看到那个破产的遗体了，互相低下头来无话可说。我们有什么可说？棺木里静静的躺着的志摩，戴了一顶红顶球绸纱小帽，露出一个掩盖不尽的额角，额角上一个大洞，这显然是他的致命伤。眼睛是微张的，他不愿意死！鼻子略略发肿。想来是火灼灸的。门牙已脱尽，与额角上那个大洞，皆为向前一撞的结果。这就是永远见得生气泼剌，永远不知道有敌人的志摩。这就是他？他是那么安静的一个人，躺到这个小而且破的古庙里，让一堆坛坛罐罐来包围，便是另外一时生龙活虎一般的志摩吗？他知道他在最后一刻，扮了一角什么样稀奇角色！不嫌脏，不怕静，躺到这个地方受济南市土制香烟缭绕的门外是一条热闹街市，恰如他诗句中的"有市谣围抱"，真是一件想象不及的事情。他是个不讨厌世界的人，他欢喜这世界上一切光与色。他欢喜各种热闹，现在却离开了这个热闹世界，向另一个寒冷沉默的虚无里去了。

各人皆在一分凄凉沉默里温习死者生前的声音与光彩，想说话皆说不出口。仿佛知道这件事得用他来出场了，于是一面把棺木盖挪拢一点，一面自言自语的说，"死了，完了，你瞧他多安静。你难受，他不难受。"接着且告给我们飞机堕地的形式，与死者躺在机中的情形。以及手臂断折的部分，腿膝断折的部分，胁下肋条骨断折的部分。原来这人就是随同陈先生过出事地点装殓志摩的，志摩遗蜕的洗涤与整理皆由他一手处置。末了他且把一个小篮子里的一角残余的棉袍，一只泥泞透湿的袜子，送给我们看。据他说照情形算来，当飞机同山头一撞时，志摩大致即已死去，并不是撞伤后在痛苦中烧死的传闻，那是不会有的。

十一点听人说飞机骨架业已运到车站，转过车站去看飞机时，各处皆找不着，问车站中人也说不明白，因此又回头到福缘庵，在棺木前停下来约三个钟头。

一个在铁路局作事的朋友，把起运棺柩的篷车业已交涉停妥，上海来电又说下午五点志摩的儿子同他的亲戚张嘉铸可以赶到济南。上海来人若能及时赶到，棺柩就定于当天晚上十一点上车。

正当我们想过中国银行去找寻陈先生时，上海方面的来人赶到福缘庵。朱经农夫妇也来了。陈先生也来了。烧了些冥楮，各人谈了些关于志摩前几天离上海南京时的种种，天夜下来了。我们各人这时才记起已一整天还不曾吃饭的事情，方邀到一个馆子去吃饭。作东的是济南中国银行行长某先生。吃过了饭，另一方面起柩上车的来报告人伕业已准备完全，我同北平来的梁思成等急忙赶到车站上去等候，八点半钟棺柩上了车。这列车是十一点后方开行的。南行车上，伴了志摩回南的，有南京来的郭有守，上海来的张嘉铸同志摩的儿子。留下在济南，还预备第二天过飞机出事地点看看的，为北平来的几个朋友。我当夜十点钟就上了回青岛的火车。在站上车辆同建筑，一切皆围裹在细雨湿雾里。这一次同志摩见面，真算得是最后一次了。我的悲伤或者比他其余的朋友少一点，就只因为我见到的死亡太多了。我以为志摩智慧方面美丽放光处，死去了是不能再得的，固然十分可惜。但如他那种潇洒与宽容，不拘迂，不俗气，不小气，不势利，以及对于普遍人生万汇百物的热情，人格方面美丽放光处，他既然有许多朋友爱他崇敬他，这些人一定会把那种美丽人格移殖到本人行为上来。这些人理解志摩，哀悼志摩，且能学习志摩，一个志摩死去了，这世界不因此有更多的志摩了？

纪念志摩的唯一的方法，应当是扩大我们个人的人格，对世界多一分宽容，多一分爱。也就因为这点感觉，志摩死去了三年，我没有写过一句伤悼他的话。我希望的是志摩人虽死去了，精神还能活在他的朋友间的。

湘行散记

一个戴水獭皮帽子的朋友

我由武陵（常德）过桃源时，坐在一辆新式黄色公共汽车上。车从很平坦的大堤公路上奔驶而去，我身边还坐定了一个懂人情有趣味的老朋友，这老友正特意从武陵县伴我过桃源县。他也可以说是一个"渔人"，因为他的头上，戴的是一顶价值四十八元的水獭皮帽子，这顶帽子经过沿路地方时，却很能引起一些年青娘儿们注意的。这老友是武陵地方某大旅馆的主人。常德、河洑、周溪、桃源，沿河近百里路以内"吃四方饭"的标致娘儿们，他无一不特别熟习；许多娘儿们也就特别熟习他那顶水獭皮帽子。但照他自己说，使他迷路的那点年龄业已过去了，如今一切已满不在乎，白脸长眉毛的女孩子再不使他心跳，水獭皮帽子，也并不需要娘儿们眼睛放光了。他今年还只三十五岁。十年前，在这一带地方凡有他撒野机会时，他从不放过那点机会。现在既已规规矩矩作了一个大旅馆的大老板，童心业已失去，就再也不胡闹了。当他二十五岁左右时，大约就有过一百个女人净白的胸膛被他亲近过。我坐在这样一个朋友的身边，想起国内无数中学生，在国文班上很认真的读陶靖节《桃花源记》情形，真觉得十分好笑。同这样一个朋友坐了汽车到桃源去，似乎太幽默了。

朋友还是个爱玩字画也爱说野话的人。从汽车眺望平堤远处，薄雾里错落有致的平田、房子、树木，皆如敷了一层蓝灰，一切极爽心悦目。汽车在大堤上跑去，又极平稳舒服。朋友口中揉合了雅兴与俗趣，带点儿惊讶嚷道：

"这野杂种的景致，简直是画！"

"自然是画！可是是谁的画？"我说。"大哥，你以为是谁的画？"我意思正想考问一下，看看我那朋友对于中国画一方面的知识。

他笑了。"沈石田这狗肏的，强盗一样好大胆的手笔！"

我自然不能同意这种赞美，因为朋友家中正收藏了一个沈周手卷，姓名真，画笔不佳，出处是极可怀疑的。说句老实话，当前从窗口入目的一切，潇洒秀丽中带点雄浑苍莽气概，还得另外找寻一句恰当的比拟，方能相称啊。我在沉默中的意见，似乎被他看明白了，他就说：

"看，牯子老弟你看，这点山头，这点树，那一片林梢，那一抹轻雾，真只有王麓台那野狗干的画得出！"

这一下可被他"猜"中了。我说：

"这一下可被你说中了。我正以为目前风物极和王麓台卷子相近；你有他的扇面，一定看得出。因为它很巧妙的混合了秀气与沉郁，又典雅，又恬静，又不做作。"

"好，有的是你这文章魁首的形容！……"接着他就使用了一大串野蛮字眼儿，把我喊作小公牛，且把他自己水獭皮帽子向上翻起的封耳，拉下来遮盖了那两只冻得通红的耳朵，于是大笑起来了。仿佛第一次所说的话，本不过是为了引起我对于窗外景致注意而说，如今见我业已注意，他便很快乐的笑了。

他掣着我的肩膊很猛烈的摇了两下，我明白那是他极高兴的表示。我说：

"牯子大哥，你怎么不学画呢？你一动手，就会弄得很高明的！"

"我讲，牯子老弟，别丢我吧。我也是一个仇十洲，但是只会画妇人的肚皮，真像你说，'弄得很高明'的！你难道不知道我是个什么人吗？"

"你是个妙人。绝顶的妙人。"

"绣衣哥，得了，什么庙人寺人，谁来割我的××？我还预备割掉许多男人的××，省得他们装模作样，在妇人面前露脸！我讨厌他们那种样子！"

"你不讨厌的。"

"牯子老弟，有的是你说的。不看你面上，我一定要割他们……"

这个朋友言语行为皆粗中有细，且带点儿妩媚，真可算得是一个妙人！

这个人脸上不疤不麻，身个儿比平常人略长一点，肩膊宽宽的，且有两只体面干净的大手，初初一看，可以知道他是个军队中吃粮子上饭跑四方人物，但也可以说他是一个准绅士。从三岁起就欢喜同人打架，为一点儿小事，不管对面的一个大过了他多少，也一面辱骂一面挥拳打去。但人长大到二十岁后，虽在男子面前还常常挥拳比武，在女人面前，却变得异常温柔起来，样子显得很懂事怕事。到了三十岁，处世便更谦和了。生平书读得虽不多，却善于用书，在一种近于奇迹的情形中，这人无师自通，写信办公事时，笔下都很可观。为人性情又随和又不马虎，一切看人来，在他认为是好朋友的，掏出心子不算回事；可是遇着另外一种老想沾他一点儿便宜的人呢，他就完全不同了。——也就因此在一般人中他的毁誉是平分的；有人称他为豪杰，也有人称他为坏蛋。但不妨事，把两种性格两个人格拼合拢来，这人才真是一个活鲜鲜的人！

十三年前我同他在一只装军服的船上，向沅水上游开去，船当天从常德开头，泊到周溪时，天气已快要夜了。那时空中正落着雪子，天气很冷，船顶船舷都结了冰，他为的是惦念到岸上一个长眉毛白脸庞小女人，便穿了崭新绛色缎子的猞猁里马褂，从那为冰雪冻结了的木筏上爬过去，一不小心便落了水，一面大声嚷牯子老弟，这下我可完了，一面还是笑着挣扎。待到努力从水中挣扎上船时，全身皆已为水弄湿了。但他换了一件新棉军服外套后，却仍然很高兴的从木筏上爬拢岸边，到他心中惦念那个女人身边睡觉去了。三年前，我因送一个朋友的孤雏转回湘西时，就在他家中，看了他的藏画一整天。他告我，有幅文徵明的山水，好得很，被一个妇人攫走，十分可惜。到后一问，才知道原来他把那画卖了三百块钱，为一个小娼妇点蜡烛挂了一次衣。现在我又让那个接客的把行李搬到旅馆中来了。

见面时我喊他：

"牯子大哥，我又来了，不认识了我吧。"

他正站在旅馆天井中分派用人抹玻璃，自己却用手抹着那顶绒头极厚的水獭皮帽子，一见到我就赶过来用两只手同我握手，握得我手指酸痛，大声说道："嗨，嗨，你这个小骚牯子又来了，妙极了，使人正想死你！"

"什么话，近来心里闲得想到北平城老朋友头上来了吗？"

"什么画，壁上挂，——当天赌咒，天知道，我正如何念你！"

这自然是一句真话，粮子上出身的人物，对好朋友说谎，原看成为一种罪恶。他想念我，只因为他花了四十块钱，买得一本倪元璐所写的武侯《出师表》。他既不知道这东西是从岳飞石刻《出师表》临来的，末尾那颗巴掌大的朱红印记，把他更弄糊涂了。照外行人说来，字既然极其"飞舞"，四百也不觉得太贵，他可不明白那个东西应有的价值，花了那么一笔钱，从一个退伍军官处把它弄到手，因此想着我来了。于是我们一面说点十年前的野话，一面就到他的房中欣赏宝物去了。

这朋友年青时，是个绿营中守兵名分的巡防军，派过中营衙门办事，在衙门中栽花养金鱼。后来改作了军营里的庶务，又作过两次军需，又作过一次参谋。时间使一些英雄美人成尘成土，把一些傻瓜坏蛋变得又富又阔；同样的，到这样一个地方，我这个朋友，在一堆倏然而来倏然而逝的日子中，也就做了武陵县一家最清洁安静的旅馆主人，且同时成为爱好古玩字画的风雅人了。他既收买了数量可观的字画，还有好些铜器与磁器收藏的物件泥沙杂下，并不如何希罕，但在那么一个小地方，在他那种情形下，能力却可以说尽够人敬服了。若有什么雅人由北方或由福建广东，想过桃源去看看，从武陵过身时，能泰然坦然把行李搬进他那个旅馆去，到了那个地方，看看过厅上的芦雁屏条，同长案上一切陈设，便会明白宾主之间实有同好，这一来，凡事皆好说了。

还有那向湘西上行过川黔考察方言歌谣的先生们，到武陵时最好就是到这个旅馆来下榻。我还不曾遇见过什么学者，比这个朋友更能明白中国格言谚语的用处。他说话全是活的，即便是诨话野话，也莫不各有出处，言之成章。他那言语比喻丰富处，真像是大河流水永无穷尽。在那旅馆中住下，一面听他詈骂用人，一面使我就想起在北平城圈里编大辞典的诸先生，为一句话一个字的用处，把《水浒》《金瓶梅》《红楼梦》……以及其他小说翻来翻去，剪破了多少书籍！若果他们能够来到这个旅馆里，故意在天井中撒一泡尿，或装作无心的样子把脏东西从窗口抛出去，或索性当着这旅馆老板面前，作点不守规矩缺少理性的行为。好，等着就是。你听听那作老板的骂出几个希奇古怪字眼儿，你会觉得原来这里还搁下了一本活辞典！倘若有个经济社会调查团，想从湘西弄到点材料，这旅馆也是最好下榻的处所，因为辰河沿岸码头的税收、烟价、妓女，以及桐油、朱砂的出处行价，各个码头上管事的头目，他知道的也似乎比别人更清楚。——他懂得多哩，只要想想，人还只在二十五岁左右，就有一百个年青妇人在他面前裸露过胸膛同心子，普通读书人看来，这是一个如何丰富吓人的经验！

　　只因我已十多年不再到这条河上，一切皆极生疏了，他便特别伴送我过桃源。为我租雇小船，照料一切。

　　十二点钟我们从武陵动身，一点半钟左右，汽车就到了桃源县停车站。我们下了车，预备去看船时，几件行李成为极麻烦的问题了。老朋友说，若把行李带去，到码头边叫小划子时，那些吃水上饭的人，会"以逸待劳"，把价钱放在一个高点上，使我们无法对付的。若把行李寄放到另外一个地方，空手去看船，我们便又"以逸待劳"了。我信任了老朋友的主张，照他的意思，一到桃源我们就把行李送到一个卖酒曲的人家去。到了那酒曲铺子，拿烟的是个四十岁左右的胖妇人，他的干亲家。倒茶的是个十五六岁的白脸长身女孩子，腰身小，嘴唇小，眼目清明如两粒水晶球儿，见人只是转个不停。论辈数，说是干女儿呢。坐了一阵，两人方离开那人家洒着手下河边去。在河街上一个旧书铺，一幅无名氏的山水牵引了他的眼睛，二十块钱把画买定了。再到河边去看船，船上人知道我是那个大老板的熟人，价钱倒很容易说妥了。来回去逼船总写保单，取行李，一切安排就绪，时间已快到半夜了。我那小船明天一早方能开头，我就邀他在船上住一夜。他却说酒曲铺子那个十五年前老伴的女儿，正炖着一只鸡等着他去消夜。点了一段废缆子，很快乐的跳上岸匆匆走去了。

　　他上岸从一些吊脚楼柱下转入河街时，我还听到河街上哨兵喊口号，他大声答着"百姓"，表明他的身分。第二天天刚发白，我还没醒，小船就已向上游开动了。大约已经走了三里路，却听得岸上有个人喊叫我的名字，沿岸追来，原来是他从热被里脱出赶来送我的行的。船傍了岸。天落着雪，他站在船头一面抖去肩上雪片，一面质问弄船人，为什么船开得那么早。

　　我说："牯子大哥，你怎么的，天气冷得很，大清早还赶来送我！"

　　他钻进舱里笑着轻轻的向我说："牯子老弟，我们看好了的那幅画，我不想买了。我昨晚上还看过更好的一本册页！"

"什么人画的？"

"当然仇十洲。我怕仇十洲那杂种也画不出。牯子老弟，好得很……"话不说完他就大笑起来。我明白他话中所指了。

"你又迷路了吗？你不是说自己年纪已老了吗？"

"到了桃源还不迷路吗？自己虽老别人可年青！牯子老弟，你好好的上路吧，不要胡思乱想我的事情，回来时仍住到我的旅馆里，让我再照料你上车吧。"

"一路复兴，一路复兴"，那么嚷着，于是他同一匹豹子一样，一纵又上了岸，船就开了。

桃源与沅州

全中国的读书人，大概从唐朝以来，命运中就注定了应读一篇《桃花源记》，因此把桃源当成一个洞天福地，人人皆知道那地方是武陵渔人发现的，有桃花夹岸，芳草鲜美。远客来到，乡下人就杀鸡温酒，表示欢迎。乡下人皆避秦隐居的遗民，不知有汉朝，更无论魏晋了。千余年来，读书人对于桃源的印象，既不怎么改变，所以每当国体衰弱发生变乱时，想做遗民的必多，这文章也就增加了许多人的幻想，增加了许多人的酒量。至于住在那儿的人呢，却无人自以为是遗民或神仙，也从不曾有人遇着遗民或神仙。

桃源洞离桃源县二十五里。从桃源县坐小船沿沅水上行，船到白马渡时，上岸走去，忘路之远近乱走一阵，桃花源就在眼前了，那地方桃花虽不如何动人，竹林却很有意思。如椽如柱的大竹子，随处皆可发现前人用小刀刻画留下的诗歌。新派学生不甘自弃，也多刻下英文字母的题名。竹林里间或潜伏一二剪径壮士，待机会霍地从路旁跃出，仿照《水浒传》上英雄好汉行为，向游客发个利市。桃源县城则与长江中部各小县城差不多，一入城门最触目的是推行印花税与某种公债的布告。城中有棺材铺，官药铺。有茶馆酒馆，有米行脚行，有和尚道士，有经纪媒婆。庙宇祠堂多数为军队驻防，门外必有个武装同志站岗。土栈烟馆皆照章纳税，受当地军警保护。代表本地的出产，边街上有几十家玉器作坊，用珉石染红着绿，琢成酒杯笔架等物，货物品质平平常常，价钱却不轻贱。另外还有个名为"后江"的地方，住下无数公私不分的妓女，很认真经营她们的业务。有些人家在一个菜园平房里，有些却又住在空船上，地方虽脏一点倒富有诗意。这些妇女使用她们的下体，安慰军政各界，且征服了往还沅水流域的烟贩，木商，船主，以及种种过路人，挖空了每个顾客的钱包，维持许多人生活，促进地方的繁荣。一县之长照例是个读书人，从史籍上早知道这是人类一种最古的职业，没有郡县以前就有了它们，取缔既与"风俗"不合，且影响到若干人生存，因此就很正当的向这些人来抽收一种捐税（并采取了个美丽名词叫作花捐），把这笔款项用来补充地方行政，保安，或城乡教育经费。

桃源既是个有名地方，每年自然就有许多"风雅"人，心慕古桃源之名，二三月里携了《陶靖节集》与《诗韵集成》等物，来到桃源县访幽探胜。这些人往桃源洞赋诗前后，必尚有机会过后江走走。由朋友或专家引道，这家那家坐坐，烧匣烟，喝杯茶，看中意某一个女人时，问问行市，花个三元五元，便在那龌龊不堪万人用过的花板床上，压着那可怜妇人胸膛放荡一夜。于是纪游诗上多了几首无题诗，"巫峡神女""汉皋解珮""刘阮天台"等等典故，一律被引用到诗上去。看过了桃源洞，这人平常是很谨慎的，自会觉得应当过医生处走走，于是匆匆的回家了。至于接待过这种外路风雅人的妓女呢，前一夜也许陆续接待过了三个麻阳船水手，后一夜又得陪伴两个贵州省牛皮商人。这些妇人说不定还被一个水手，一个县公署执达吏，一个公安局书记，或一个当地小流氓，长时期包定占有，客来时那人往烟馆过夜，客去时再回到妇人身边来烧烟。

妓女的数目，占城中人口比例数不小。因此仿佛有各种原因，她们的年龄皆比其他都市更无限制。有些人年在五十以上，还不甘自弃，同孙女辈行来参加这种生活斗争，每日轮流接待水手同军营中火夫。也有年纪不过十三四岁，乳臭尚未脱尽，便在那儿服侍客人过夜的。

她们的技艺是烧烧鸦片烟，唱点流行小曲，若来客是粮子上跑四方的人物，还得唱唱军歌党歌，与电影明星的新歌，应酬应酬，增加兴趣。她们的收入有些一次可得洋钱二十三十，有些一整夜又只得三毛五毛。这些人有病本不算一回事，实在病重了，不能作生活挣饭吃，间或就上街走到西药房去打针，六零六三零三扎那么几下，或请走方郎中配副药，朱砂茯苓乱吃一阵，只要支持得下去，总不会坐下来吃白饭。直到病倒了，毫无希望可言了，就叫毛伙用门板抬到那类住在空船中孤身过日子的老妇人身边去，尽她咽最后那一口气，死去时亲人呼天抢地哭一阵，罄所有请和尚安魂念经再托人赊购副四合头棺木，或借"大加一"买副薄薄板片，土里一埋也就完事了。

桃源地方已有公路，直达号称湘西咽喉的武陵（常德），每日皆有八辆十辆新式载客汽车，按照一定时刻在公路上奔驰。距常德约九十里，车票价钱一元零。这公路从常德且直达湖南省会的长沙，汽车路程约四点钟，车票价约六元。公路通车时，有人说这条公路在湘省经济上具有极大意义，对于黔省出口特货运输可方便不少。这人似乎不知道特货过境每次皆三百担五百担，公路上一天不过十几辆汽车来回，若非特货再加以精制，每天能运输特货多少？关于特货的精制，在各省严厉禁烟宣传中，平民谁还有胆量来作这种非法勾当。假若在桃源县某种铺子里，居然有人能够设法购买一点黄色粉末药物，仔细问问也就会弄明白那货物的来源，且明白出产地并不是桃源县城，运输出口时或用轮船直往汉口，却不需藉公路汽车转运长沙。

真可称为桃源名产的，是家鸡同鸡卵，街头巷尾无处不可以发现这种冠赤如火庞大庄严的生物。凡过路人初见这地方鸡卵，必以为是鸭卵或鹅卵。其次，桃源有一种小划子，轻捷，稳当，干净，在沅河中可称首屈一指。一个外省旅行者，若想到湘西的永绥，乾城，凤凰，研究湘边苗族的分布状况，或想从湘西往四川的酉阳，秀山，调查桐油的生产，往贵州的铜仁，调查朱砂水银的生产，往玉屏调查竹科种类，注意造箫制纸的手工业，皆可在桃源县魁星阁下边，雇妥那么只小船，沿沅河溯流而上，直达目的地，到地时取行李上岸落店，毫无何等困难。

一只桃源小划子上照例要个舵手，管理后梢，调动船只左右。张挂风帆，松紧帆索，捕捉河面山谷中的微风。放缆拉船，量度河面宽窄与河流水势，伸缩竹缆。另外还要个拦头人，上滩下滩时看水认容口，出事前提醒舵手躲避石头，恶浪，与洑流，出事后点篙子需要准确，稳重。这种人还要有胆量，有气力，有经验。张帆落帆皆得很敏捷的拉桅下绳索。走风船行如箭时，便蹲坐在船头打呹喝呼啸，嘲笑同行落后的船只。自己船只落后被人嘲骂时，还得回骂；人家唱歌也得用歌声作答。两船相碰说理时，不让别人占便宜。动手打架时，先把篙子抽出拿在手上。船只揹入急流乱石中，不问冬夏，皆得敏捷而勇敢的脱光衣裤，向急流中跳去，在水里尽肩背之力使船只离开险境。掌舵的有事不能尽职，就从船顶爬过船尾去，作个临时舵手。船上若有小水手，还应事事照料小水手，指点小水手。更有一份不可推却的职务，便是在一切过失上，应与掌舵的各据小船一头，相互辱宗骂祖，继续使船前进。小船除此两人以外，尚需要个小水手居于杂务地位，淘米、烧饭、切菜、洗碗，无事不作。行船时应荡桨就帮同荡桨，应点篙就帮同持篙。这种水手大都在学习期间，应处处留心，取得经验同本领。除了学习看水，看风，记石头，使用篙桨以外，也学习挨打挨骂。尽各种古怪希奇字眼儿成天在耳边响着，好好的保留在记忆里，将来长大时再用它来辱骂旁人。上行无风吹，一个人还得负了纤板，曳着一段竹缆，在荒凉河岸小路上拉船前进。小船停泊码头边时，又得规规矩矩守船。关于他们经济情势，舵手多为船家长年雇工，平均算来合八分到一角钱一天。拦头工有长年雇定的，人若年富力强多经验，待遇同掌舵的差不多，若只是短期包来回，上行平均每天可得一毛或一毛五分钱，下行则尽义务吃白饭而已，至于小水手，学习期限看年龄同本事来，学习期间有些人每天可得两分钱作零用，有些人在船上三年五载吃白饭，一个不小心，闪不知被自己手中竹篙弹入乱石激流中，泅水技术又不在行，淹死了，船主方面写得有字据，生死家长不能过问，掌舵的把死者剩余的衣服交给亲长说明白落水情形后，烧几百钱纸，手续便清楚了。

一只桃源小划子，有了这样三个水手，再加上一个需要赶路，有耐心，不嫌孤独，能花个二十三十的乘客，这船便在一条清明透澈的沅水上下游移动起来了。在这条河里在这种小船上作乘客，最先见于记载的一人，应当是那疯疯癫癫的楚逐臣屈原。在他自己的文章里，他就说道："朝发汪渚兮，夕宿辰阳。"若果他那文章还值得称引，我们尚可以就"沅有芷兮澧有兰"与"乘舲上沅"这些话，估想他当年或许就坐了这种小船，溯流而上，到过出产香草香花的沅州。沅州上游不远有个白燕溪，小溪谷里生芷草，到如今还随处可见。这种兰科植物生根在悬崖罅隙间，或蔓延到松树枝桠上，长叶飘拂，花朵下垂成一长串，风致楚楚。花叶形体较建兰柔和，香味较建兰淡远。游白燕溪的可坐小船去，船上人若伸手可及，多随意伸手摘花，顷刻就成一束。若崖石过高，还可以用竹篙将花打下，尽它堕入清溪洄流里，再用手去溪里把花捞起。除了兰芷以外，还有不少香草香花，在溪边崖下繁殖。那种黛色无际的崖石，那种一丛丛幽香眩目的奇葩，那种小小洄旋的溪流，合成一个如何不可言说迷人心目的圣境！若没有这种地方，屈原便再疯一点，据我想来他文章未必就能写得那么美丽。

什么人看了我这个记载，若神往于香草香花的沅州，居然从桃源包了小船，过沅州去，希望实地研究解决《楚辞》上几个草木问题。到了沅州南门城边，也许无意中会一眼瞥见城门上有一片触目黑色。因好奇想明白它，一时可无从向谁去询问，他所见到的只是一片新的血迹，并非古迹。大约在清党前后，有个晃州姓唐的青年，北京农科大学毕业生，用党务特派员资格，率领了两万以上四乡农民，肩持各种农具，上城请愿。守城兵先已得到长官命令，不许请愿群众进城。于是两方面自然而然发生了冲突。一面是旗帜，木棒，呼喊与愤怒，一面是一尊机关枪同四支步枪，街道那么窄，结果站在最前线上的特派员同四十多个青年学生与农民，便皆在城门边牺牲了。其余农民一看情形不对，抛下农具四散吓跑了。那个特派员的身体，于是被兵士用刺刀钉在城门木板上，示众三天，三天过后，便抛入屈原所称赞的清流里喂鱼吃了。几年来本地人派捐拉夫，在应付差役中把日子混过去，大致把这件事也慢慢的忘掉了。

桃源小船载客载到沅州府，把客人行李扛上岸，讨得酒钱回船时，这些水手必乘兴过皮匠街走走。那地方同桃源的后江差不多，住下不少经营最古职业的人物。地方既非商埠，价钱可公道一些。花四百钱关一次门，上船时还可以得一包黄油油的上净丝烟，那是十年前的规矩。照目前百物昂贵情形想来，一切当然已不同了，出钱的花费也许得多一点，收钱的待客也许早已改用美丽牌代替上净丝了。

或有人在皮匠街蓦见水手，对水手发问："弄船的，'肥水不落外人田'，家里有的你让别人用，用别人的你还得花钱，上算吗？"

那水手一定会拍着腰间麂皮抱兜，笑眯眯的回答说："大爷，'羊毛出在羊身上'，这钱不是我桃源人的钱，上算的。"

他回答的只是后半截，前半截却不必提。本人正在沅州，离桃源远过八百里，桃源那一个他管不着。

便因为这点哲学，水手们的生活，比起风雅人来似乎洒脱多了。若说话不犯忌讳，无人疑心我袒护无产阶级，我还想说他们的行为，比起风雅人来也实在道德得多。

鸭窠围的夜

天快黄昏时落了一阵雪子，不久就停了。天气真冷，在寒气中一切皆仿佛结了冰，便是空气，也像快要冻结的样子。我包定的那一只小船，在天空大把撒着雪子时已泊了岸。从桃源县沿河而上这已是第五个夜晚。看情形晚上还会有风有雪，故船泊岸边时便从各处挑选好地方。沿岸除了某一处有片沙岨宜于泊船以外，其余地方皆黛色如屋的大石头。石头既然那么大，船又那么小，我们皆希望寻觅得到一个能作小船风雪屏障，同时要上岸又还方便的处所。凡可以泊船的地方早已被当地渔船占去了。小船上的水手，把船上下各处撑去，钢钻头敲打着沿岸大石头，发出好听的声音，结果这只小船，还是不能不同许多大小船只一样，在正当泊船处插了篙子，把当作锚头用的石碇抛到沙上去，尽那行将来到的风雪，摊派到这只船上。

这地方是个长潭的转折处，两岸皆高大壁立的山，山头上长着小小竹子，长年翠色逼人。这时节两山只剩余一抹深黑，赖天空微明为画出一个轮廓。但在黄昏里看来如一种奇迹的，却是两岸高处去水已三十丈上下的吊脚楼。这些房子莫不俨然悬挂在半空中，藉着黄昏的余光，还可以把这些希奇的楼房形体，看得出个大略。这些房子同沿河一切房子有个共通相似处，便是从结构上说来，处处显出对于木材的浪费。房屋既在半山上，不用那么多木料，便不能成为房子吗？半山上也有用吊脚楼形式，这形式是必需的吗？然而这条河水的大宗出口是木料，木材比石块还不值价。因此即或是河水永远涨不到处，吊脚楼房子依然存在，似乎也不应当有何惹眼惊奇了。但沿河因为有了这些楼房，长年与流水斗争的水手，寄身船中枯闷成疾的旅行者，以及其他过路人，却有了落脚处了。这些人的疲劳与寂寞是从这些房子中可以一律解除的。地方既好看，也好玩。

河面大小船只泊定后，莫不点了小小的油灯，拉了篷。各个船上皆在后舱烧了火，用铁顶罐煮饭，饭闷熟后，又换锅子熬油，哗的把菜蔬倒进热锅里去。一切齐全了，各人蹲在舱板上三碗五碗把腹中填满后，天已夜了。水手们怕冷怕动的，收拾碗盏后，就莫不在舱板上摊开了被盖，把身体钻进那个预先卷成一筒又冷又湿的硬棉被里去休息。至于那些想喝一杯的，发了烟瘾得靠靠灯，船上烟灰又翻尽了的，或一无所为，只是不甘寂寞，好事好玩想到岸上去烤烤火谈谈天的，便莫不提了桅灯，或燃一段废缆子，摇着晃着从船头跳上了岸，从一堆石头间的小路径，爬到半山上吊脚楼房子那边去，找寻自己的熟人，找寻自己的熟地。陌生人自然也有来到这条河中来到这种吊脚楼房子里的时节，但一到地，在火堆旁小板凳上一坐，便是陌生人，即刻也就可以称为熟人了。

这河边两岸除了停泊有上下行的大小船只三十左右以外，还有无数在日前趁融雪涨水放下形体大小不一的木筏。较小的上面供给人住宿过夜的棚子也不见，一到了码头，便各自上岸找住处去了。大一些的木筏呢，则有房屋，船只，有小小菜园与养猪养鸡栅栏，有女眷，有孩子。

黑夜占领了全个河面时，还可以看到木筏上的火光，吊脚楼窗口的灯光，以及上岸下船在河岸大石间飘忽动人的火炬红光。这时节岸上船上皆有人说话，吊脚楼上且有妇人在黯淡的灯光下唱小曲的声音，每次唱完一支小曲时，就有人笑嚷。什么人家吊脚楼下有匹小羊叫，固执而且柔和的声音，使人听来觉得忧郁，我心中想着，"这一定是从别一处牵来的，另外一个地方，那小畜生的母亲，一定也那么固执的鸣着吧。"算算日子，再过十一天便过年了。"小畜生明不明白只能在这个世界上活过十天八天？"明白也罢，不明白也罢，这小畜生是为了过年而赶来应在这个地方死去的。此后固执而又柔和的声音，将在我耳边永远不会消失。我觉得忧郁起来了。我仿佛触着了这世界上一点东西。看明白了这世界上一点东西，心里软和得很。

但我不能这样子打发这个长夜，我把我的想象，追随了一个唱曲时清中夹沙的妇女声音到她的身边去了。于是仿佛看到了一个床铺，下面是草荐，上面摊了一床用旧帆布或别的旧货做成脏而又硬的棉被，搁在被盖上面的是一个木托盘，盘中有一把小茶壶，一个小烟匣，一块石头，一盏灯。盘边躺着一个人。唱曲子的妇人，或是袖了手捏着自己的膀子站在吃烟者的面前，或是靠在男子对面的床头，为客人烧烟。房子分两进，前面临街，地是土地，后面临河，便是所谓吊脚楼了。这些人房子窗口既一面临河，可以凭了窗口呼喊河下船中人，当船上人过了瘾，胡闹已够，下船时，或者尚有些事情嘱托，或有其他原因，一个晃着火炬停顿在大石间，一个便凭立在窗口，"大老你记着，船下行时又来！""好，我来的，我记着的。""你见了顺顺就说：会呢，完了；孩子大牛呢，脚膝骨好了，细粉捎三斤，冰糖捎三斤。""记得到，记得到，大娘你放心，我见了就说：会呢，完了，大牛呢，好了，细粉来三斤，冰糖来三斤。""杨氏，杨氏，一共四吊七，莫错账！""是的，放心呵，你说四吊七就四吊七，年三十夜莫会要你多的！你自己记着就是了！"这样那样的说着，我一一皆可听到，而且一面还可以听着在黑暗中某一处咩咩的羊鸣。我明白这些回船的人是上岸吃过"荤烟"了的。

我还估计得出，这些人不吃"荤烟"，上岸时只去烤烤火的，到了那些屋子里时，便多数只在临街那一面铺子里。这时节天气太冷，大门必已上好了，屋里一隅或点了小小油灯，屋中土地上必就地掘了浅凹，烧了些树根柴块。火光煜煜，且时时刻刻爆炸着一种难于形容的声音。火旁矮板凳上坐有船上人，木筏上人，有对河住家的熟人。且有虽为天所厌弃还不自弃的老妇人，闭着眼睛蜷成一团蹲在火边，悄悄的从大袖筒里取出一片薯干，一枚红枣，塞到嘴里去咀嚼。有穿着肮脏身体瘦弱的孩子，手擦着眼睛傍着火旁的母亲打盹。屋主人有为退伍的老军人，有翻船背运的老水手，有单身寡妇。藉着火光灯光，可以看得出这屋中的大略情形，三堵木板壁上，一面必有个供养祖宗的神龛，神龛下空处或另一面，必贴了一些大小不一的红白名片。这些名片倘若有那些好事者加以注意，用小油灯照着，去仔细检查，便可以发现许多动人的名衔，军队上的连附，上士，一等兵，商号中的管事，当地的团总，保正，催租吏，以及照例姓滕的船主，洪江的木簰商人，与其他人物，无所不有。这是近十年来经过此地若干人中一小部分的题名录。这些人各用一种不同的生活，来到这个地方，且同样的来到这些屋子里，坐在火边或靠近床上，逗留过若干时间。这些人离开了此地后，在另一个世界里还是继续活下去，但除了同自己的生活圈子中人发生关系以外，与一同在这个世界上其他的人，却仿佛便毫无关系可言了。他们如今也许死掉了，水淹死的，枪打死的，被外妻用砒霜谋杀的，然而这些名片却依然将好好的保留下去。也许有些人已成了富人名人，成了当地的小军阀，这些名片却仍然写着催租人，上士等等的衔头。……除了这些名片，那屋子里是不是还有比它更引人注意的东西呢？锯子，小捞兜，香烟大画片，装干栗子的口袋……

提起这些问题时使人心中很激动。我到船头上去眺望了一阵。河面静静的，木筏上火光小了，船上的灯光已很少了，远近一切只能藉着水面微光看出个大略情形。另外一处的吊脚楼上，又有了妇人唱小曲的声音，灯光摇摇不定，且有猜拳声音。我估计那些灯光同声音所在处，不是木筏上的簰头在取乐，就是水手们小商人在喝酒。妇人手指上说不定还戴了从常德府为水手特别捎来的镀金戒指，一面唱曲一面把那只手理着鬓角，多动人的一幅图画！我认识他们的哀乐，这一切我也有分。看他们在那里把每个日子打发下去，也是眼泪也是笑，离我虽那么远，同时又与我那么相近。这正同读一篇描写西伯利亚方面的农人生活动人作品一样，使人掩卷引起无言的哀戚。我如今只用想象去领味这些人生活的表面姿态，却用过去一分经验，接触着了这种人的灵魂。

羊还固执的鸣着。远处不知什么地方有锣鼓声音，那是禳土酬神巫师的锣鼓。声音所在处必有火燎与九品蜡，照耀争辉，炫目火光下有头包红布的老巫独立作旋风舞，门上架上有黄钱，平地有装满了谷米的平斗。有新宰的猪羊伏在木架上，头上插着小小纸旗。有行将为巫师用口把头咬下的活生公鸡，缚了双脚与翼翅，在土坛边无可奈何的躺卧。主人锅灶边则热了猪血稀粥，灶中火光熊熊。

邻近一只大船上，水手们已静静的睡下了，只剩余一个人吸着烟，且时时刻刻把烟管敲着船舷。也像听着吊脚楼的声音，为那点声音所激动，忽然按捺自己不住了，只听到他轻轻的骂着野话，擦了支自来火，点上一段废缆，跳上岸往吊脚楼那里去了。他在岸上大石间走动时，火光便从船篷空处漏进我的船中。也是同样的情形吧，在一只装载棉军服向上行驶的船上，泊到同样的岸边，躺在成束成捆的军服上面，夜既太长，水手们爱玩牌的皆蹲坐在舱板上小油灯光下玩天九，睡既不成，便胡乱穿了两套棉军服，空手上岸，藉着石块间还未融尽残雪返照的微光，一直向高岸上有灯光处走去。到了街上，除了从人家门罅里露出的灯光成一条长线横卧着，此外一无所有。在计算中以为应可见到的小摊上成堆的花生，用哈德门长烟匣装着干瘪瘪的小橘子，切成小方块的片糖，以及在灯光下看守摊子把眉毛扯得极细的妇人（这些妇人无事可作时还会在灯光下做点针线的），如今什么也没有。既不敢冒昧闯进一个人家里面去，便只好又回转河边船上了。但上山时向灯光凝聚处走去，方向不会错误。下河时可弄糟了。糊糊涂涂在大石小石间走了许久，且大声喊着才走近自己所坐的一只船。上船时，两脚全是泥，刚攀上船舷还不及脱鞋落舱，就有人在棉被中大喊："伙计哥子们，脱鞋呀！"把鞋脱了还不即睡，便镶到水手身旁去看牌，一直看到半夜，——十五年前自己的事，在这样地方温习起来，使人对于命运感到惊异。我懂得那个忽然独自跑上岸去的人，为什么上去的理由！

等了一会，邻船上那人还不回到他自己的船上来，我明白他所得的比我多了一些。我想听听他回来时，是不是也像别的船上人，有一个妇人在吊脚楼窗口喊叫他。许多人都陆续回到船上了，这人却没有下船。我记起"柏子"。但是，同样是水上人，一个那么快乐的赶到岸上去，一个却是那么寂寞的跟着别人后面走上岸去，到了那些地方，情形不会同柏子一样，也是很显然的事了。

为了我想听听那个人上船时那点推篷声音，我打算着，在一切声音皆已安静时，我仍然不能睡觉。我等待那点声音，大约到午夜十二点，水面上却起了另外一种声音。仿佛鼓声，也仿佛汽油船马达转动声，声音慢慢的近了，可是慢慢的又远了。这是一个有魔力的歌唱，单纯到不可比方，也便是那种固执的单调，以及单调的延长，使一个身临其境的人，想用一组文字去捕捉那点声音，以及捕捉在那长潭深夜一个人为那声音所迷惑时节的心情，实近于一种徒劳无功的努力。那点声音使我不得不再从那个业已用被单塞好空罅的舱门，到船头去搜索它的来源。河面一片红光，古怪声音也就从红光一面掠水而来。日里隐藏在大岩下的一些小渔船，原来在半夜前早已静悄悄的下了拦江网。到了半夜，把一个从船头伸在水面的铁篮，盛上燃着熊熊烈火的油柴，一面敲着船舷各处走去。身在水中见了火光而来与受了柝声惊走四窜的鱼类，便在这种情形中触了网，成为渔人的俘虏。

一切光，一切声音，到这时节已为黑夜所抚慰而安静了，只有水面上那一份红火与那一派声音。那种声音与光明，正为着水中的鱼与水面的渔人生存的搏战，已在这河面上存在了若干年，且将在接连而来的每个夜晚依然继续存在。我弄明白了，回到舱中以后，依然默听着那个单调的声音。我所看到的仿佛是一种原始人与自然战争的情景。那声音，那火光，皆近于原始人类的武器！

不知在什么时候开始落了很大的雪，听船上人嘟哝着，我心想，第二天我一定可以看到邻船上那个人上船时节，在岸边雪地上留下的那一行足迹。那寂寞的足迹，事实上我却不曾见到，因为第二天到我醒来时，小船已离开那个泊船处很远了。

一九三四年一月十八

我仿佛被一个极熟的人喊了又喊,人清醒后那个声音还在耳朵边。原来我的小船已开行了许久,这时节正在一个长潭中顺风滑行,河水从船舷轻轻擦过,故把我弄醒了。

我的小船今天应当停泊到一个大码头,想起这件事,我就有点儿慌张起来了。小船应停泊的地方,照史籍上所说,出丹砂,出辰州符。事实上却只出胖人,出肥猪,出鞭炮,出雨伞。一条长长的河街,在那里可以见到无数水手柏子与无数柏子的情妇。长街尽头飘扬着税关的幡信,税关前停泊了无数上下行验关的船只。长街尽头油坊围墙如城垣,长年有油可打,打油人摇荡悬空油捶,訇的向前抛去时,莫不伴以摇曳长歌,由日到夜,不知休止。河中长年有大木筏停泊,每一木筏浮江而下时,同时四方角隅至少有三十个人举桡激水。沿河吊脚楼下泊定了大而明黄的船只,船尾高张,皆到两丈左右,小船从下面过身时,仰头看去恰如一间大屋。(那上面必用金漆写得有福字同顺字!)这个地方就是我一提及它时充满了感情的辰州地方。

小船去辰州还约三十里,两岸山头已较小,不再壁立拔峰,渐渐成为一堆堆黛色与浅绿相间的邱阜,山势既较和平,河水也温和多了。两岸人家渐渐越来越多,随处皆可以见到毛竹林。山头已无雪,虽尚不出太阳,气候干冷,天空倒明明朗朗。小船顺风张帆向上流走去时,似乎异常稳定。

但小船今天至少还得上三个滩与一个长长的急流。

大约九点钟时,小船到了第一个长滩脚下了,白浪从船旁跑过快如奔马,在惊心眩目情形中小船居然上了滩。小船上滩照例并不如何困难,大船可不同了一点。滩头上就有四只大船斜卧在白浪中大石上,毫无出险的希望。其中一只货船大致还是昨天才坏事的,只见许多水手在石滩上搭了棚子住下，且摊晒了许多被水浸湿的货物。正当我那只小船上完第一滩时，却见一只大船，正搁浅在滩头激流里，只见一个水手赤裸着全身向水中跳去，想在水中用肩背之力使船只活动，可是人一下水后，就即刻为水带走了。在浪声哮吼里尚听到岸上人沿岸喊着，水中那一个大约也回答着一些遗嘱之类，过一会，人便不见了。这个滩共有九段。这件事从船上人看来可太平常了。

小船上第二段时，河流已随山势曲折，再不能张帆取风，我担心到这小小船只的安全问题，就向掌舵水手提议，增加一个临时纤手，钱由我出。得到了他的同意，一个老头子，牙齿已脱，白须满腮，却如古罗马人那么健壮，光着手脚蹲在河边那个大青石上讲生意来了。两方面都大声嚷着而且辱骂着，一个要一千，一个却只出九百，相差那一百钱折合银洋约一分一厘。那方面既坚持非一千文不出卖这点气力，这一方面却以为小船根本不必多出这笔钱给一个老头子。我即或答应了不拘多少钱皆由我出，船上三个水手，一面与那老头子对骂，一面把船开到急流里去了。但小船已开出后，老头子方不再坚持那一分钱，却赶忙从大石上一跃而下，自动把背后纤板上短绳，缚定了小船的竹缆，躬着腰向前走去了。待到小船业已完全上滩后，那老头就赶到船边来取钱，互相又是一阵辱骂。得了钱，坐在水边大石上一五一十数着，我问他有多少年纪，他说七十七。那样子，简直是一个托尔斯泰！眉毛那么长，鼻子那么大，胡子那么多，一切都同画相上的托尔斯泰相去不远。看他那数钱神气，人快到八十了，对于生存还那么努力执着，这人给我的印象真太深了。但这个人在他们看来，一个又老又狡猾的东西罢了。

小船上尽长滩后，到了一个小小水村边，有母鸡生蛋的声音，有人隔河喊人的声音，两山不高而翠色迎人。许多等待修理的小船，皆斜卧在岸上，有人在一只船边敲敲打打，我知道他们正用麻头与桐油石灰嵌进船缝里去。一个木筏上面还搁了一只小船,在平潭中溜着,忽然村中有炮仗声音,有唢呐声音,且有锣声;原来村中人正接媳妇,锣声一起,修船的,放木筏的,划船的,都停止了工作,向锣声起处望去。——多美丽的一幅图画,一首诗!但除了一个从城市中因事挤出的人觉得惊讶,难道还有谁看到这些光景蟇然神往。

下午二时左右,我坐的那只小船,已经把辰河由桃源到沅陵一段路程主要滩水上完,到了一个平静长潭里。天气转晴,日头初出,两岸小山作浅绿色,山水秀雅明丽如西湖。船离辰州只差十里,过不久,船到了白塔下再上个小滩,转过山岨,就可以见到税关上飘扬的长幡了。

想起再过两点钟,小船泊到泥滩上后,我就会如同我小说写到的那个柏子一样,从跳板一端摇摇荡荡的上了岸,直向有吊脚楼人家的河街走去,再也不能蜷伏在船里了。

我坐到后舱口日光下,向着河流清算我对于这条河水这个地方的一切旧账。原来我离开这地方已十六年。十六年的日子实在过得太快了一点。想起从这堆日子中所有人事的变迁,我轻轻的叹息了好些次。这地方是我第二个故乡。我第一次离乡背井,随了那一群肩扛刀枪向外发展的武士为生存而战斗,就停顿到这个码头上。这地方每一条街,每一处衙署,每一间商店,每一个城洞里作小生意的小担子,还如何在我睡梦里占据一个位置!这个河码头在十六年前教育我,给我明白了多少人事,帮助我作过多少幻想,如今却又轮到它来为我温习那个业已消逝的童年梦境来了。

望着汤汤的流水,我心中好像忽然彻悟了一点人生,同时又好像从这条河上,新得到了一点智慧。的的确确,这河水过去给我的是"知识",如今给我的却是"智慧"。山头一抹淡淡的午后阳光感动我,水底各色圆如棋子的石头也感动我。我心中似乎毫无渣滓,透明烛照,对万汇百物，对拉船人与小小船只，皆那么爱着，十分温暖的爱着！我的感情早已融入这第二故乡一切光景声色里了。我仿佛很渺小很谦卑，对一切似乎皆在伸手，且微笑的轻轻的说：

"我来了，是的，我仍然同从前一样的来了。我们全是原来的样子，真令人高兴。你，充满了牛粪桐油气味的小小河街，虽稍稍不同了一点，我这张脸，大约也不同了一点。可是，很可喜的是我们还互相认识，只因为我们过去实在太熟习了！"

看到日夜不断千古长流的河水里石头和沙子，以及水面腐烂的草木，破碎的船板，使我触着了一个使人感觉惆怅的名词。我想起"历史"。一套用文字写成的历史，除了告给我们一些另一时代另一群人在这地面上相斫相杀的故事以外，我们决不会再多知道一些要知道的事情。但这条河流，却告给了我若干年来若干人类的哀乐！小小灰色的渔船，船舷船顶站满了黑色沉默的鹭鸶，向下游缓缓划去了。石滩上走着脊梁略弯的拉船人。这些东西于历史似乎毫无关系，百年前或百年后皆仿佛同目前一样。他们那么忠实庄严的生活，担负了自己那分命运，为自己，为儿女，继续在这世界中活下去。不问所过的是如何贫贱艰难的日子，却从不逃避为了求生而应有的一切努力。在他们生活爱憎得失里，也依然摊派了哭，笑，吃，喝。对于寒暑的来临，他们便更比其他世界上人感到四时交替的严肃。历史对于他们俨然毫无意义，然而提到他们这点千年不变无可记载的历史，却使人引起无言的哀戚。

我有点担心，地方一切虽没有什么变动，我或者变得太多了一点。

船到了税关前趸船旁泊定时，我想象那些税关办事人，因为见我是个陌生旅客，一定上船来盘问我，麻烦我。我于是便假定恰如数年前作的一篇文章上我那个样子，故意不大理会，希望引起那个公务员的愤怒，直到把我带局为止。我正想要么一个人引路到局上去，好去见他们的局长！还很希望他们带我到当地驻军旅部去，因为若果能够这样，就使我进衙门去找熟人时，省得许多琐碎的手续了。

可是验关的来了，一个宽脸大身材的苗人，见到他头上那个盘成一饼的青布包头，引动了我一点乡情。我上岸的计划不得不变更了。他还来不及开口我就说：

"同年，你来查关！这是我坐的一只空船，你尽管看。我想问你，你局长姓什么！"

那苗人已上了小船在我面前站定，看看舱里一无所有，且听我喊他为"同年"，从乡音中得到了点快乐。便用着小孩子似的口音问我：

"你到哪那去，你从哪那来呀！"

"我从常德来——就到这地方。你不是梨林人吗？我是……我要会你局长！"

那关吏说："我是镇筸城人！你问局长，我们局长姓陈！"

第一个碰到的原来就是自己的乡亲，我觉得十分激动，赶忙请他进舱来坐坐。可是这个人看看我的衣服行李，大约以为我是个什么代表，一种身分的自觉，不敢进舱里来了。就告我若要找陈局长，可以把船泊下南门去。一面说着一面且把手中的粉笔，在船篷上画了个放行的记号，却回到大船上去："你们走！"他挥手要水手开船，且告水手应当把船停到下南门，上岸方便。

船开上去一点，又到了一个复查处。仍然来了一个头裹青布的乡亲，从舱口看看船中的我。我想这一次应当故意不理会这个公务人，使他生气方可到局里去。可是这个复查员看看我不作声的神气，一问水手，水手说了两句话，又挥挥手把我们放走了。

我心想：这不成，他们那么和气，把我想象的安排计划全给毁了，若到下南门起岸，水手在身后扛了行李，到城门边检查时，只需水手一句话又无条件通过，很无意思。我多久不见到故乡的军队了，我得看看他们对于职务上的兴味与责任，过去和现在有什么不同处。我便变更了计划，要小船在东门下傍码头停停，我一个人先上岸去，上了岸后小船仍然开到下南门，等等我再派人来取行李。我于是上了岸，不一会就到河街上了。当我打从那河街上过身时，做炮仗的，卖油盐杂货的，收买发卖船上一切零件的，所有小铺子皆牵引了我的眼睛，因此我走得特别慢些。但到进城时却使我很失望，城门口并无一个兵。原来地方既不戒严，兵移到乡下去驻防，城市中已用不着守城兵了。长街路上虽有穿着整齐军服的年青人，我却不便如何故意向他们生点事。看看一切皆如十六年前的样子，只是兵不同了一点。

我既从东门从从容容的进了城，不生问题，不能被带过旅部去，心想时间还早，不如早到我弟弟哥哥共同在这地方新建筑的"芸庐"新家里看看，那新房子全在山上。到了那个外观十分体面的房子大门前，问问工人谁在监工，才知道我哥哥来此刚三天。这就太妙了，若不来此问问，我以为我家中人还依然全在镇筸山城里！我进了门一直向楼边走去时，还有使我更惊异而快乐的，是我第一个见着的人，原来就正是五年来行踪不明的"虎雏"。这人五年前在上海从我住处逃亡后，一直就无他的消息，我还以为他早已腐了烂了。他把我引导到我哥哥住的房中，告给我哥哥已出门，过三点钟方能回来。在这三点钟之内，他在我很惊讶盘问之下，却告给了我他的全部历史，八岁时他就因为用石块砸死了人逃出家乡，做过玩龙头宝的助手，做过土匪，做过采茶人，做过兵。到上海发生了那件事情后，这六年中又是从一切想象不到的生活里，转到我军官兄弟手边来作一名"副爷"。

见到哥哥时，我第一句话说的是："家中虎雏真是个了不起的人物，"我哥哥却回答得很妙："了不起的人吗？这里比他了不起的人多着哪。"

到了晚上，我哥哥说的话，便被我所见到的五个青年军官证实了。

一个多情水手与一个多情妇人

我的小表到了七点四十分时，天光还不很亮。停船地方两山过高，故住在河上的人，睡眠仿佛也就可以多些了。小船上水手昨晚上吃了我五斤河鱼，鱼虽吃过，大约还记得那吃鱼的原因，不好意思再睡，这时节业已起身，卷了铺盖，在烧水扫雪了。两个水手一面工作一面用野话编成韵语骂着玩着，对于恶劣天气与那些昨晚上能晃着火炬到有吊脚楼人家去同宽脸大奶子妇人纠缠的水手，含着无可奈何的诅咒。

大木筏都得天明时漂滩，正预备开头，寄宿在岸上的人已陆续下了河，与宿在筏上的水手们，共同开始从各处移动木料，筏上有斧斤声与大摇槌嘭嘭的敲打木桩声音。许多在吊脚楼寄宿的人，从妇人热被里脱身，皆在河滩大石间跮踃走着，回归船上。妇人们恩情所结，也多和衣靠着窗边，与河下人遥遥传述那种"后会有期各自珍重"的话语。很显然的事，便是这些人从昨夜那点露水恩情上，已经各在那里支付分上一把眼泪与一把埋怨。想到这些眼泪与埋怨，如何揉进这些人的生活中，成为生活之一部时，使人心中柔和得很！

第一个大木筏开始移动时，约在八点左右。木筏四隅数十支大桡，拨水而前，筏上且起了有节奏的"唉"声。接着又移动了第二个。……木筏上的桡手，各在微明中画出一个黑色的轮廓。木筏上某一处必颭着一片红红的火光，火堆旁必有人正蹲下用钢罐煮水。

我的小船到这时节一切业已安排就绪，也行将离岸，向长潭上游溯江而上了。

只听到河下小船邻近不远某一只船上，有个水手哑着嗓子喊人：

"牛保，牛保，不早了，开船了呀！"

许久没有回答，于是又听那个人喊道：

"牛保，牛保，你不来当真船开动了！"

再过一阵，催促的转而成为辱骂，不好听的话已上口了。

"牛保，牛保，狗 × 的，你个狗就见不得河街女人的 × ！"

吊脚楼上那一个，到此方仿佛初从好梦中惊醒，从热被里妇人手臂中逃出，光身跑到窗边来答着：

"宋宋，宋宋，你喊什么？天气还早咧。"

"早你的娘，人家木簰全开了，你 × 了一夜还尽不够！"

"好兄弟，忙什么？今天到白鹿潭好好的喝一杯！天气早得很！"

"天气早得很，哼，早你的娘！"

"就算是早我的娘吧。"

最后一句话，不过是我所想象的。因为河岸水面那一个，虽尚呶呶不已，楼上那一个却业已沉默了。大约这时节那个妇人还卧在床上，也开了口，"牛保，牛保，你别理他，冷得很！"因此即刻又回到床上热被里去了。

只听到河边那个水手喃喃的骂着各种野话，且有意识把船上家伙撞磕得很响。我心想：这是个什么样子的人，我倒应当看看他。且很希望认识岸上那一个。我知道他们那只船也正预备上行，就告给我小船上水手，不忙开头，等等同那只船一块儿开。

不多久，许多木筏离岸了，许多下行船也拔了锚，推开篷，着手荡桨摇橹了。我卧在船舱中，就只听到水面人语声，以及橹桨激水声，与橹桨本身被扳动时咿咿哑哑声。河岸吊脚楼上妇人在晓气迷蒙中锐声的喊人，正如同音乐中的笙管一样，超越众声而上。河面杂声的综合，交织了庄严与流动，一切真是一个圣境。

我出到舱外去站了一会，天已亮了，雪已止了，河面寒气逼人，眼看这些船筏各戴上白雪浮江而下，这里那里飐着红红的火焰同白烟，两岸高山则直矗而上，如对立巨魔，颜色淡白，无雪处皆作一片墨绿。奇景当前，有不可形容的瑰丽。

一会儿，河面安静了。只剩下几只小船同两片小木筏，还无开头意思。

河岸上有个蓝布短衣青年水手，正从半山高处人家下来，到一只小船上去。因为必需从我小船边过身，故我把这人看得清清楚楚。大眼，宽脸，鼻子短，宽阔肩膊下挂着两只大手（手上还提了一个棕衣口袋，里面填得满满的），走路时肩背微微向前弯曲，看来处处皆证明这个人是一个能干得力的水手！我就冒昧的喊他，同他说话：

"牛保，牛保，你玩得好！"

谁知那水手当真就是牛保。

那家伙回过头来看看是我叫他，就笑了。我们的小船好几天以来，皆一同停泊，一同启碇，我虽不认识他，他原来早就认识了我的。经我一问，他有点害羞起来了。他把那口袋举起带笑说道：

"先生，冷呀！你不怕冷吗？我这里有核桃，你要不要吃核桃？"

我以为他想卖给我些核桃，不愿意扫他的兴，就说我要，等等我一定向他买些。

他刚走到他自己那只小船边，就快乐的唱起来了。忽然税关复查处比邻吊脚楼人家窗口，露出一个年青妇人鬓发散乱的头颅，向河下人锐声叫将起来：

"牛保，牛保，我同你说的话，你记着吗？"

年青水手向吊脚楼一方把手挥动着。

"唉，唉，我记得到！……冷！你是怎么的啊！快上床去！"大约他知道妇人起身到窗边时，是还不穿衣服的。

妇人似乎因为一番好意不能使水手领会，有点不高兴的神气。

"我等你十天，你有良心，你就来——"说着，嘭的一声把格子窗放下了。这时节眼睛一定已红了。

那一个还向吊脚楼喃喃说着什么，随即也上了船。我看看，那是一只深棕色的小货船。

我的小船行将开头时，那个青年水手牛保却跑来送了一包核桃。我以为是他拿来卖给我的，赶快取了一张值五角的票子递给他。这人见了钱只是笑。他把钱交还，把那包核桃从我手中抢了回去。

"先生，先生，你买我的核桃，我不卖！我不是做生意人。（他把手向吊脚楼指了一下，话说得轻了些。）那婊子同我要好，她送我的。送了我那么多，此外还有栗子，干鱼。还说了许多痴话，等我回来过年咧……"

慷慨原是辰河水手一种通常的性格，既不要我的钱，皮箱上正搁了一包烟台苹果，我随手取了四个大苹果送给他，且问他：

"你回不回来过年？"

他只笑眯眯的把头点点，就带那四个苹果飞奔而去。我要水手开了船。小船已到长潭中心时，忽然又听到河边那个哑嗓子在喊嚷：

"牛保，牛保，你是怎么的？我 × 你的妈，还不下河，我翻你的三代，还……"

一会儿，一切皆沉静了，就只听到我小船船头分水的声音。

听到水手的辱骂，我方明白那个快乐多情的水手，原来得了苹果后，并不即返船，仍然又到吊脚楼人家去了。他一定把苹果献给那个妇人，且告给妇人这苹果的来源，说来说去，到后自然又轮着来听妇人说的痴话，所以把下河的时间完全忘掉了。

小船已到了辰河多滩的一段路程，长潭尽后就是无数大滩小滩。河水半月来已落下六尺，雪后又照例无风，较小船只即或可以不从大漕上行，沿着河边浅水处走去也仍然十分费事。水太干了，天气又实在太冷了点。我伏在舱口看水手们一面骂野话，一面把长篙向急流乱石间掷去，心中却念及那个多情水手。船上滩时浪头俨然只想把船上人攫走。水流太急，故常常眼看业已到了滩头，过了最紧要处，但在抽篙换篙之际，忽然又会为急流冲下。海水又大又深，大浪头拍岸时常如一个小山，但它总使人觉得十分温和。河水可同一股火，太热情了一点，时时刻刻皆想把人攫走，且仿佛完全只凭自己意见作去。但古怪的是这些弄船人，他们逃避激流同漩水的方法，十分巧妙。他们得靠水为生，明白水，比一般人更明白水的可怕处；但他们为了求生，却在每个日子里每一时间皆有向水中跳去的准备。小船一上滩时，就不能不向白浪里钻去，可是他们却又必有方法从白浪里找到出路。

在一个小滩上，因为河面太宽，小漕河水过浅，小船缆绳不够长不能拉纤，必需尽手足之力用篙撑上，我的小船一连上了五次皆被急流冲下。船头全是水。到后想把船从对河另一处大漕走去，漂流过河时，从白浪中钻出钻进，篷上也沾了水。在大漕中又上了两次，还花钱加了个临时水手，方把这只小船弄上滩。上过滩后问水手是什么滩，方知道这滩名"骂娘滩"（说野话的滩！），即或是父子弄船，一面弄船也一面得互骂各种野话，方可以把船弄上滩口。

一整天小船尽是上滩，我一面欣赏那些从船舷驶过急于奔马的白浪，一面便用船上的小斧头，敲剥那个风流水手见赠的核桃吃。我估想这些硬壳果，说不定每一颗还都是那吊脚楼妇人亲手从树上摘下，用鞋底揉去一层苦皮，再一一加以选择，放到棕衣口袋里来的。望着那些棕色碎壳，那妇人说的"你有良心你就赶快来"一句话，也就尽在我耳边响着。那水手虽然这时节或许正在急水滩头爬伏到石头上拉船，或正脱了裤子涉水过溪，一定却记忆着吊脚楼妇人的一切，心中感觉十分温暖。每一个日子的过去，便使他与那妇人接近一点点。十天完了，过年了，那吊脚楼上，一定门楣上全贴上红喜钱，被捉的雄鸡啊呵呵呵的叫着，雄鸡宰杀后，把它向门角落抛去，只听到翅膀扑地的声音。锅中蒸了一笼糯米饭，长年覆着搁在门口的老粑槽，那时节业已翻动，粑槌也洗得干干净净，只等候把蒸熟的米饭倒下，两人就开始在一个石臼里捣将起来。一切事皆两个人共力合作，一切工作中皆掺合有笑谑与善意的诅骂。于是当真过年了。又是叮咛与眼泪，在一分长长的日子里有所期待，留在船上另一个放声的辱骂催促着，方下了船，又是胡桃与栗子，干鲤鱼与……

到了午后，天气太冷，无从赶路。时间还只三点左右，我的小船便停泊了。停泊地方名为杨家岨。依然有吊脚楼，飞楼高阁悬在半山中，结构美丽悦目。小船傍在大石边，只须一跳就可以上岸。岸上吊脚楼前枯树边，正有两个妇人，穿了毛蓝布衣裳，不知商量些什么，幽幽的说着话。这里雪已极少，山头皆裸露作深棕色，远山则为深紫色。地方静得很，河边无一只船，无一个人，无一堆柴。只不知河边某一个大石后面有人正在捶捣衣服，一下一下的捣。对河也有人说话，却看不清楚人在何处。

小船停泊到这些小地方，我真有点担心。船上那个壮年水手，是一个在军营中开过小差作过种种非凡事业的人物，成天在船上只唱着"过了一天又一天，心中好似滚油煎"，若误会了我箱中那些带回湘西送人的信笺信封，以为是值钱东西，在唱过了埋怨生活的戏文以后，转念头来玩个新花样，说不定我还来不及被询问"吃板刀面或吃馄饨"以前，就被他解决了。这些事我倒不怎么害怕，凡是蠢人作出的事我不知道什么叫吓怕的。只是有点儿担心。因为若果这个人做出了这种蠢事，我完了，他跑了，这地方可糟了。地方既属于我那些同乡军官大老管辖，把他们可忙坏了。

我盼望牛保那只小船赶来，也停泊到这个地方，一面可以不用担心，一面还可以同这个有人性的多情水手谈谈。

直等到黄昏，方来了一只邮船，靠着小船下了锚。过不久，邮船那一面有个年青水手嚷着要支点钱上岸去吃"荤烟"。另一个管事的却不允许，两人便争吵起来了。只听到年青的那一个呶呶絮语，声音神气简直同大清早上那个牛保一个样子。到后来，这个水手负气，似乎空着个荷包，也仍然上岸过吊脚楼人家去了。过了一会儿还不见他回船，我很想知道一下他到了那里作些什么事情，就要一个水手为我点上一段废缆，晃着那小小火把，引导我离了船，爬了一段小小山路，到了所谓河街。

五分钟后，我与这个穿绿衣的邮船水手，一同坐到一个人家正屋里的火堆旁，默默的在烤火了。一个大油松树根株，正伴同一饼油渣，熊熊的燃着快乐的火焰。间或有人用脚或树枝拨了那么一下，便有好看的火星四散惊起。主人是一个中年妇人，另外还有两个老妇人，虽对水手提出种种问题，且把关于下河的油价，木价，米价，盐价，一件一件来询问他，他却很散漫的回答，只低下头望着火堆。从那个颈项同肩膊，我认得这个人性格同灵魂，竟完全同早上那个牛保水手一样。我明白他沉默的理由，一定是船上管事的不给他钱，到岸上来又赊烟不到手。他那闷闷不乐的神气，可以说是很妩媚。我心想请他一次客，又不便说出口。到后机会却来了，门开处进来了一个年事极轻的妇人，头上裹着大格子花布首巾，身穿绿色土布袄子，挂着一条蓝色围裙，胸前还绣了一朵小小白花。那年轻妇人把两只手插在围裙里，轻脚轻手进了屋，就站在中年妇人身后。说真话，这个女人真使我有点儿"惊讶"。我似乎在什么地方另一时节见着这样一个人，眼目鼻子皆仿佛十分熟习。若不是当真在某一处见过，那就必定是在梦里了。公道一点说来，这妇人是个美丽得很的动物！

最先我以为这小妇人是无意中撞来玩玩，听听从下河来的客人谈谈下面事情，安慰安慰自己寂寞的。可是一瞬间，我却明白她是为另一件事而来的了。屋主人要她坐下她却不肯坐下，只把一双放光的眼睛尽瞅着我，待到我抬起头去望她时，那眼睛却又赶快逃避了。她在一个水手面前一定没有这种羞怯，为这点羞怯我心中有点儿惆怅，引起了点儿怜悯。这怜悯一半了给这个小妇人，却留下一半给我自己。

那邮船水手眼睛为小妇人放了光，很快乐的说：

"夭夭，夭夭，你打扮得真像个观音！"

那女人抿嘴笑着不理会，表示这点阿谀并不希罕，一会儿方轻轻的说：

"我问你，白师傅的大船到了桃源不到？"

邮船水手答应了，妇人又轻轻的问：

"杨金保的船？"

邮船水手又答应了，妇人又继续问着这个那个。我一面向火一面听他们说话，却在心中计算一件事情。小妇人虽同邮船水手谈到岁暮年末水面上的情形，但一颗心却一定在另外一件事情上驰骋。我几乎本能的就感到了这个小妇人是正在爱着我的，不用惊奇，这不是希奇事情。我们若稍懂人情，就会明白一张为都市所折磨而成的白脸，同一件称身软料细毛衣服，在一个小家碧玉心中所能引起的是一种如何幻想，对目前的事也便不用多提了。

对于身边这个小妇人，也正如先前一时对于身边那个邮船水手一样，我想不出用个什么方法，就可以使这个有了点儿野心与幻想的人，得到她所要得到的东西。其实我在两件事上皆不能再吝啬了，因为我对于他们皆十分同情。但试想想看，倘若这个小妇人所希望的是我本身，我这点同情，会不会引起五千里外另一个人的苦痛？我笑了。

……假若我给这水手一笔钱，让这小妇人同他谈一个整夜？

我正那么计算着，且安排如何来给那个邮船水手的钱，使他不至于感觉难于为情。忽然听到那年轻妇人问道：

"牛保那只船？"

那邮船水手吐了一口气："牛保的船吗，我们一同上骂娘滩，溜了四次。末后船已上了滩，那拦头的伙计还同他在互骂，且不知为什么互相用篙子乱打乱剚起来，船又溜下滩去了。看那样子不是有一个人落水，就得两个人同时落水。"

有谁发问："为什么？"

邮船水手感慨似的说："还不是为那一张×！"

几人听着这件事，皆大笑不已。那年轻小妇人，却长长的吁了一口气。

忽然河街上有个老年人嘶声的喊人：

"夭夭小婊子，小婊子婆，卖×的，你是怎么的，夹着那两片小×，一眨眼又跑到那里去了！你来！……"

小妇人听门外街口有人叫她，把小嘴收敛做出一个爱娇的姿式，带着不高兴的神气自言自语说："叫骡子又叫了。夭夭小婊子偷人去了！投河吊颈去了！"咬着下唇很有情致的盯了我一眼，拉开门，放进了一阵寒风，人却冲出去，消失到黑暗中不见了。

那邮船水手望了望小妇人去处那扇大门，自言自语的说："小婊子嫁老烟鬼，天晓得！"

于是大家便来谈说刚才走去那个小妇人的一切。屋主中年妇人，告给我那小妇人年纪还只十九岁，却为一个年过五十的老兵所占有。老兵原是一个烟鬼，虽占有了她，只要谁有土有财就让床让位。至于小妇人呢，人太年轻了点，对于钱毫无用处，却似乎常常想得很远很远。屋主人且为我解释很远很远那句话的意思，给我证明了先前一时我所感觉到的一件事情的真实。原来这小妇人虽生在不能爱好的环境里，却天生有种爱好的性格。老烟鬼用名分缚着了她的身体，然而那颗心却无从拘束。一只船无意中在码头边停靠了，这只船又恰恰有那么一个年青男子，一切派头皆与水手不同，夭夭那颗心，将如何为这偶然而来的人跳跃！屋主人所说的话增加了我对于这个年轻妇人的关心。我还想多知道一点，请求她告给我，我居然又知道了些不应当写在纸上的事情。到后来谈起命运，那屋主人沉默了，众人也沉默了。各人眼望着熊熊的柴火，心中玩味着"命运"两个字的意义，而且皆俨然有一点儿痛苦。

我呢，在沉默中体会到一点"人生"的苦味。我不能给那个小妇人什么，也再不作给那水手一点点钱的打算了，我觉得他们的欲望同悲哀都十分神圣，我不配用钱或别的方法渗进他们命运里去，扰乱他们生活上那一分应有的哀乐。

下船时，在河边我听到一个人唱《十想郎》小曲，曲调卑陋声音却清圆悦耳。我知道那是由谁口中唱出且为谁唱的。我站在河边寒风中痴了许久。

辰河小船上的水手

我自从离开了那个水獭皮帽子的朋友以后，独自坐到这只小船上，已闷闷的过了十天。小船前后舱面既十分窄狭，三个水手白日皆各有所事；或者正在吵骂，或者是正在荡桨撑篙，使用手臂之力，使这只小船在结了冰的寒气中前进。有时两个年轻水手即或上岸拉船去了，船前船后又有湿淋淋的缆索牵牵绊绊。打量出去站站，也无时不显得碍手碍脚，很不方便。因此我就只有蜷伏在船舱里，静听水声与船上水手辱骂声，打发了每个日子。

照原定计划，这次旅行来回二十八天的路程，就应当安排二十二个日子到这只小船上。如半途中这小船发生了什么意外障碍，或者就多得四天五天。起先我尽记着水獭皮帽子的朋友"行船莫算打架莫看"的格言，对于这只小船每日应走多少路，已走多少路，还需要走多少路，从不发言过问。他们说"应当开头了"，船就开了，他们说"这鬼天气不成，得歇憩烤火"，我自然又听他们歇憩烤火。天气也实在太冷了一点，篙上桨上莫不结了一层薄冰。我的衣袋中，虽还收藏了一张桃源县管理小划子的船总亲手所写"十日包到"的保单，但天气既那么坏，还好意思把这张保单拿出来向掌舵梢手说话吗？

我口中虽不说什么，心里却计算到所剩余的日子，真有点儿着急。

可是三个水手中的一人，已看准了我的弱点，且在另外一件事情上，又看准了我另外一项弱点，想出了个两得其利的办法来了。那水手向我说道：

"先生，你着急，是不是？不必为天气发愁。如今落的是雪子，不是刀子。我们弄船人，命里派定了划船，天上纵落刀子也得做事！"

我的坐位正对着船尾，掌梢水手这时正分张两腿，两手握定舵把，一个人字形的姿势对我站定。想起昨天这只小船搁入石罅里，尽三人手足之力还无可奈何时，这人一面对天气咒骂各种野话，一面卸下了裤子向水中跳去的情形，我不由得微喟了一下。我说："天气真坏！"

他见我眉毛聚着便笑了。"天气坏不碍事，只看你先生是不是要我们赶路，想赶快一些，我同伙计们有的是办法！"

我带了点埋怨神气说："不赶路，谁愿意在这个日子里来在河上受活罪？你说有办法，告我看是什么办法！"

"天气冷，我们手脚也硬了。你请我们晚上喝点酒，活活血脉，这船就可以在水面上飞！"

我觉得这个提议很正当，便不追问先划船后喝酒，如何活动血脉的理由，即刻就答应了。我说："好得很，让我们的船飞去吧，欢喜吃什么买什么。"

于是这小船在三个划船人手上，当真俨然一直向辰河上游飞去。经过钓船时就喊卖鱼，一拢码头时就用长柄大葫芦满满的装上一葫芦烧酒。沿河两岸连山皆深碧一色，山头常戴了点白雪，河水则清明如玉。在这样一条河水里旅行，望着水光山色，体会水手们在工作上与饮食上的勇敢处，使我在寂寞里不由得不常作微笑！

船停时，真静。一切声音皆为大雪以前的寒气凝结了。只有船底的水声，轻轻的轻轻的流过去，——使人感觉到它的声音，几乎不是耳朵却只是想象。三个水手把晚饭吃过后，围在后舱钢灶边烤火烘衣。

时间还只五点二十五分，先前一时在长潭中摇橹唱歌的一只大货船，这时也赶到快要靠岸停泊了。只听到许多篙子钉在浅水石头上的声音，且有人大嚷大骂。他们并不是吵架，不过在那里"说话"罢了。这些人说话照例永远得使用个粗野字眼儿，也正同我们使用标点符号一样，倘若忘了加上去，意思也就很容易模糊不清楚了。这样粗野字眼儿的使用，即在父子兄弟间也少不了。可是这些粗人野人，在那吃酸菜臭牛肉说野话的口中，高兴唱起歌来时，所唱的又正是如何美丽动人的歌！

大船靠定岸边后，只听到有一个人在船头上大声喊叫：

"金贵，金贵，上岸××去！"

那个名为金贵的水手，似乎正在那只货船舱里鱿鱼海带间，嘶着个嗓子回答说：

"你××去我不来。你娘××××正等着你！"

我那小船上三个默默的烤火烘衣的水手，听到这个对白，便一同笑将起来了。其中之一学着邻船人语气说：

"××去，×你娘的×。大白天像狗一样在滩上爬，晚上好快乐！"

另一个水手就说：

"七老，你要上岸去，你向先生借两角钱也可以上岸去！"

几个人把话继续说下去，便讨论到各个小码头上吃四方饭娘儿们的人材与轶事来了。说及其中一些野妇人悲喜的场面时，真使我十分感动。我再也不能孤独的在舱中坐下了，就爬到那个钢灶边去，同他们坐在一处去烤火。

我掺入那个团体时，询问那个年纪较大的水手：

"掌舵的，我十五块钱包你这只船，一次你可以捞多少！"

"我可以捞多少，先生！我不是这只船的主人，我是个每年二百四十吊钱雇定的舵手，算起来一个月我有两块三角钱，你看看这一次我捞多少！"

我说："那么，大伙计，你拦头有多少！全船皆得你，难道也是二百四十吊一年吗？"

那一个名为七老的说："我弄船上行，两块六角钱一次，下行吃白饭！"

"那么，小伙计，你呢。我看你手脚还生疏得很！你昨天差点儿淹坏了，得多吃多喝，把骨头长结实一点点！"

小子听我批评到他的能力就只干笑。掌舵的代他说话：

"先生要你多吃多喝，你不听到吗？这小子看他虽长得同一块发糕一样，其实就只是能吃能喝，撑篙子拉纤全不在行！"

"多少钱一月！"我说，"一块钱一月，是不是？"

那个小水手自己笑着开了口："多少钱一月？十个铜子一天，——×他的娘。天气多坏！"

我在心中打了一下算盘，掌舵的八分钱一天，拦头的一角三分一天，小伙计一分二厘一天。在这个数目下，不问天气如何，这些人莫不皆得从天明起始到天黑为止，做他应分做的事情。遇应当下水时，便即刻跳下水中去。遇应当到滩石上爬行时，也毫不推辞即刻前去。在能用气力时，这些人就毫不吝惜气力打发了每个日子，人老了，或大六月发痧下痢，躺在空船里或太阳下死掉了，一生也就算完事了。这条河中至少有十万个这样过日子的人。想起了这件事情，我轻轻的吁了一口气。

"掌舵的，你在这条河里划了几年船？"

"我今年五十三，十六岁就到了船上。"

三十七年的经验，七百里路的河道，水涨水落河道的变迁，多少滩，多少潭，多少码头，多少石头——是的，凡是那些较大的知名的石头，这个人就无一不能够很清楚的举出它们的名称和故事！划了三十七年的船，还只是孤身一人，把经验与气力每天作八分钱出卖，来在这水上飘泊，这个古怪的人！

"拦头的大伙计，你呢？你划了几年船？"

"我照老法子算今年三十一岁，在船上五年，在军队里也五年。我是个逃兵，七月里才从贵州开小差回来的！"

这水手结实硬朗处，倒真配作一个兵。那分粗野爽朗处也很像个兵。掌舵的水手人老了，眼睛发花，已不能如年青人那么手脚灵便，小水手年龄又太小了一点，一切事皆不在行，全船最重要的人物就是他。昨天小船上滩，小水手换篙较慢，被篙子弹入急流里去时，他却一手支持篙子，还能一手把那个小水手捞住，援助上船。上了船后那小子又惊又气，全身湿淋淋的，抱定桅子荷荷大哭。他一面笑骂着种种野话，一面却赶快脱了棉衣单袴给小水手替换。在这小船上他一个人脾气似乎特别大，但可爱处也就似乎特别多。

想起小水手掉到水中被援起以后的样子，以及那个年纪大一点的脱下了袴子给他掉换，光着下个身在空气里弄船的神气，我心中充满了不可言说的感情。我向小水手带笑说："小伙计，你呢？"

那个拦头的水手就笑着说："他吗？只会吃，只会哭，做错了事骂两句，还会说点蠢话：'你欺侮我，我用刀子同你拼命！'拿你刀子来切我的××，老子还不见过刀子，怕你！"

小水手说："老子哭你也管不着！"

拦头的水手说："我管你咬我的××！不管你你还会有命！落了水爬起来，有什么可哭？我不脱下衣来，先生不把你毯子，不冷死你！十五六岁了的人，命好早×出了孩子，动不动就哭，不害羞！"

正说着，邻船上有水手很快乐的用女人窄嗓子唱起曲子，晃着一个火把，上了岸，往半山吊脚楼胡闹去了。

我说："大伙计，你是不是也想上岸去玩玩？要去就去，我这里有的是钱。要几角钱？你太累了，我请客！"

掌舵的老水手听说我请客，赶忙在旁打边鼓儿说："七老，你去，先生请客你就去，两吊钱先生出得起！"

他妩媚的咕咕笑着。我知道那是什么意思。就取了值四吊钱的五角钞票递给他，小水手笑乐着为他把作火炬的废缆燃好。于是推开了篷，这个人就被两个水手推上了岸，也摇晃着个火把，爬上高坎到吊脚楼地方取乐去了。

人走去后，掌舵的水手方把这个人的身世为我详细说出来。原来这个人的履历上，还有十一个月土匪的经验应当添注上去。这个人大白天一面弄船一面吼着说"老子要死了，老子要做土匪去了"，种种独白的理由，我方完全明白了。

我心中以为这个人既到了河街吊脚楼，若不是同那些宽脸大奶子女人在床上去胡闹，必就坐到火炉边，夹杂在一群划船人中间向火，嚼花生或剥酸柚子吃。那河街照例有屠户，有油盐店，有烟馆，有小客店，还有许多妇人提起竹篾织就的圆烘笼烤手，一见到年青水手的就做眉做眼。还有妇女年纪大些的，鼻梁根扯得通红，太阳穴贴上了膏药，做丑事毫不以为可羞。看中了某一个结实年青的水手时，只要那水手不讨厌她，还会提了家养母鸡送给水手！那些水手胡闹到半夜里回到船上，把缚着脚的母鸡，向舱里同伴热被上抛去，一些在睡梦里被惊醒的同伴，就会喃喃的骂着，"溜子，溜子，你一条×× 换一只母鸡，老子明早天一亮用刀割了你！"于是各个臭被一角皆起了咕咕的笑声……

我还正在那个拦头水手行为上，思索到一个可笑的问题，不知道他那么上岸去，由他说来，究竟得到了些什么好处。可是他却出我意料以外，上岸不久又下了河，回到小船上来了。小船上掌梢水手正点了个小油灯，薄薄灯光照着那水手的快乐脸孔。掌梢的向他说：

"七老，怎么的，你就回来了，不同婊子过夜！"

小水手也向他说了句野话，那小子只把头摇着且微笑着，赶忙解下了他那根腰带。原来他棉袄里藏了一大堆橘子，腰带一解，橘子便在舱板上各处滚去。问他为什么得了那么多橘子，方知道他虽上了岸，却并不胡闹，只到河街上打了个转，在一个小铺子里坐了一会，见有橘子卖，知道我欢喜吃橘子，就把钱全买了橘子带回来了。

我见着他那很有意思的微笑，我知道他这时所作的事，对于他自己感觉到如何愉快，我便笑将起来，不说什么了。四个人剥橘子吃时，我要他告给我十一个月作土匪的生活，有些什么可说的事情，让我听听。他就一直把他的故事说到十二点钟。

天气如所希望的终于放晴了，我同这几个水手在这只小船上已经过了十一个日子。

天既放晴后，小船快要到目的地时，坐在船舱中一角，瞻望澄碧无尽的长流，使我发生无限感慨。十五年以前，河岸两旁黛色庞大石头上，依然是在这样晴朗冬天里，有野莺与画眉鸟从山中竹篁里飞出来，在石头上晒太阳，悠然自得的啭唱悦耳的曲子，直到有船近身时，又方始一齐向竹林中飞去。十五年来竹林里的鸟雀，那分从容处，犹如往日一个样子，水面划船人愚蠢朴质勇敢耐劳处，也还相去不远。但这个民族，在这一堆日子里，为内战，毒物，饥馑，水灾，如何向堕落与灭亡大路走去，一切人生活习惯，又如何在巨大压力下失去了它原来的型范！

小船到达我水行的终点浦市地方时，约在下午四点钟左右。这是一个经过昔日的繁荣而衰败了的码头。三十年前是这个地方繁荣达到顶点的时代。十五年前地方业已大大衰落，那时节沿河长街的油坊，尚常有三两千新油篓晒在太阳下。沿河七个用青石作成的码头，有一半皆停泊了结实高大四橹五舱运油船。此处船只多从下游运来淮盐，布匹，花纱，以及川黔边区所需的洋广杂货。川黔边境由旱路来的朱砂，水银，苎麻，五倍子，莫不在此交货转载。木材浮江而下时，常常半个河面皆是那种木筏。本地市面则出炮仗，出印花布，出肥人，出肥猪。河面既异常宽平，码头又干净整齐，虽从那些大商号上，寺庙上，都可见出这个商埠在日趋于衰颓，然而一个旅行者来到此地时，一切规模总仍然可得一极其动人的印象！街市尽头河下游为一长潭，河上游为一小滩，每当黄昏薄暮，落日沉入大地，天上暮云为落日余晖所烘炙，剩余一片深紫时，大帮货船从上而下，摇船人泊船近岸，在充满了薄雾的河面，浮荡的催橹歌声，又正是一种如何壮丽稀有的歌声！

　　如今小船到了这个地方后，看看沿河各码头，皆已破烂不堪，小船泊定的一个码头，一共有十二只船，除了有一只船载运了方柱形毛铁，一只船载辰溪烟煤，正在那里发签起货外，其他船只似乎已停泊了多日，无货可载。有七只船还在小桅上或竹篙上，悬了一个用竹缆编成的圆圈，作为“此船出卖”的标志。

　　小船上掌梢水手同拦头水手都上岸去了，只留下小水手守船，我想乘天气还不曾断黑，到长街上去看看这一切衰败了的地方，是不是商店中还能有个肥胖子。一到街口却碰着了那两个水手，正同个骨瘦如柴的长人在一个商店门前相骂。问问旁人是什么事情，方知道这长子原来是个屠户，争吵的原因只是对于所买的货物分量轻重有所争持。看到他们那么大声吵骂，我就不再走过去了。

　　下船时，我一个人坐在那小小船只里让黄昏来临，心中只想着一件古怪事情：

　　“浦市地方屠户也那么瘦了，是谁的责任？希望到这个地面上，还有一群精悍结实的青年，来驾驭钢铁征服自然，这责任应当归谁？"

箱子岩

十四年以前，我有机会独坐一只小篷船，沿辰河上行，停船在箱子岩脚下。一列青黛崭削的石壁，夹江高矗，被夕阳烘炙成为一个五彩屏障。石壁半腰中，有古代巢居者的遗迹，石罅间悬撑起无数横梁，暗红色大木柜尚依然好好的搁在木梁上。岩壁断折缺口处，看得见人家茅棚同水码头，上岸喝酒下船过渡人皆得从这缺口通过。那一天正是五月十五，河中人过大端阳节。箱子岩洞窟中最美丽的三只龙船，皆被乡下人拖出浮在水面上。船只狭而长，船舷描绘有朱红线条，全船坐满了青年桡手，头腰各缠红布，鼓声起处，船便如一枝没羽箭，在平静无波的长潭中来去如飞。河身大约一里路宽，两岸皆有人看船，大声呐喊助兴。且有好事者，从后山爬到悬岩顶上去，把百子鞭炮从高岩上抛下，尽鞭炮在半空中爆裂，嘭嘭嘭嘭的鞭炮声与水面船中锣鼓声相应和，引起人对于历史发生了一种幻想，一点感慨。

当时我心想：多古怪的一切！两千年前那个楚国逐臣屈原，若本身不被放逐，疯疯癫癫来到这种充满了奇异光彩的地方，目击身经这些惊心动魄的景物，两千年来的读书人，或许就没有福分读《九歌》那类文章，中国文学史也就不会如现在的样子了。在这一段长长岁月中，世界上多少民族皆堕落了，衰老了，灭亡了。即如号称东亚大国的一片土地，也已经有过多少次被沙漠中的蛮族，骑了膘壮的马匹，手持强弓硬弩，长枪大戟，到处践踏蹂躏！（辛亥革命前夕，在这苗蛮杂处的一个边镇上，向土民最后一次大规模施行杀戮的统治者，就是一个北方清朝的宗室！）然而这地方的一切，虽在历史中也照样发生不断的杀戮，争夺，以及一到改朝换代时，派人民担负种种不幸命运，死的因此死去，活的被逼迫留发，剪发，在生活上受新朝代种种限制与支配。然而细细一想，这些人根本上又似乎与历史毫无关系。从他们应付生存的方法与排泄感情的娱乐上看来，竟好像古今相同，不分彼此。这时节我所眼见的光景，或许就与两千年前屈原所见的完全一样。

那次我的小船停泊在箱子岩石壁下，附近还有十来只小渔船，大致打鱼人也有弄龙船竞渡的，所以渔船上妇女小孩们，精神皆十分兴奋，各站在尾梢上锐声呼喊。其中有几个小孩子，我只担心他们太快乐了些，会把住家的小船跳沉。

日头落尽云影无光时，两岸渐渐消失在温柔暮色里，两岸看船人吆喝声越来越少，河面被一片紫雾笼罩，除了从锣鼓声中尚能辨别那些龙船方向，此外已别无所见。然而岩壁缺口处却人声嘈杂，且闻有小孩子哭声，有妇女们尖锐叫唤声，综合给人一种悠然不尽的感觉。天气已经夜了，吃饭是正经事。我原先尚以为再等一会儿，那龙船一定就会傍近岩边来休息，被人拖进石窟里，在快乐呼喊中结束这个节日了。谁知过了许久，那种锣鼓声尚在河面飘着，表示一班人还不愿意离开小船，回转家中。待到我把晚饭吃过后，爬出舱外一望，呀，天上好一轮圆月。月光下石壁同河面，一切皆镀了银，已完全变换了一种调子。岩壁缺口处水码头边，正有人用废竹缆或油柴燃着火燎，火光下只见许多穿白衣人的影子移动。问问船上水手，方知道那些人正把酒食搬移上船，预备分派给龙船上人。原来这些青年人白日里划了一整天船，看船的皆散尽了，划船的还不尽兴，并且谁也不愿意扫兴示弱，先行上岸，因此三只长船还得在月光下玩个上半夜。

提起这件事，使我重新感到人类文字语言的贫俭。那一派声音，那一种情调，真不是用文字语言可以形容的事情。向一个身在城市住下，以读读《楚辞》就神往意移的人，来描绘那月下竞舟的一切，更近于徒然的努力。我可以说的，只是自从我把这次水上所领略的印象保留到心上后，一切书本上的动人记载，皆看得平平常常，不至于发生惊讶了。这正像我另外一时，看过人类许多花样的杀戮，对于其余书上叙述到这件事，同样不能再给我如何感动。

十四年后我又有了机会乘坐小船沿辰河上行，应当经过箱子岩。我想温习温习那地方给我的印象，就要管船的不问迟早，把小船在箱子岩停泊。这一天是十二月七号，快要过年的光景，没有太阳的酿雪天，气候异常寒冷。停船时还只下午三点钟左右，岩壁上藤萝草木叶子多已萎落，显得那一带岩壁十分瘦削。悬岩高处红木柜，只剩下三四具，其余早不知到哪儿去了。小船最先泊在岩壁下洞窟边，冬天水落得太多，洞口已离水面两丈以上，我从石壁裂罅爬上洞口，到搁龙船处看了一下，旧船已不知坏了还是被水冲去了，只见有四只新船搁在石梁上，船头还贴有鸡血同鸡毛，一望就明白是今年方下水的。出得洞口时，见岩下左边泊定五只渔船，有几个老渔婆缩颈敛手在船头寒风中修补渔网。上船后觉得这样子太冷落了，可不是个办法。就又要船上水手为我把小船撑到岩壁断折处有人家地方去，就便上岸，看看乡下人过年以前是什么光景。

四点钟左右，黄昏已腐蚀了山峦与树石轮廓，占领了屋角隅，我独自坐在一家小饭铺柴火边烤火。我默默的望着那个火光煜煜的树根，在我脚边很快乐的燃着，爆炸出轻微的声音。铺子里人来来往往，有些说两句话又走了，有些就来镶在我身边长凳上，坐下吸他的旱烟。有些来烘脚，把穿着湿草鞋的脚去热灰里乱搅。看看每一个人的脸子，我都发生一种奇异。这里是一群会寻快乐的乡下人，有捕鱼的，打猎的，有船上水手与编制竹缆工人。若我的估计不错，那个坐在我身旁，伸出两只手向火，中指节有个放光顶针的，一定还是一位乡村成衣人。这些人每到大端阳时节，皆得下河去玩一整天的龙船。平常日子却在这个地方，按照一种分定，很简单的把日子过下去。每日看过往船只摇橹扬帆来去，看落日同水鸟。虽然也有人事上的得失，到恩怨纠纷成一团时，就陆续发生庆贺或仇杀。然而从整个说来，这些人生活却仿佛同"自然"已相融合，很从容的各在那里尽其性命之理，与其他无生命物质一样，惟在日月升降寒暑交替中放射，分解。而且在这种过程中，人是如何渺小的东西，这些人比起世界上任何哲人，也似乎还更知道的多一些。

听他们谈了许久，我心中有点忧郁起来了。这些不辜负自然的人，与自然妥协，对历史毫无担负，活在这无人知道的地方。另外尚有一批人，与自然毫不妥协，想出种种方法来支配自然，违反自然的习惯，同样也那么尽寒暑交替，看日月升降。然而后者却在改变历史，创造历史。一分新的日月，行将消灭旧的一切。我们用什么方法，就可以使这些人心中感觉一种"惶恐"，且放弃过去对自然和平的态度，重新来一股劲儿，用划龙船的精神活下去？这些人在娱乐上的狂热，就证明这种狂热使他们还配在世界上占据一片土地，活得更愉快更长久一些。不过有什么方法，可以改造这些人狂热到一件新的竞争方面去？

一个跛脚青年人，手中提了一个老虎牌桅灯，灯罩光光的，洒着摇着从外面走进屋子。许多人皆同声叫唤起来："什长，你发财回来了！好个灯！"

那跛子年纪虽很轻，脸上却刻划了一种油气与骄气，在乡下人中仿佛身分特高一层。把灯搁在木桌上，坐近火边来，拉开两腿摊出两只手烘火，满不高兴的说："碰鬼，运气坏，什么都完了。"

"船上老八说你发了财，瞒我们！"

"发了财，哼。瞒你们？本钱去七角，桃源行市一块零，有什么捞头，我问你。"

这个人接着且连骂带唱的说起桃源后江的情形，使得一般人皆活泼兴奋起来，话说得正有兴味时，一个人来找他，说猪蹄膀已炖好，酒已热好，他搓搓手，说声有偏各位，提起那个新桅灯就走了。

原来这个青年汉子，是个打鱼人的独生子，三年前被省城里募兵委员招去，训练了三个月，就开到江西边境去同共产党打仗。打了半年仗，一班弟兄中只剩下他一个人好好的活着，奉令调回后防招新军补充时，他因此升了班长。第二次又训练三个月，再开到前线去打仗。于是碎了一只腿，抬回军医院诊治，照规矩这只腿用锯子锯去。一群同志皆以为从辰州地方出来的人，"辰州符"比截割高明得多了，就把他从医院中抢出，在外边用老办法找人敷水药治疗。说也古怪，那只腿居然不必截割全好了。战争是个什么东西他已明白了。取得了本营证明，领得了些伤兵抚恤费后，于是回到家乡来，用什长名义受同乡恭维，又用伤兵名义作点生意。这生意也就正是有人可以赚钱，有人可以犯法，政府也设局收税，也制定法律禁止，那种从各方面说来皆似乎极有出息的生意。我想弄明白那什长的年龄，从那个当地唯一成衣人口中，方知道这什长今年还只二十一岁。那成衣人尚说：

"这小子看事有眼睛，做事有魄力，蹶了一只脚，还会发财走好运。若两只腿弄坏，那就更好了。"

有个水手插口说："这是什么话。"

"什么画，壁上挂。穷人打光棍，两只腿全打坏了，他就不会赚了钱，再到桃源县后江玩花姑娘！"

成衣人末后一句话把大家都弄笑了。

回船时，我一个人坐在灌满冷气的小小船舱中，计算那什长年龄，二十一岁减十四，得到个数目是七。我记起十四年前那个夜里一切光景，那落日返照，那狭长而描绘朱红线条的船只，那锣鼓与呼喊，……尤其是临近几只小渔船上欢乐跳掷的小孩子，其中一定就有一个今晚我所见到的跛脚什长。唉，历史。生硬性痼疽的人，照旧式治疗方法，可用一点点毒药敷上，尽它溃烂，到溃烂净尽时，再用药物使新的肌肉生长，人也就恢复健康了。这跛脚什长，我对他的印象虽异常恶劣，想起他就是个可以溃烂这乡村居民灵魂的人物，不由人不……

二十年前澧州地方一个部队的马夫，一菜刀切下了一个兵士的头颅，二十年后就得惊动三省集中十万军队来解决这马夫。谁个人会注意这小小节目，谁个人想象得到人类历史是用什么写成的！

五个军官和一个煤矿工人

辰河弄船人有两句口号，旅行者无人不十分熟习。那口号是："走尽天下路，难过辰溪渡。"事实上辰溪渡也并不怎样难过，不过弄船人所见不广，用纵横长约千里路一条辰河与七个支流小河作准，因此说出那么两句天真话罢了。地险人蛮却为一件事实。但那个地方，任何时节实在是一个使人神往倾心的美丽地方。

辰溪县的位置，恰在两条河流的交汇处，小小石头城临水倚山，建立在河口滩脚崖壁上。河水深到三丈尚清可见底，河面长年来往着湘黔边境各种形体美丽的船只。山头为石灰岩，无论晴雨，皆可见到烧石灰人窑上飘飏的青烟与白烟。房屋多黑瓦白墙，接瓦连椽紧密如精巧图案。对河与小山城成犄角，上游为一个三角形小阜，阜上有修船造船的干坞与宽坪。位在下游一点，则为一个三角形黑色石岨，濒河拔峰，山脚一面接受了沅水激流的冲刷，一面被麻阳河长流的淘洗，岩石皆玲珑透空。半山有个壮丽辉煌的庙宇，庙宇外岩石间且有成千大小不一的浮雕石佛。太平无事的日子，每逢佳节良辰，当地驻防长官，县知事，小乡绅及商会主席，便乘小船过渡到那个庙宇里饮酒赋诗。在那个悬岩半空的庙里，可以眺望上行船的白帆，听下行船摇橹人唱歌。街市尽头下游便是一个长潭，名"斤丝潭"。两岸皆五色石壁，矗立如屏障一般。长潭中日皆有五十只以上打鱼船，载满了黑色沉默的鱼鹰，浮在河面取鱼。小船溯流而渡，艰难处与美丽处实在可以平分。

地方又出煤炭，为湘西著名产煤区，似乎无处无煤，故山前山后随处可见到用土法开掘的煤井。沿河两岸皆常有运煤船停泊，码头间无时不有若干黑脸黑手脚汉子，把大块烟煤运送到船上，向船舱中抛去。若过一个取煤斜井边去，就可见到无数同样黑脸黑手脚人物，全身光裸，腰前围上一片破布，头上戴了一盏小灯，向那个俨若地狱的黑井爬进爬出。矿坑随时皆可以坍陷或为水灌入，坍了，淹了，这些到地狱讨生活的人自然也就完事了。

矿区同小山城各驻扎了相当军队，七年前，有一天晚上，一名哨兵扛了枪支，正从一个废弃了的煤井前面经过，忽然从黑暗里跃出了一个煤矿工人，一菜刀把那个哨兵头颅劈成两片。这煤矿工人很敏捷的把枪支同子弹取下后，便就近埋藏在煤渣里，哨兵尸身被拖到那个浸了半井黑水的煤井边，冬的一声抛下去了。这个哨兵失了踪，军营里当初还以为人开了小差，照例下令各处通缉。直等到两个半月以后，尸身为人在无意中发现时，那个狡猾强干的煤矿工人，在辰溪与芷江两县交界处的土匪队伍中称小头脑，干打家劫舍捉肥羊的生涯已多日了。

三年后这煤矿工人带领了约两千穷人，又在一种很敏捷的手段下，占领了那个辰溪的小山城。防军受了相当损失，把其余部队皆集中在对河产煤区，准备反攻。一切船只不是逃往下游便是被防军方面扣留，河面一无所有，异常安静。上下行商船皆各停顿到上下三十里码头上，最美观的木筏也不能在河面见着了。煤矿全停顿了，烧石灰人也逃走了。白日里静悄悄的，只间或还可听到一两声哨兵放枪声音。每日黄昏里及天明前后，两方面皆担心敌人渡河袭击，便各在河边燃了大大的火堆，且把机关枪剥剥剥剥的放了又放。当机关枪如拍簸箕那么反复作响时，一些逃亡在山坳里的平民，以及被约束在一个空油坊里的煤矿工人，便各在沉默里，从枪声方面估计两方的得失。多数人虽明白这战争不出一月必可结束，落草为寇的仍然入山，驻防的仍然收复了原有防地。但这战事一延长，两方面的牺牲，谁也就不能估计得到了。

每次机关枪的响声下，照例皆有防军渡江奇袭的船只过河。照例是五个八个一伙伏在船舱里，把水湿棉絮同砂包垒积到船头与船旁，乘黄昏天晓薄雾平铺江面时泅流偷渡。船只在沉默里行将到达岸边时，在强烈的手电筒搜索中被发现了，于是响了机关枪。船只仍然在沉默中向岸边划去。再过一会，訇的一声，从船上掷出的手榴弹已抛到岸边哨兵防御工事上。接着两方面皆起了机关枪声音，手榴弹也继续爆炸着，再过一阵，枪声已停止，很显然的，渡河的在猛烈炮火下，地势不利失败了。这些人或连同船只沉到水中去了。或已拢岸却仍然在悬崖下牺牲了，或被炮火所逼，船中人死亡将尽，剩余一个两个受了伤，尽船只向下游漂去，在五里外的长潭中，方划拢自己防地那一个岸边。

半月以内防军在渡头上下三里前后牺牲了大约有三连实力，与三十七只大小船只。到后却有五个教导团的年轻学兵，在大雨中带了五枝自动步枪，一堆手榴弹，三枝连槽，用竹筏渡河，拢岸时，首先占领了土匪沿河一个重要码头，其余竹筏皆陆续渡河，从占领处上了岸。在一场凶猛巷战中，那矿工统率的穷人队伍不能支持，在街头街尾各处放了火。便带了残余部众，绑着县长同几个绅士，向西乡逃跑了。

三个月内，防军在继续追剿中，解决了那个队伍全部的实力，肉票也皆被夺回了。但那个矿工出身土匪首领的漏网，却成为地方当局忧虑不安的事情。到后来虽悬赏探听明白了他的踪迹，却无方法可以诱出逮捕。

五个青年教导团学兵，那时节业已毕业，升了各连的见习，尚未归连。就请求上司允许他们冒一次险，且向上司说明这冒险的计划。

七天以后，辰溪沅州两县边境名为窑上的地方，一个制砖人小饭铺里，就有五个人吃饭。五人皆作商人装束，其中有四个各扛了小扁担，只一人挑了一担有盖箩筐。这制砖人年纪已开六十岁，早为防军侦探明白是那个矿工的通信人。年青人把饭吃过后，几人便互相商量到一件事情。所说的话自然就是故意想让那老头子从一旁听去的话。这时节几个人正装扮成为一群从黔省来投靠那矿工的零伙。箩筐里白米下放的是一枝轻机关枪同若干发子弹。箩筐中真是那玩意儿！几人一面说一面埋怨这次来到这里的冒昧处。一片谎话把那个老奸巨猾的心说动了后，那老的搭讪着问了些闲话，相信几人真是来卖身投靠的同志了，就说他会卜课。他为卜了一课，那卦上说，若找人，等等向西方走去，一定可以遇到一个他们所要见的人。等待几人离开了饭铺向西走去时，制砖人早把这个消息递给了另一方面。两方面皆十分得意，以为对面的一个上了套。

因此几个人不久就同一个"管事"在街口会了面，稍稍一谈，把箩筐盖甩去一看，机关枪赫然在箩筐里。管事的再不能有何种疑虑了。就邀约五个人入山去见"龙头"，吃血酒发誓，此后便祸福与共，一同做梁山上人物。几个年青人却说"光棍心多，请莫见怪"，以为最好倒是约龙头来窑上吃血酒发誓，再共同入山。管事的走去后，几个人就依然住在窑上制砖人家里等候消息。

第二天，那个狡猾结实矿工，带领四个散伙弟兄来到了窑上，很亲热的一谈，见得十分投契，点了香烛，杀了鸡，把鸡血开始与烧酒调和，各人正预备喝下时，在非常敏捷行为中，五个年青人各从身边取出了手枪同小宝（解首刀）动起手来，几个从山中来的豹子，皆在措手不及情形中被放翻了。那矿工最先手臂和大腿各中了一枪，躺在地下血泊里了，等到其他几个人倒下时，那矿工就冷冷的向那五个年青人笑着说：

"弟兄，弟兄，你们手脚真麻利！慢一会儿，就应归你们躺到这里了。我早就看穿了你们的鬼计，明白你们是从那儿来的卖客，好胆量！"

几个年青人不说什么，在沉默里把那些被放翻在地下的人，首级一一割下。轮到矿工时，那矿工仍然十分沉静的说：

"弟兄，弟兄，不要尽做蠢事，留一个活的，你们好回去报功！"

五个年青人心想，真应当留一个活的，"好去报功"！就不说什么，把他捆绑起来。

一会儿，五个年青人便押了受伤的矿工，且勒迫那个制砖头的老头子挑了四个人头，沉默的一列回辰溪了。走到去辰溪不远的白羊河时，几人上了一只小船。

船到了辰溪上游约三里路，那个受伤的矿工又开了口：

"弟兄，弟兄，一切是命。你们运气好，手面子快，好牌被你们抓上手了。那河边煤井旁，我还埋了四支连槽，爽性助和你们，你们谁同我去拿来吧。"

那煤矿原来去山脚不远，来回有二十分钟就可以了事。五个年青人对于这提议皆毫不疑惑。矿工既已身受重伤，无法逃遁，四支连槽引起了几个年青人的幻想，派谁守船都不成，于是五个人就又押了那个受伤矿工与制砖老头子，一同上了岸。走近一个废坑边，那矿工却说，枪支就埋在坑前左边一堆煤滓里。正当几个人争着去翻动煤滓寻取枪支时，矿工一瘸一拐的走近了那个业已废弃的多年的矿井边，声音朗朗的从容的说道：

"弟兄，弟兄，对不起，你们送了我那么多远路，有劳有偏了！"

话一说完，猛然向那深井里跃去。几个人赶忙抢到井边时，只听到冬的一声，那矿工便完事了。

五个年青人呆了许久，骂了许久，也笑了许久。皆觉得被骗了一次。那废井深约七十公尺，有一半已灌了水。七年前那个哨兵，就是被矿工从这个井口抛下去的。……

在另外一个篇章里，我不是曾经说到过我抵辰州时，第一天就见着五个少年军官吗？当他们与我共同围坐在一个火炉边，向我说到他们的冒险，和那矿工临死前那份镇静时，我简直呆了。我问他们，为什么当时不派个人拉着那矿工的绳子。

"拉他的绳头吗，你真说得好，若当真拉住他，谁拉他谁不就同时被他带下井去了吗？"说这个话的年轻朋友，原来就正是当时被派定看守矿工的一个，为了忙于发现埋藏的手枪，幸而不至于被拉下井的。

老伴

我平日想到泸溪县时，回忆中就浸透了摇船人催橹歌声，且为印象中一点儿小雨，仿佛把心也弄湿了。这地方在我生活史中占了一个位置，提起来真使我又痛苦又快乐。

泸溪县城界于辰州与浦市两地中间，上距浦市六十里，下达辰州也恰好六十里。四面是山，河水在山峡中流去。县城位置在洞河与沅水汇流处，小河泊船贴近城边，大河泊船去城约三分之一里。（洞河通称小河，沅水通称大河。）洞河来源远在苗乡，河口长年停泊了五十只左右小小黑色洞河船。弄船者有短小精悍的花帕苗，头包花帕，腰围裙子。有白面秀气的所里人，说话时温文尔雅，一张口又善于唱歌。洞河既水急山高，河身转折极多，上行船到此已不适宜于借风使帆。凡入洞河的船只，到了此地，便把风帆约成一束，作上个特别记号，寄存于城中店铺里去，等待载货下行时，再来取用。由辰州开行的沅水商船，六十里为一大站，停靠泸溪为必然的事。浦市下行船若预定当天赶不到辰州，也多在此过夜。然而上下两个大码头把生意全已抢去，每天虽有若干船只到此停泊，小城中商业却清淡异常。沿大河一方面，一个稍稍像样的青石码头也没有。船只停靠皆得在泥滩头与泥堤下，落了小雨，不知要滑倒多少人！

十七年前的七月里，我带了"投笔从戎"的味儿，在一个"龙头大哥"而兼保安司令的领导下，随同八百乡亲，乘了抓封得到的三十来只大小船舶，浮江而下，来到了这个地方。靠岸停泊时正当傍晚，紫绛山头为落日镀上一层金色，乳色薄雾在河面流动。船只拢岸时摇船人皆促橹长歌，那歌声揉合了庄严与瑰丽，在当前景象中，真是一曲不可形容的音乐。

第二天，大队船只全向下游开拔去了，抛下了三只小船不曾移动。两只小船装的是旧棉军服，另一只小船，却装了十三名补充兵，全船中人年龄最大的一个十九岁，极小的一个十三岁。

十三个人在船上实在太挤了点。船既不开动，天气又正热，挤在船上也会中暑发瘟。因此许多人白日尽光身泡在长河清流中，到了夜里，便爬上泥堤去睡觉。一群小子身上皆空无所有，只从城边船户人家讨来一大束稻草，各自扎了一个草枕，在泥堤上仰面躺了五个夜晚。

这件事对于我个人不是一个坏经验。躺在尚有些微余热的泥土上，身贴大地，仰面向天，看尾部闪放宝蓝色光辉的萤火虫匆匆促促飞过头顶。沿河是细碎人语声，蒲扇拍打声，与烟杆儿剥剥的敲着船舷声。半夜后天空有流星曳了长长的光明下坠，滩声长流，如对历史有所埋怨。这一种夜景，实在为我终身不能忘掉的夜景！

到后落雨了，各人竟上了小船。白日太长，无法排遣，各自赤了双脚，冒着小雨，从烂泥里走进县城街上去。大街头江西人经营的布铺，铺柜中坐了白发皤然老妇人，庄严沉默如一尊古佛。大老板无事可作，只睒着肚皮，叉着两手，把脚拉开成为八字，站在门限边对街上檐溜出神。窄巷里石板砌成的行人道上，小孩子扛了大而朴质的雨伞，响着寂寞的钉鞋声。待到回船时，各人身上业已湿透，就各自把衣服从身上脱下，站在船头相互帮忙拧去雨水。天夜了，便满船是呛人的油气与柴烟。

在十三个伙伴中我有两个极要好的朋友：其中一个是我的同宗兄弟，年纪顶大，与那个在常德府开旅馆头戴水獭皮帽子的朋友，原本同在一个衙门里服务当差，终日栽花养鱼，忽然对职务厌烦起来，把管他的头目打了一顿，自己也被打了一顿，因此就与我们作了同伴。其次是那个年纪顶轻的，名字就叫"傩右"。一个成衣人的独生子，为人伶俐勇敢，希有少见。家中虽盼望他能承继先人之业，他却梦想作个上尉副官，头戴金边帽子，斜斜佩上红色值星带，以为十分写意。因此同家中吵闹了一次，负气出了门。这小孩子年纪虽小，心可不小！同我们到县城街上转了三次，就看中了一个绒线铺的女孩子，问我借钱向那女孩子买了三次白棉线草鞋带子。他虽买了不少带子，那时节其实连一双多余的草鞋就没有，把带子买得同我们回转船上时，他且说："将来若作了副官，当天赌咒，一定要回来讨那女孩子做媳妇。"那女孩子名叫"翠翠"，我写《边城》故事时，弄渡船的外孙女，明慧温柔的品性，就从那绒线铺小女孩脱胎而来。我们各人对于这女孩子，印象似乎都极好，不过当时却只有他一个人，特别勇敢天真些，好意思把那一点胡涂希望说出口来。

日子过去了三年，我那十三个同伴，有三个人由驻防地的辰州请假回家去，走到泸溪县境驿路上，出了意外的事情，各被土匪砍了二十余刀，流一滩血倒在大路旁死掉了。死去的三人中，有一个就是我那同宗兄弟。我因此得到了暂时还家的机会。

那时节军队正预备从鄂西开过四川去就食，部队中好些年轻人皆被遣送回籍。那司令官意思就在让各人的父母负点儿责：以为一切是命的，不妨打发小孩子再归营报到，担心小孩子生死的，自然就不必再来了。

我于是和那个伙伴并其他一些年轻人，一同挤在一只小船中，还了家乡。小船上行到泸溪县停泊时，虽已黑夜，两人还进城去拍打那人家的店门，从那个"翠翠"手中买了一次白带子。

到家不久，这小子大约却不忘作副官的好处，借故说假期已满，同成衣人爸爸又大吵了一架，偷了些钱，独自走下辰州了。我因家中无事可作，不辞危险也坐船下了辰州。我到得辰州时，方知道本军部队四千人，业已于四天前全部开拔过四川，所有伙伴也完全走尽了。我们已不能过四川，成为留守部人员。留守部只剩下一个军需官，一个老年副官长，一个跛脚副官，以及两班老弱兵士。傩右被派作勤务兵，我的职务为司书生，两人皆在留守部继续供职。两人既受那个副官长管辖，老军官见我们终日坐在衙门里梧桐树下唱山歌，以为我们应找点事做做，就派遣两人到城外荷塘里去为他钓蛤蟆。两人一面钓蛤蟆一面谈天，我方知道他下行时居然又到那绒线铺买了一次带子。我们把蛤蟆从水荡中钓来，用麻线捆着那东西小脚，成串提转衙门时，老军官把一半薰了下酒，剩下一半还托同乡捎回家中去给太太吃。我们这种工作一直延长到秋天，方换了另外一种。

过了一年，有一天，川边来了个电报：部队集中驻扎在一个小县城里，正预备拉夫派捐回湘，忽然当地切齿发狂的平民，发生了民变，各自拿了菜刀，镰刀，撇麻刀，来同军队作战。四千军队在措手不及情形中，一早上放翻了三千左右。部中除司令官同一个副官侥幸脱逃外，其余所有高级官佐职员全被民兵砍倒了。（事后闻平民死去约七千，半年内小城中随处还可发现白骨。）这通电报在我命运上有了个转机，过不久，我就领了遣散费，离开辰州，走到出产香草香花的芷江县，每天拿了紫色木戳，过各处屠桌边验猪羊税去了。所有八个伙伴皆已在川边死去，至于那个同买带子同钓蛤蟆朋友呢，消息当然从此也就断绝了。

整整过去十七年后，我的小船又在落日黄昏中，到了这个地方停靠下来。冬天水落了些，河水去堤岸已显得很远，裸露出一大片干枯泥滩。长堤上有枯苇刷刷作响，阴背地方还可看到些白色残雪。

石头城恰当日落一方，雉堞与城楼皆为夕阳落处的黄天，衬出明明朗朗的轮廓。每一个山头仍然镀上了金，满河是橹歌浮动，（就是那使我灵魂轻举永远赞美不尽的歌声！）我站在船头，思索到一件旧事，追忆及几个旧人。黄昏来临，开始占领了这个空间。远近船只全只剩下一些模糊轮廓，长堤上有一堆一堆人影子移动，邻近船上炒菜落锅声音与小孩哭声杂然并陈。忽然间，城门边响了一声小锣，铛……

一双发光乌黑的眼珠，一条直直的鼻子，一张小口，从那一槌小锣声中重现出来。我忘了这份长长岁月在人事上所生的变化，恰同小说书本上角色一样，怀了不可形容的童心，上了堤岸进了城。城中接瓦连椽的小小房子，以及住在这小房子里的人民，我似乎与他们皆十分相熟。时间虽已过了十七年，我还能认识城中的道路，辨别城中的气味。

我居然没有错误，不久就走到了那绒线铺门前了。恰好有个船上人来买棉线，当他推门进去时，我紧跟着进了那个铺子。有这样希奇的事情吗？我见到的不正是那个"翠翠"吗？我真惊讶得说不出话来。十七年前那小女孩就成天站在铺柜里一堵棉纱边，两手反复交换动作挽她的棉线，目前我所见到的，还是那么一个样子。难道我如浮士德一样，当真回到了那个"过去"了吗？我认识那眼睛、鼻子，和薄薄小嘴。我毫不含糊，敢肯定现在的这一个就是当年的那一个。

"要什么呀？"就是那声音，也似乎与我极其熟习。

我指定悬在钩上一束白色东西："我要那个！"

如今真轮到我这老军务来购买系草鞋的白棉纱带子了！当那女孩子站在一个小凳子上，去为我取钩上货物时，铺柜里火盆中有沸水声音，某一处有人吸烟声音。女孩子辫发上缠得是一绺白绒线，我心想："死了爸爸还是死了妈妈？"火盆边茶水沸了起来，一堆棉纱后面有个男子哑声说话：

"小翠，小翠，水开了，你怎么的？"女孩子虽已即刻跳下凳子，把水罐挪开，那男子却仍然走出来了。

真没有再使我惊讶的事了，在黄晕晕的灯光下，我原来又见到了那成衣人的独生子！这人简直可说是一个老人，很显然的，时间同鸦片烟已毁了他。但不管时间同鸦片烟在这男子脸上刻下了什么记号，我还是一眼就认定这人便是那一再来到这铺子里购买带子的傩右。从他那点神气看来，却决猜不出面前的主顾，正是同他钓蛤蟆的老伴。这人虽作不成副官，另一胡涂希望可被他达到了。我憬然觉悟他与这一家人的关系，且明白那个似乎永远年青的女孩子是谁的儿女了。我被"时间"意识猛烈的捆了一巴掌，摩摩我的面颊，一句话不说，静静的站在那儿看两父女度量带子，验看点数我给他的钱。完事时我想多停顿一会，又买了点白糖，他们虽不卖白糖，老伴却出门为我向别一铺子把糖买来。他们那分安于现状的神气，使我觉得若用我身分惊动了他，就真是我的罪过。

我拿了那个小小包儿出城时，天已断黑，在泥堤上乱走。天上有一粒极大星子，闪耀着柔和悦目的光明。我瞅定这一粒星子，目不旁瞬。

"这星光从空间到地球据说就得三千年，阅历多些，它那么镇静有它的道理。我能那么镇静吗？……"

我心中似乎极其骚动，我想我的骚动是不合理的。我的脚正踏到十七年前所躺卧的泥堤上，一颗心跳跃着，勉强按捺也不能约束自己。可是，过去的，有谁能拦住不让它过去，又有谁能制止不许它再来？时间使我的心在各种变动人事上感受了点分量不同的压力，我得沉默，得忍受。再过十七年，安知道我不再到这小城中来？

为了这再来的春天，我有点忧郁，有点寂寞。黑暗河面起了快乐的橹歌。河中心一只商船正想靠码头停泊，歌声在黑暗中流动，从歌声里我俨然彻悟了什么。我明白"我不应当翻阅历史，温习历史。"在历史前面，谁人能够不感惆怅？

但我这次回来为的是什么？自己询问自己，我笑了。我还愿意再活十七年，重来看看我能看到的一切。

虎雏再遇记

四年前我在上海时，曾经做过一次荒唐的打算，想把一个年龄只十四岁，生长在边陬僻壤，小豹子一般的乡下人，用最文明的方法试来造就他。虽事在当日，就经那小子的上司预言，以为我一切设计将等于白费。我却仍然不可动摇的按照计划作去。我把那小子放在身边，勒迫他读书，改造他的身体改造他的心，希望他在我教育下将来成个伟人。谁知不到一个月，就出了意外事情，那理想中的伟人生事打坏了一个人，从此便失踪了。一切水得归到海里，小豹子也只宜于深山大泽方能发展他的生命。我明白闹出了乱子以后，他必有他的生路。对于这个人此后的消息，老实说，数年来我就不大再关心了。但每当我想及自己所作那件傻事时，总不免为自己的傻处发笑。

这次湘行到达辰州地方后，我第一个见到的就是那只小豹子。除了手脚身个子长大了一些，眉眼还是那么有精神，有野性。见他时，我真是又惊又喜。当他把我从一间放满了兰草与茉莉的花房里引过，走进我哥哥住的一间大房里去，安置我在火盆边大梼木椅上坐下时，我一开口就说：

"××，××，你还活在这儿，我以为你在上海早被人打死了！"

他有点害羞似的微笑了，一面倒茶一面却轻轻的说：

"打不死，日晒雨淋吃小米包谷长大的人，不轻易打死啊！"

我说："我早知道你打不死，而且你还打死了人。我一切知道。（说到这里时，我装成一切清清楚楚的神气。）你逃了，我明白你是什么诡计。你为的是不愿意跟在我身边好好读书，只想落草为王，故意生事逃走。可是你害得我们多难受！那教你算学的长胡子先生，自从你失踪后，他在上海各处托人打听你，奔跑了三天，为你差点儿不累倒！"

"那山羊胡子先生找我吗？"

"什么，'山羊胡子先生！'"这字眼儿真用得不雅相，不斯文。被他那么一说，我预备要说的话也接不下去了。

可是我看看他那双大手以及右手腕上那个夹金表，就明白我如今正是同一个大兵说话，并不是同四年前那个"虎雏"说话了。我错了。得纠正自己，于是我模仿粗暴笑了一下，且学作军官们气魄向他说：

"我问你，你为什么打死了人，怎么又逃了回来？不许瞒我一个字，全为我好好说出来！"

他仍然很害羞似的微笑着，告给我那件事情的一切经过。旧事重提，显然在他这种人并不什么习惯，因此不多久，他就把话改到目前一切来了。他告我上一个月在铜仁方面的战事，本军死了多少人。且告我乡下种种情形，家中种种情形。谈了大约一点钟，我那哥哥穿了他新作的宝蓝缎面银狐长袍，夹了一大卷京沪报纸，口中嘘嘘吹着奇异调门，从军官朋友家里谈论政治回来了，我们的谈话方始中断。

到我生长那个石头城苗乡里去，我的路程尚应当有四个日子，两天坐原来那只小船，两天还得坐了小而简陋的山轿，走一段长长的山路。在船上虽一切陌生，我还可以用点钱使划船人同我亲热起来。而且各个码头吊脚楼的风味，永远又使我感觉十分新鲜。至于这样严冬腊月，坐两整天的轿子，路上过关越卡，且得经过几处出过杀人流血案子的地方，第一个晚上，又必需在一个最坏的站头上歇脚，若没个熟人，可真有点儿麻烦了。吃晚饭时，我向我那个哥哥提议，借这个副爷送我一趟。因此第二天上路时，这小豹子就同我一起上了路。临行时哥哥别的不说，只嘱咐他"不许同人打架"。看那样子，就可知道"打架"还是这个年轻人唯一的行业。

在船上我得了同他对面谈话的方便，方知道他原来八岁里就用石头从高处砸坏了一个比他大过五岁的敌人，上海那件事发生时，在他面前倒下的，算算已是第三个了。近四年来因为跟随我那上校弟弟驻防溆浦，派归特务队服务，于是在正当决斗情形中，倒在他面前的敌人数目比从前又增加了一倍。他年纪到如今只十八岁，就亲手放翻了六个敌人，而且照他说来，敌人全超过了他一大把年龄。好一个漂亮战士！这小子大致因为还有点怕我，所以在我面前还装得怪斯文，一句野话不说，一点蛮气不露，单从那样子看来，我就不很相信他能同什么人动手，而且一动手必占上风。

船上他一切在行，篙桨皆能使用，做事时伶便敏捷，似乎比那个小水手还得力。船搁了浅，弄船人无法可想，各跳入急水中去扛船时，他也就把上下衣服脱得光光的，跳到水中去帮忙。（我得提一句，这是十二月！）

照风气，一个体面军官的随从，应有下列几样东西：一个奇异牌的手电灯，一枚金手表，一支匣子炮。且同上司一样，身上军服必异常整齐。手电灯用来照路，内地真少不了它。金手表则当军官发问："护兵，什么时候了？"就举起手腕一看来回答。至于匣子炮，用处自然更多了。我那弟弟原是一个射击选手，每天出野外去，随时皆有目标拍的来那么一下。有时自己不动手，必命令勤务兵试试看。（他们每次出门至少得耗去半夹子弹。）但这小豹子既跟在我身边，带枪上路除了惹祸可以说毫无用处。我既不必防人刺杀，同时也无意打人一枪，故临行时我不让他佩枪，且要他把军服换上一套爱国呢中山服。解除了武装，看样子，他已完全不像个军人，只近于一个好弄喜事的中学生了。

我不曾经提到过，我这次回来，原是翻阅一本用人事组成的历史吗？当他跳下水去扛船时，我记起四年前他在上海与我同住的情形。当时我曾假想他过四年后能入大学一年级。现在呢，这个人却正同船上水手一样，为了帮水手忙扛船不动，又湿淋淋的攀着船舷爬上了船，捏定篙子向急水中乱打，且笑嘻嘻的大声喊嚷。我在船舱里静静的望着他，我心想：幸好我那荒唐打算有了岔儿，既不曾把他的身体用学校固定，也不曾把他的性灵用书本固定。这人一定要这样发展才像个人！他目前一切，比起住在城里大学校的大学生，开运动会时在场子中呐喊吆喝两声，饭后打打球，开学日集合好事同学通力合作折磨折磨新学生，派头可来得大多了。

等到船已挪动水手皆上了船时，我喊他：

"××，××，唉唉，你不冷吗？快穿起你的衣来！"

他一面舞动手中那枝篙子，一面却说：

"冷呀，我们在辰州前些日子还邀人泅过大河！"

到应吃午饭时，水手无空闲，船上烧水煮饭的事皆完全由他作。

把饭吃过后，想起临行时哥哥嘱咐他的话，要他详详细细的来告给我那一点把对手放翻时的"经验"，以及事前事后的"感想"。"故事"上半天已说过了，我要明白的只是那些故事对于他本人的"意义"。我在他那种叙述上，我敢说我当真学了一门稀奇的功课。

他的坦白，他的口才，皆帮助我认识一个人一颗心在特殊环境下所有的式样。他虽一再犯罪却不应受何种惩罚。他并不比他的敌人如何强悍，不过只是能忍耐，知等待机会，且稍稍敏捷准确一点儿罢了。当他被一个人欺侮时，他并不即刻发动，他显得很老实，沉默，且常常和气的微笑。"大爷，你老哥要这样还有什么话说吗？谁敢碰你老哥？请老哥海涵一点……"可是，一会儿，"小宝"飕的抽出来，或是一板凳一柴块打去，这"老哥"在措手不及情形中，哽了一声便被他弄翻了。完事后必需跑的自然就一跑，不管是税卡，是营上，或是修械厂，到一个新地方，住在棚里闲着，有什么就吃什么，不吃也饿得起，一见别人做事，就赶快帮忙去做，用勤快溜刷引起头目的注意。直到补了名子，因此把生活又放在一个新的境遇新的门路上当作赌注押去。这个人打去打来总不离开军队，一点生存勇气的来源却亏得他家祖父是个为国殉职的游击。"将门之子"的意识，使他到任何境遇里皆能支撑能忍受。他知道游击同团长名分差不多，他希望作团长。他记得一句格言："万丈高楼从地起"，他因此永远能用起码名分在军队里混。

对于这个人的性格我不希奇，因为这种性格从三厅屯垦军子弟中随处可以发现。我只希奇他的命运。

小船到辰河著名的"箱子岩"上游一点，河面起了风，小船拉起一面风帆，在长潭中溜去。我正同他谈及那老游击在台湾与日本人作战殉职的遗事，且劝他此后忍耐一点，应把生命押在将来对外战争上，不宜于仅为小小事情轻生决斗。想要他明白私斗一则不算脚色，二则妨碍事业。见他把头低下去，长长的放了一口气，我以为所说的话有了点儿影响，心中觉得十分快乐。

经过一个江村时，有个跑差军人身穿军服斜背单刀正从一只方头渡船上过渡，一见我们的小船，装载极轻，走得很快，就喊我们停船，想搭便船上行。船上水手知道包船人的身分，就告给那军人，说不方便，不能停船。

赶差军人可不成，非要我们停船不可。说了些恐吓话，水手还是不理会。我正想告给水手要他收帆停船，渡那个军人搭坐搭坐，谁知那军人性急火大，等不得停船，已大声辱骂起来了。小豹子原蹲在船舱里，这时方爬出去打招呼：

"弟兄，弟兄，对不起，请不要骂！我们船小，也得赶路，后面有船来，你搭后面那一只船吧。"

那一边看看船上是一个中学生样子人物，就说：

"什么对不起，赶快停停！掌舵的，你不停船我×你的娘，到码头时我要用刀杀你这狗杂种！"

那个掌梢人正因为风紧帆饱，一面把帆绳拉着，一面就轻轻的回骂："你杀我个鸡公，我怕你！"

小豹子却依然向那军人很和气的说："弟兄，弟兄，你不要骂人！全是出门人，不要骂人！"

"我要骂人怎么样？我骂你，我就骂你，……你到码头等我！"

我担心这口舌，便喊叫他："××！"

小豹子被那军人折辱了，似乎记起我的劝告，一句话不说，摇摇头，默然钻进了船舱里。只自言自语的说："开口就骂人，不停船就用刀吓人，真丢我们军人的丑。"

那时节跑差军人已从渡船上了岸，还沿河追着我们的小船大骂。

我说："××，你同他说明白一下好些，他有公事我们有私事，同是队伍里的人，请他莫骂我们莫追我们。"

"不讲道理让他去，不管他。他疑心这小船上有女人，以为我们怕他！"

小船挂帆走风，到底比岸上人快一些，一会儿，转过山岨时，那个军人就落后了。

小船停到××时，水手全上岸买菜去了，小豹子也上岸买菜去了，各人去了许久方回来。把晚饭吃过后，三个水手又说得上岸有点事，想离开船，小豹子说：

"你们怕那个横蛮兵士找来，怕什么？不要走，一切有我！这是大码头，有部队驻扎到这里，凡事得讲个道理！"

几个船上人虽分辩着，仍然一同匆匆上岸去了。

到了半夜水手们还不回来睡觉，我有点儿担心，小豹子只是笑。

我说：

"几个人会被那横蛮军人打了，××，你上去找找看！"

他好像很有把握笑着说："让他们去，莫理他们。他们上烟馆同大脚妇人吃荤烟去了，不会挨打。"

"我担心你同那兵士打架，惹了祸真麻烦我。"

他不说什么，只把手电灯照他手上的金表，大约因为表停了，轻轻的骂了两句野话。待到三个水手回转船上时，已半夜过了。

第二天一早，天还未大明，船还不开头，小豹子就在被中咕喽咕喽笑。我问他笑些什么，他说：

"我夜里做梦，居然被那横蛮军人打了一顿。"

我说："梦由心造，明明白白是你昨天日里想打他，所以做梦就挨打。"

那小豹子睡眼迷蒙的说："不是日里想打他，只是昨天煞黑时当真打了那家伙一顿！"

"当真吗？你不听我话，又闹乱子打架了吗？"

"哪里哪里，我不说同谁打什么架！"

"你自己承认的，我面前可说谎不得！你说谎我不要你跟我。"

他知道他露了口风，把话说走，就不再作声了，咕咕笑将起来。原来昨天上岸买菜时，他就在一个客店里找着了那军人，把那军人嘴巴打歪，并且差一点儿把那军人膀子也弄断了。我方明白他昨天上岸买菜去了许久的理由。

一个爱惜鼻子的朋友

民国十三年，湘西统治者陈渠珍，在保靖地方办了个湘西十三县联合中学校，经费由各县分摊，学生由各县选送。那学校位置在城外一个小小山丘上，清澈透明的酉水，在西边绕山脚流去，滩声入耳，使人神气壮旺。对河有一带长岭，名野猪坡，高约五里六里，局势雄强。（翻岭一条官路可通永顺。）岭上土地丛林与洞穴，为烧山种田人同野兽大蛇所割据。一到晚上，虎豹就傍近种山田的人家来吃小猪，从小猪锐声叫喊里，可知道虎豹跑去的方向。（这大虫有时昂的一吼，山谷响应许久。）种田人也常常拿了刀矛火器，以及种种家伙，往树林山洞中去寻觅，用绳网捕捉大蛇，用毒烟熏取野兽。岭上最多的是野猪，喜欢偷吃山田中的包谷和白薯，为山中人真正的仇敌。正因为这个无限制的损害农作物的仇敌，岭上打锣击鼓猎野猪的事，也就成为一种常有的仪式，一种常有的游戏了。学校前面有个大操场，后边同左侧皆为荒坟同林莽，白日里野猪成群结队在林莽中游行，或各自蹲坐在坟头上眺望野景，见人不惊不惧。天阴月黑的夜里，这畜生就把鼻子贴着地面长噪，招集同伴，掘挖新坟，争夺死尸咀嚼。与学校小山丘遥遥相对，相去不到半里路另一山丘，是当地驻军的修械厂，机轮轧轧声音终日不息，试枪处每天皆发出机关枪迫击炮响声。新校舍的建筑，因为由军人监工，所有课堂宿舍的形式与布置，皆同营房差不多。学生所过的日子，也就有些同军营相近。学校中当差的用两班徒手兵士，校门守卫的用一排武装兵士，管厨房宿舍的皆由部中军佐调用，在这种环境中陶冶的青年学生，将来的命运，不能够如一般中学生那么平安平凡，一看也就显然明白了。

当时那些青年中学生，除了星期日例假，可以到小街上买点东西，或爬山下水玩玩，此外皆不许无故外出。不读书时他们就在大操场里踢球，这游戏新鲜而且活泼，倒很适宜于一群野性学生。过不久，这游戏且成为一种有传染性的风气，使军部里一些青年官佐也受影响了。学生虽不能出门，青年官佐却随时可以来校中赛球。大家又不需要什么规则，只是把一个皮球各处乱踢，因此参加的人也毫无限制。我那时节在营上并无固定职务，正寄食于一个表兄弟处，白日里常随同号兵过河边去吹号，晚上就蜷伏在军装处一堆旧棉军服上睡觉。有一次被人邀去学校踢球，跟着那些青年学生吼吼嚷嚷满场子奔跑，他们上课去了，我还一个人那么玩下去。学校初办，四周还无围墙，只用有刺铁丝网拦住。什么人把球踢出了界外时，得请野地里看牛牧羊人把球抛过来，不然就得从校门绕路去拾球。自从我一作了这个学校踢球的清客后，爬铁丝网拾球的事便派归给我。我很高兴当着他们面前来作这件事，事虽并不怎么困难，不过那些学生却怕处罚不敢如此放肆，我的行为于是成为英雄行为了。我因此认识了许多朋友。

朋友中有三个同乡，一个姓杨，本城大地主的独生子，一个姓韩，我的旧上司的儿子，（就是辰州府总爷巷第一支队司令部留守部那个派我每天钓蛤蟆下酒的老军官！）一个姓印，眼睛有点近视，他的父亲曾作过军部参谋长，因此在学校他俨然是个自由人。前两个人都很用心读书，姓印的可算得是个球迷。任何人邀他踢球，他必高兴奉陪，球离他不管多远，他总得赶去踢那么一脚。每到星期天，军营中有人往沿河下游四里的教练营大操场同学兵玩球时，这个人也必参加热闹。大操场里极多牛粪，有一次同人争球，见牛粪也拼命一脚踢去，弄得另一个人全身一塌胡涂。这朋友眼睛不能辨别面前的皮球同牛粪，心地可雪亮透明。体力身材皆不如人，倒有个很好的脑子。玩虽玩得厉害，应月考时各种功课皆有极好成绩。性情诙谐而快乐，并且富于应变之才，因此全校一切正当活动少不了他，一切胡闹也少不了他。大家很亲昵的称叫他为印瞎子，承认他的聪明，同时也断定他会"短命"。

每到有人说他寿命不永时，他便指定自己的鼻子，"大爷，别损我。我有这个鼻子，活到八十八，也无灾无难！"

有一次几个人在一株大树下言志，讨论到各人将来的事业。姓杨的想办团防，因为作了团总就可以不受人敲诈，倒真是个小地主的好打算。姓韩的想作副官长，原因是他爸爸也作过副官长，所谓承先人之业是也。还有想管常平仓的，想作县公署第一科长的，想作苗守备官下苗乡去称王作霸的，以及想作徐良黄天霸，身穿夜行衣，反手接飞镖，以便打富济贫的。

有人询问那个近视眼，想知道他将来准备作什么。

他伸手出去对那个发言人打了个响榧子，"不要小看我印瞎子，我不像你们那么无出息。我要做个伟人！说大话不算数，我们等着瞧吧。看相的王半仙夸奖我这条鼻子是一条龙，赵匡胤黄袍加身，不儿戏！"他说了他的抱负后，转脸向我，用手指着他自己那条鼻子，有点众人不识英雄的神气，"大爷，你瞧，你说老实话，像我这样一条鼻子，送过当铺去不是也可以当个一千八百吗？"

我忙笑着说"值得值得"，但因为想起另外一件事，不由得不大笑起来了。

另一时他同我过渡，预备往野猪坡大岭上去看乡下人新捕获的大豹子，手中无钱，不能给撑渡船的钱。船快拢岸时他就那么说："划船的，伍子胥落难的故事你明白不明白？"

撑渡船的就说："我明白！"

"你明白很好，你认准我这条鼻子，将来有你的好处。"

那弄船的好像知道是什么事了，却也指着自己的鼻子说："少爷，不带钱不要紧，你也认清我这条鼻子！"

"我认得，我认得，不会忘记。这是朱砂鼻子，按相书说主酒食，你一天能喝多少？我下次同你来喝个大醉吧。"

弄渡船的大约也很得意自己那条鼻子，听人提到它便很妩媚的微笑了。那鼻子，简直透红得像条刚从饭锅里捞出的香肠！

…………

至于我当时的志向呢，因为就过去经验说来，我只能各处流转接受个人应得的一分命运，既无事业可作，还能希望什么好生活？不过我很明白"时间"这个东西十分古怪。一切人一切事皆会在时间下被改变，当前的安排也许不大对，有了小小错处，我很愿意尽一分时间来把世界同世界上的人改造一下看看。我并不计划作苗官，又不能从鼻子眼睛上什么特点增加多少自信。我不看重鼻子，不相信命运，不承认目前形势，却尊敬时间。我不大在生活上的得失关心，却了然时间对这个世界同我个人的严重意义。我愿意好好的结结实实的来作一个人，可说不出将来我要作个什么样的人。因此一来，我当时也就算不得是个有志气的人。

民国十四年，川军熊克武率领大部军队从湘西过境，保靖地方发生了一场混战，各种主要建设皆受军事影响毁掉了，那个学校也被军人点上一把火烧尽了。学生各自散走后，有的成了小学教员，有的从了军，有几个还干脆作了土匪，占山落草称大王，把家中童养媳接上山去圆亲充押寨夫人。我那时已到北京，从家信中得来一点点关于他们的消息，皆认为这很自然很有趣。时间正在改造一切，尽强健的爬起，尽懦怯的灭亡，我在这一分岁月中，变动得比他们还更厉害，他们作的事我毫不出奇，毫不惊讶。

到了民国十六年，革命军北伐攻下武汉后，两湖方面党的势力无处不被浸入。小县小城皆有了党的组织，当地小学教员照例成为党的中坚分子。烧木偶，除迷信，领导小学生开会游行，对土豪劣绅刻薄商人主张严加惩罚，便是小县城党部重要工作。当地防军领袖同县知事处处皆受党的挟制，虽有实力却不敢随便说话。那个姓杨的同姓韩的朋友，适在本县作小学教员。两人在这个小小县城里，居然燃烧了自己的血液，在一种莫名其妙的情形中，成了党的台柱。一切事皆毫不顾忌，放手作去。工作的狂热，代为证明他们对本题认识得还如何天真。必然的变化来了，各处清党运动相继而起。军事领袖得到了惩罚活动分子的密令，把两个人从课室中请去开会，刚到会场就剥了他们的衣服，派一些兵士簇拥出城外砍了。

那个近视眼朋友，北伐军刚到湖南，就入党务学校受训练，到北伐军奠定武汉，长江下游军事也渐渐得手时，他身上穿了一件破烂军服，每日各处乱跑，日子过得充满了疯狂的兴奋。他当真有意识在做"伟人"了。这朋友从卅×军政治部一个同乡处，知道我还困守在北京城，只是白日做梦，想用一支笔奋斗下去，打出个天下，就写了个信给我：

> 大爷，你真是条好汉！可是做好汉也有许多地方许多事业等着你，为什么尽捏紧那枝笔？你还记不记得起老朋友那条鼻子？不要再在北京城写什么小说，世界上已没有人再想看你那种小说了。到武汉来找老朋友，看看老朋友怎么过日子吧？你放心，想唱戏，一来就有你戏唱。从前我用脚踢牛屎，现在一切不同了，我可以踢许多许多东西了。……

他一定料想不到这一封信就差点儿把我踢入北京城的牢狱里。收到这信后我被查公寓的宪警麻烦了四次，询问了许多蠢话，抖气把那封信烧了。我当时信也不回他一个。我心想："你不妨依旧相信你那条鼻子，我也不妨仍然迷信我这一双手，等等看，过两年再说吧。"不久宁汉左右分裂，清党事起，许多青年人就从此失踪，不知道往什么地方去了。这个朋友的消息自然再也得不到了。

…………

我听许多人说及北伐时代两湖青年的狂热。我对于政治并无兴味，然而对于这种民族的疯狂感情却怀着敬重与惊奇。这究竟是怎么回事？

我愿意多知道一点点。这种狂热虽用人血洗过了，被时间漂过了，现在回去看看，大致已看不出什么痕迹了。然而我还以为也许从一些人的欢乐或恐怖印象里，多多少少可以发现一点新东西。回湖南时，因此抱了一种希望。

在长沙有五个青年学生来找我，在常德时我又见着七个青年学生，一谈话就知道这些人一面正被读经打拳政策所困辱，不知如何是好。一面且受几年来国内各种大报小报文坛消息所欺骗，都成了颓废不振萎琐庸俗的人物，一见我别的不说，就提出四十多个文坛消息要我代为证明真伪。都不打算到本身能为社会做什么，愿为社会做什么。对生存既毫无信仰，却对于一二作家那么发生兴味。且皆想做诗人，随随便便写两首诗，以为就是一条出路。从这些人推测将来这个地方的命运，我俨然洞烛着这地方从人的心灵到每一件小事的糜烂与腐蚀。这些青年皆患精神上的营养不足，皆成了绵羊，皆怕鬼信神。一句话，皆完了。……

过辰州时几个青年军官燃起了我另外一种希望。从他们的个别谈话中，我得到许多可贵的见识。他们没有信仰，更没有幻想，最缺少的还是那个精神方面的快乐。当前严重的事实紧紧束缚他们，军费不足，地方经济枯竭，环境尤其恶劣。他们明白自己在腐烂，分解，于我面前就毫不掩饰个人的苦闷。他们明白一切，却无力解决一切。然而他们的身体都很康健，那种本身覆灭的忧虑，会迫得他们去振作。他们虽无幻想，也许会在无路可走时接受一个幻想的指导。他们因为已明白习惯的统治方式要不得，机会若许可他们向前，这些人界于生存与灭亡之间，必知有所选择！不过这些人平时也看报看杂志，因此到时他们也会自杀，以为一切毫无希望，用颓废身心的狂嫖滥赌而自杀！……

我的旅行到了离终点还有一天路程的塔伏，住在一家桥头小客店里。洗了脚，天还未黑。店主人正告给我当地有多少人家，多少烟馆。忽然听得桥东人声嘈杂，小队人马过后，接着是一乘京式三顶拐轿子。一行人等停顿在另外一家客店门前。我知道这大约是什么委员，心中就希望这委员是个熟人，可以在这荒寒小地方谈谈。我正想派随从虎雏去问问委员是谁。料不到那个人一下轿，脸还不洗，就走来了。一个匣子炮护兵指定我说："您姓沈吗？局长来了！"我看到一个高个子瘦人，脸上精神饱满，戴了副玳瑁边近视眼镜，站在我面前，伸出两只瘦手来表示要握手的意思。我还不及开口，他就嚷着说：

"大爷，你不认识我，你一定不认识我，你看这个！"他指着鼻子哈哈大笑起来。

"你不是印瞎子？"

"大爷，印瞎子是我！"

我认识那条体面鼻子，原来真是他！我高兴极了。问起来我才明白他现在是乌宿地方的百货捐局长，这时节正押解捐款回城。不到这里以前，先已得到侦探报告，知道有个从北方回来姓沈的人在前面，他就断定是我。一见当真是我，他的高兴可想而知。

我们一直谈到吃晚饭，饭后他说我们可以谈一个晚上，派护兵把他宝贵的烟具拿来。装置烟具的提篮异常精致，真可以说是件贵重美术品。烟具陈列妥当后，因为我对于烟具的赞美，他就告我这些东西的来源，那两支烟枪是贵州省主席李晓炎的，烟灯是川军将领汤子模的，烟匣是黔省军长王文华的，打火石是云南鸡足山……原来就是这些小东西，也各有历史或艺术价值，也是古董。至于提篮呢，还是贵州省一个烟帮首领特别定做送给局长的，试翻转篮底一看，原来还很精巧织得有几个字！问他为什么会玩这个，他就老老实实的说明，北伐以后他对于鼻子的信仰已失去。因为吸这个，方不至于被人认为是那个，胡乱捉去那个这个的。说时他把一只手比拟在他自己脖子上，做出个咔嚓一刀的姿势，且摇头否认这个解决方法。他说他不是阿Q，不欢喜那种"热闹"。

我们于是在那一套名贵烟具旁谈了一整晚话，当真好像读了另外一本《天方夜谭》，一夜之间使我增长了许多知识，这些知识可谓稀有少见。

此后把话讨论到他身上那件玄狐袍子的价钱时，他甩起长袍一角，用手抚摸着那美丽皮毛说：

"大爷，这值三百六十块袁头，好得很！人家说：'瞎子，瞎子，你年纪还不到三十岁，穿这样厚狐皮会烧坏你那把骨头。'好吧，烧得坏就让他烧坏吧。我这性命横顺是捡来的，不穿不吃作什么。能多活三十年，这三十年也算是我多赚的。"

我把这次旅行观察所得同他谈及，问他是不是也感觉到一种风雨欲来的预兆。而且问他既然明白当前的一切，对于那个明日必需如何安排？他就说军队里混不是个办法，占山落草也不是出路。他想写小说，想戒了烟，把这套有历史的宝贝烟具送给中央博物院，再跟我过上海混，同茅盾舒老舍抢一下命运。他说他对于脑子还有点把握。只是对于自己那只手，倒有点怀疑，因为六年来除了举起烟枪对准火口，小楷字也不写一张了。

天亮后，大家预备一同动身，我约他到城里时邀两个朋友过姓杨姓韩的坟上看看。他仿佛吃了一惊，赶忙退后一步，"大爷，你以为我戒了烟吗？家中老婆不许我戒烟。你真是……从京里来的人，简直是个京派。什么都不明白。入境问俗，你真是……"我明白他的意思。估计他到了城里，也不敢独自来找我。我住在故乡三天，这个很可爱的朋友，果然不再同我见面。

…………

二十九年一月二十一日校后二节。黄昏，天空淡白，山树如黛。微风摇尤加利树，如有所悟。

五月八日校正数外。脚甚肿痛，天闷热。

十月一日在昆明重校。时市区大轰炸，毁屋数百栋。

滕回生堂的今昔

我六岁左右时害了疟疾，一张脸黄姜姜的，一出门身背后就有人喊"猴子猴子"。回过头去搜寻时，人家就咧着白牙齿向我发笑。扑拢去打吧，人多得很。装作不曾听见吧，那与本地人的品德不相称。我很羞愧，很生气。家中外祖母听从庸妇，挑水人，卖炭人，与隔邻轿行老妇人出主意，于是轮流要我吃热灰里焙过的"偷油婆"，"使君子"，吞雷打枣子木的炭粉，黄纸符烧纸的灰渣，诸如此类。另外还逼我诱我吃了许多古怪东西。我虽然把这些很希奇的丹方试了又试，蛔虫成绞成团的排出，病还是不得好，人还是不能够发胖。照习惯说来，凡为一切药物治不好的病，便同"命运"有关。家中有人想起了我的命运。

关心我命运的父亲，特别请了一个卖卜算命人，来为我推算流年，想法禳解命根上的灾星。这算命人把我生辰干支排定后，就向我父亲建议：

"大人，把少爷拜给一个吃四方饭的人作干儿子，每天要他吃习皮草蒸鸡肝，有半年包你病好。病不好，把我回生堂牌子甩了丢到长河潭里去！"

父亲既是个军人，毫不迟疑的回答说：

"好，就照你说的办。不用找别人，今天日子好，你留在这里喝酒，我们打了干亲家吧。"

两个爽快单纯的人既同在一处，我的"命运"便被他们派定了。

一个人若不明白我那地方的风俗，对于我父亲的慷慨处觉得希奇。其实这算命的当时若说："大人，把少爷拜寄给城外碉堡旁大冬青树吧"，我父亲还是照办的。一株树或一片古怪石头，收容三五十个寄儿，原是件极平常事情。且有人拜寄牛栏的，井水的，人神同处日子竟过得十分调和，毫无龃龉。

我那寄父除了算命卖卜以外，原来还是个出名外科医生，是个拳棒家。尖嘴尖脸如猴子，一双黄眼睛炯炯放光，身材虽极矮小，实可谓心雄万夫。他把铺子开设在一城热闹中心的东门桥头上，字号名"滕回生堂"。那长桥两旁一共有二十四间铺子，其中四间正当桥垛墩，比较宽敞，他就占了有垛墩的一间。铺子中罗列有羚羊角，马蜂窠，猴头，虎骨，牛黄，狗宝，无一不备。最多的还是那些草药，成束成把的草根木皮，堆积如山，一屋中也就长年为草药蒸发的香味所笼罩。

铺子里间房子窗口临河，可以俯瞰河里来回的柴船，米船，甘蔗船。河身下游约半里，有了转折，因此迎面对窗便是一座高山，那山头春夏之际作绿色，秋天作黄色，冬天则为烟雾包裹时作蓝色，为雪遮盖时只一片眩目白色。屋角隅陈列了各种武器，有青龙偃月刀，齐眉棍，连枷，钉钯。此外还有一个似桶非桶似盆非盆的东西，原来这是我那寄父年轻时节习站功所用的宝贝。他学习拉弓，想把腿脚姿式弄好，每个晚上蜷伏到那木桶里去熬夜。想增加气力，每早从桶中爬出时还得吃一条黄鳝的鲜血。站了木桶两整年，吃了黄鳝数百条，临到应考时，却被一个习武的仇人揭发他身分不明，取消了考试资格。他因此抖气离开了家乡，来到武士荟萃的凤凰县卖卜行医。为人既爽直慷慨，且能喝酒划拳，极得人缘，生涯也就不恶。作了医生尚舍不得把那个木桶丢开，可想见他还不能对那宝贝忘情。

他家中有个太太，两个儿子。太太大约一年中有半年皆把手从大袖筒缩到衣里去，藏了一个小火笼在衣里烘烤，眯着眼坐在药材中，简直是一只大猫儿。两个儿子大的学习料理铺子，小的上学读书。两老夫妇住在屋顶，两个儿子住在屋下层桥墩上。地方虽不宽绰，那里也用木板夹好，有小窗小门，不透风，光线且异常良好。桥墩尖劈形处，石罅里有一架老葡萄树，得天独厚，每年皆可结许多球葡萄。另外还有一些小瓦盆，种了牛膝，三七，铁钉台，隔山消等等草药。尤其古怪的是一种名为"罂粟"的草花，还是从云南带来的，开着艳丽煜目的红花，花谢后枝头缀了绿色果子，果子里据说就有鸦片烟。

当时一城人谁也不见过这种东西，因此常常有人老远跑来参观。当地一个拔贡还做了两首七律诗，赞咏那个希奇少见的植物，把诗贴到回生堂武器陈列室板壁上。

桥墩离水面高约四丈，下游即为一潭，潭里多鲤鱼鳜鱼，两兄弟把长绳系个钓钩，挂上一片肉，夜里垂放到水中去，第二天拉起就常常可以得一尾大鱼。但我那寄父却不许他们如此钓鱼，以为那么取巧，不是一个男子汉所当为。虽然那么骂儿子，有时把钓来的鱼不问死活依然掷到河里去，有时也会把鱼煎好来款待客人。他常奖励两个儿子过教场去同兵将子寻衅打架，大儿子常常被人打得头破血流回来时，作父亲的一面为他敷那秘制药粉，一面就说："不要紧，不要紧，三天就好了。你怎么不照我教你那个方法把那苗子放倒？"说时有点生气了，就在儿子额角上一弹，加上一点惩罚，看他那神气，就可明白站木桶考武秀才被屈，报仇雪耻的意识还存在。

我得了这样一个寄父，我的命运自然也就添了一个注脚，便是"吃药"了。我从他那儿大致尝了一百样以上的草药。假若我此后当真能够长生不老，一定便是那时吃药的结果。我倒应当感谢我那个命运，从一分吃药经验里，因此分别得出许多草药的味道，性质，以及它的形状。且引起了我此后对于辨别草木的兴味。其次是我吃了两年多鸡肝。这一堆药材同鸡肝，很显然的，对于此后我的体质同性情皆大有影响。

那桥上有洋广杂货店，有猪牛羊屠户案桌，有炮仗铺与成衣铺，有理发馆，有布号与盐号。我既有机会常常到回生堂去看病，也就可以同一切小铺子发生关系。我很满意那个桥头，那是一个社会的雏型，从那方面我明白了各种行业，认识了各样人物，凸了个大肚子胡须满腮的屠户，站在案桌边，扬起大斧擦的一砍，把肉剁下后随便一秤，就向人菜篮中掼去，那神气真够神气，平时以为这人一定极其凶横蛮霸，谁知他每天拿了猪脊髓过回生堂来喝酒时，竟是个异常和气的家伙！其余如剃头的，缝衣的，我同他们认识以后，看他们工作，听他们说些故事新闻，也无一不是很有意思。我在那儿真学了不少东西，知道了不少事情。所学所知比从私塾里得来的书本知识皆有用得多。

那些铺子一到端午时节，就如我写《边城》故事那个情形，河下竞渡龙船，从桥洞下来回过身时，桥上人皆用叉子，挂了小百子鞭炮悬出吊脚楼，必必拍拍的响着。夏天河中涨了水，一看上游流下了一只空船，一匹畜牲，一段树木，这些小商人为了好义或好利的原因，必争着很勇敢的从窗口跃下，浮水去追赶那些东西。不管漂流多远，总得把那东西救出。关于救人的事我那寄父总不落人后。

他只想亲手打一只老虎，但得不到机会。他说他会点血，但从不见他点过谁的血。

民国二十二年旧历十二月十一，距我同那座大桥分别时将近十八年，我又回到了那个桥头了。这是我的故乡，我的学校，试想想，我当时心中怎样激动！离城二十里外我就见着了那条小河。傍着小河溯流而上，沿河绵亘数里的竹林，发蓝叠翠的山峰，白白阳光下造纸坊与制糖坊，水磨与水车，这些东西皆使我感动得真厉害！后来在一个石头碉堡下，我还看到一个穿号褂的团丁，送了个头裹孝布的青年妇人过身。那黑脸小嘴高鼻梁青年妇人，使我想起我写的《凤子》故事中角色。她没有开口唱歌，然而一看却知道这妇人的灵魂是用歌声喂养长大的。我已来到我故事中的空气里了，我有点儿痴。

见大桥时约在下午两点左右，正是市面顶热闹时节。我从一群苗人一群乡下人中拥挤上了大桥，各处搜寻后没有发现"滕回生堂"的牌号。回转家中我并不提起这件事。第二天一早，我得了出门的机会，就又跑到桥上去，排家注意，在桥头南端，被我发现了一家小铺子。铺子中堆满了各样杂货。货物中坐定了一个瘦小如猴干瘪瘪的中年人。从那双眯得极细的小眼睛，我记起了我那个干妈。这不是我那干哥哥是谁？

我冲近他摊手边时，那人就说：

"唉，你要什么？"

"我要问你一个人，一件事，你是不是松林？"

孩子哭起来了，顺眼望去，杂货堆里那个圆形大木桶，里面正睡了一对大小相等仿佛孪生的孩子。我万想不到圆木桶还有这种用处。我话也说不来了。

但到后我告给他我是谁，他把小眼睛愣着瞅了我许久，一切弄明白后，便慌张得只是搓手撂舌头，赶忙让我坐到一捆麻上去。

"是你！是你！……"

我说："大哥，正是我呀！我回来了！老的呢？"

"五年前早过了！"

"嫂嫂呢？"

"六月里过了！剩下两只小狗。"

"保林二哥呢？"

"他在辰州你不见到他？他作了局长，有出息，讨了个乖巧屋里人，乡下买得七十亩田，作员外！"

我各处一看，卦桌不见了，横招不见了，触目皆是草鞋。"你不算命了吗？"

"命在这个人手上，"他说时翘起一个大拇指，"这里人没有命可算！"

"你不卖药了吗？"

"城里有四个官药铺，三个洋药铺。苗人都进了城，卖草药人多得很，生意不好作！"

他虽说不卖药了，小屋子里其实还有许多成束成捆的草药。而且恰好这时就有个兵士来买"一点白"，把药找出给人后，他只捏着那两枚当一百的铜元，向我呆呆的笑。大约来买药的也不多了，我来此给他开了一个利市。

…………

他一面茫然的这样那样数着老话，一面还尽瞅着我。忽然发问：

"你从北京来南京来？"

"我在北京做事！"

"作什么事？在中央，在宣统皇帝手下？"

我就告他既不在中央，也不是宣统手下，他只作成相信不过的神气，点着头，且极力退避到屋角隅去，俨然为了安全非如此不成。他心中一定有一个新名词作祟，"你是共产党？"他想问却不敢开口，他怕事。他只轻轻的自言自语说："城内杀了两个，一刀一个。"

有人来购买烟签，他便指点人到对面铺子去买。我问他这桥上铺子为什么皆改成了住家户。他就告我这桥上一共有十家烟馆，十家烟馆里还有三家可以买黄吗啡。此外又还有五家卖烟具的杂货铺。

一出铺子到城边时，我就碰着烟帮过身，护送兵皆背了本地制最新半自动步枪，人马成一长长队伍，共约三百二十余担黑货，全是从贵州省来的。

　　我原本预备第二天过河边为这长桥摄一个影，一看到桥墩，想起十七年前那钵罂粟花，且同时想起目前那十家烟馆三家烟具店，这桥头的今昔情形，把我照相的勇气同兴味全失去了。

沅陵的人

由常德到沅陵，一个旅行者在车上的感触，可以想象得到，第一是公路上并无苗人，第二是公路上很少听说发现土匪。

公路在山上与山谷中盘旋转折虽多，路面却修理得异常良好，不问晴雨都无妨车行。公路上的行车安全的设计，可看出负责者的最大努力。旅行的很容易忘了车行的危险，乐于赞叹自然风物的美秀。在自然景致中见出宋院画的神采奕奕处，是太平铺过河时入目的光景。溪流萦回，水清而浅，在大石细沙间漱流。群峰竞秀，积翠凝蓝，在细雨中或阳光下看来，颜色真无可形容。山脚下一带树林，一些俨如有意为之布局恰到好处的小小房子，绕河洲树林边一湾溪水，一道长桥，一片烟。香草山花，随手可以掇拾。《楚辞》中的山鬼、云中君，仿佛如在眼前。上官庄的长山头时，一个山接一个山，转折频繁处，神经质的妇女与懦弱无能的男子，会不免觉得头目晕眩。一个常态的男子，便必然对于自然的雄伟表示赞叹，对于数年前裹粮负水来在这高山峻岭修路的壮丁，更表示敬仰和感谢。这是一群没灭无闻沉默不语真正的战士！每一寸路都是他们流汗作成的。他们有的从百里以外小乡村赶来，沉沉默默的在派定地方担土，打石头，三五十人躬着腰肩共同拉着个大石滚子碾压路面，淋雨，挨饿，忍受各式各样虐待，完成了分派到头上的工作。把路修好了，眼看许多许多的各色各样希奇古怪的物件吼着叫着走过了，这些可爱的乡下人，知道事情业已办完，笑笑的，各自又回转到那个想象不到的小乡村里过日子去了。中国几年来一点点建设基础，就是这种无名英雄作成的。他们什么都不知道，可是所完成的工作却十分伟大。

单从这条公路的坚实和危险工程看来，就可知道湘西的民众，是可以为国家完成任何伟大理想的。只要领导有人，交付他们更困难的工做，也可望办得很好。

看看沿路山坡桐茶树木那么多，桐茶山整理那么完美，我们且会明白这个地方的人民，即或无人领导，关于求生技术，各凭经验在不断努力中，也可望把地面征服，使生产增加。

只要在上的不过分苛索他们，鱼肉他们，这种勤俭耐劳的人民，就不至于铤而走险发生问题。可是若到任何一个停车处，试同附近乡民谈谈，我们就知道那个"过去"是种什么情形了。任何捐税，乡下人都有一分，保甲在糟塌乡下人这方面的努力，成绩真极可观！然而促成他们努力的动机，却是照习惯把所得缴一半，留一半。然而负责的注意到这个问题时，就说"这是保甲的罪过"，从不认为是当政的耻辱。负责者既不知如何负责，因此使地方进步永远成为一种空洞的理想。

然而这一切都不妨说已经成为过去了。

车到了官庄交车处，一列等候过山的车辆，静静的停在那路旁空阔处，说明这公路行车秩序上的不苟。虽在军事状态中，军用车依然受公路规程辖制，不能占先通过，此来彼往，秩序井然。这条公路的修造与管理统由一个姓周的工程师负责。

车到了沅陵，引起我们注意处，是车站边挑的，抬的，负荷的，推挽的，全是女子。凡其他地方男子所能做的劳役，在这地方统由女子来作。公民劳动服务也还是这种女人。公路车站的修成，就有不少女子参加。工作既敏捷，又能干。女权运动者在中国二十年来的运动，到如今在社会上露面时，还是得用"夫人"名义来号召，并不以为可羞。而且大家都集中在大都市，过着一种腐败生活。比较起这种女劳动者把流汗和吃饭打成一片的情形，不由得我们不对这种人充满尊敬与同情。

　　这种人并不因为终日劳作就忘记自己是个妇女，女子爱美的天性依然还好好保存。胸口前的扣花装饰，袴脚边的扣花装饰，是劳动得闲在茶油灯光下做成的。（围裙扣花工作之精和设计之巧，外路人一见无有不交口称赞。）这种妇女日常工作虽不轻松，衣衫却整齐清洁。有的年纪已过了四十岁，还与同伴竞争兜揽生意。两角钱就为客人把行李背到河边渡船上，跟随过渡，到达彼岸，再为背到落脚处。外来人到河码头渡船边时，不免十分惊讶，好一片水！好一座小小山城！尤其是那一排渡船，船上的水手，一眼看去，几乎又全是女子。过了河，进得城门，向长街走走，就可见到卖菜的，卖米的，开铺子的，做银匠的，无一不是女子。再没有另一个地方女子对于参加各种事业，各种生活，做得那么普遍，那么自然了。看到这种情形时，真不免令人发生疑问：一切事几乎都由女子来办，如《镜花缘》一书上的女儿国现象了。本地方的男子，是出去打仗，还是在家纳福看孩子？

　　不过一个旅行者自觉已经来到辰州时，兴味或不在这些平常问题上。辰州地方是以辰州符驰名的，辰州符的传说奇迹中又以赶尸著闻。公路在沅水南岸，过北岸城里去，自然盼望有机会弄明白一下这种老玩意儿。

　　可是旅行者这点好奇心会受打击，多数当地人对于辰州符都莫名其妙，且毫无兴趣，也不怎么相信。或许无意中会碰着一个"大"人物，体魄大，声音大，气派也好像很大。他不是姓张，就是姓李，（他应当姓李！）会告你辰州符的灵迹，就是用刀把一只鸡颈脖扎断，把它重新接上，噀一口符水，向地下抛去，这只鸡即刻就会跑去，撒一把米到地上，这只鸡还居然赶回来吃米！你问他："这事曾亲眼见过吗？"他一定说："当真是眼见的事。"或许慢慢的想一想，你便也会觉得同样是在什么地方亲眼见过这件事了。原来五十年前的什么书上，就这么说过的。这个大人物是当地著名会说大话的。世界上事什么都好像知道得清清楚楚，只不大知道自己说话是假的还是真的？是书上有的，还是自己造作的？

多数本地人对于"辰州符"是个什么东西，照例都不大明白的。

对于赶尸传说呢？说来实在动人。凡受了点新教育，血里骨里还浸透原人迷信的新绅士，想满足自己的荒唐幻想，到这个地方来时，总有机会温习一下这种传说。绅士、学生、旅馆中人，俨然因为生在当地，便负了一种不可避免的义务，又如为一种天赋幽默同情心所激发，总要把它的神奇处重述一番。或说朋友亲戚曾亲眼见过这种事情，或说曾有谁被赶回来。其实他依然和客人一样，并不明白，也不相信，客人不提起，他是从不注意这个问题的。客人想"研究"它（我们想象得出有许多人是乐于研究它的），最好还是看《奇门遁甲》，这部书或者对他有一点帮助，本地人可不会给他多少帮助。本地人虽乐于答复这一类傻不可言的问题，却不能说明这事情的真实性。就中有个"有道之士"，姓阙，当地人通称之为阙五老，年纪将近六十岁，谈天时精神犹如一个小孩子。据说十五岁时就远走云贵，跟名师学习过这门法术。作法时口诀并不希奇，不过是念文天祥的《正气歌》罢了。死人能走动便受这种歌词的影响。辰州符主要的工具是一碗水；这个有道之士家中神主前便陈列了那么一碗水，据说已经有了三十五年，碗里水减少时就加添一点。一切病痛统由这一碗水解决。一个死尸的行动，也得用水迎面的噗，这水且能由浑浊与沸腾表示预兆，有人需要帮忙或家事吉凶的预兆。登门造访者若是一个读书人，一个教授，他把这一碗水的妙用形容得将更惊心动魄。使他舌底翻莲的原因，或者是他自己十分寂寞，或者是对于客人具有天赋同情，所以常常把书上没有的也说到了。客人要老老实实发问："五老，那你看过这种事了？"他必装作很认真神气说："当然的。我还亲自赶过！那是我一个亲戚，在云南做官，死在任上，赶回湖南，每天为死者换新草鞋三双。到得湖南时，死人脚趾头全走脱了。只是功夫不练就不灵，早丢下了。"至于为什么把它丢下，可不说明。客人目的在表演，主人用意在故神其说，末后自然不免使客人失望。不过知道了这玩意儿是读《正气歌》作口诀，同儒家居然有关系时，也不无所得。关于赶尸的传说，这位有道之士可谓集其大成，所以值得找方便去拜访一次，他的住处在上西关，一问即可知道。可是一个读书人也许从那有道之士服尔泰风格的微笑，服尔泰风格的言谈，会看出另外一种无声音的调笑，"你外来的书呆子，世界上事你知道许多，可是书本不说，另外还有许多就不知道了。用《正气歌》赶走了死尸，你充满好奇的关心，你这个活人，是被什么邪气歌赶到我这里来？"那时他也许正坐在他的杂货铺里面（他是隐于医与商的），忽然用手指着街上一个长头发的男子说："看，疯子！"那真是个疯子，沅陵地方唯一的疯子。可是他的语气也许指的是你拜访者。你自己试想想看，为了一种流行多年的荒唐传说，充满了好奇心来拜访一个透熟人生的人，问他死了的人用什么方法赶上路，你用意说不定还想拜老师，学来好去外国赚钱出名，至少也弄得哲学博士回国，在他饱经世故的眼中，你和疯子的行径有多少不同！

这个人的言谈，倒真是一种杰作，三十年来当地的历史，在他记忆中保存得完完全全，说来时庄谐杂陈，实在值得一听。尤其是对于当地人事所下批评，尖锐透人，令人不由得不想起法国那个服尔泰。

至于辰砂的出处，出产地离辰州地还远得很，远在凤凰县的苗乡猴子坪。

凡到过沅陵的人，在好奇心失望后，依然可从自然风物的秀美上得到补偿。由沅陵南岸看北岸山城，房屋接瓦连椽，较高处露出雉堞，沿山围绕；丛树点缀其间，风光入眼，实不俗气。由北岸向南望，则河边小山间，竹园，树木，庙宇，民居，仿佛各个都位置在最适当处。山后较远处群峰罗列，如屏如障，烟云变幻，颜色积翠堆蓝。早晚相对，令人想象其中必有帝子天神，驾螭乘蜺，驰骤其间。绕城长河，每年三四月春水发后，洪江油船颜色鲜明，在摇橹歌呼中连翩下驶。长方形大木筏，数十精壮汉子，各据筏上一角，举桡激水，乘流而下。就中最令人感动处，是小船半渡，游目四瞩，俨然四围是山，山外重山，一切如画。水深流速，弄船女子，腰腿劲健，胆大心平，危立船头，视若无事。同一渡船，大多数都是妇人，划船的是妇女，过渡的也是妇女较多，有些卖柴卖炭的，来回跑五六十里路，上城卖一担柴，换两斤盐，或带回一点红绿纸张同竹篾作成的简陋船只，小小香烛。问她时，就会笑笑的回答："拿回家去做土地会。"你或许不明白土地会的意义，事实上就是酬谢《楚辞》中提到的那种云中君——山鬼。这些女子一看都那么和善，那么朴素，年纪四十以下的，无一不在胸前土蓝布或葱绿布围裙上绣上一片花，且差不多每个人都是别出心裁，把它处置得十分美观，不拘写实或抽象的花朵，总那么妥帖而雅相。在轻烟细雨里，一个外来人眼见到这种情形，必不免在赞美中轻轻叹息，天时常常是那么把山和水和人都笼罩在一种似雨似雾使人微感凄凉的情调里，然而却无处不可以见出"生命"在这个地方有光辉的那一面。

外来客自然会有个疑问发生：这地方一切事业女人都有分，而且像只有"两截穿衣"的女子有分，男子到哪里去了呢？

在长街上我们固然时常可以见到一对少年夫妻，女的眉毛俊秀，鼻准完美，穿浅蓝布衣，用手指粗银链系扣花围裙，背小竹笼。男的身长而瘦，英武爽朗，肩上扛了各种野兽皮向商人兜卖。令人一见十分感动。可是这种男子是特殊的。

男子大部分都当兵去了。因兵役法的缺憾，和执行兵役法的中间层保甲制度人选不完善，逃避兵役的也多，这些壮丁抛下他的耕牛，向山中走，就去当匪。匪多的原因，外来官吏苛索实为主因。乡下人照例都愿意好好活下去，官吏的老式方法居多是不让他们那么好好活下去。乡下人照例一入兵营就成为一个好战士，可是办兵役的却觉得如果人人都乐于应兵役，就毫无利益可图。土匪多时，当局另外派大部队伍来"维持治安"，守在几个城区，别的不再过问。土匪得了相当武器后，在报复情绪下就是对公务员特别不客气，凡搜刮过多的外来人，一落到他们手里时，必然是先将所有的得到，再来取那个"命"。许多人对于湘西民或匪都留下一个特别蛮悍嗜杀的印象，就由这种教训而来。许多人说湘西有匪，许多人在湘西虽遇匪，却从不曾遭遇过一次抢劫，就是这个原因。

一个旅行者若想起公路就是这种蛮悍不驯的山民或土匪，在烈日和风雪中努力作成的，乘了新式公共汽车由这条公路经过，既感觉公路工程的伟大结实，到得沅陵时，更随处可见妇人如何认真称职，用劳力讨生活，而对于自然所给的印象，又如此秀美，不免感慨系之。这地方神秘处原来在此而不在彼。人民如此可用，景物如此美好，三十年来牧民者来来去去，新陈代谢，不知多少，除认为"蛮悍"外，竟别无发现。外来为官作宦的，回籍时至多也只有把当地久已消灭无余的各种画符捉鬼荒唐不经的传说，在茶余酒后向陌生者一谈。地方真正好处不会欣赏，坏处不能明白。这岂不是湘西的另外一种神秘？

沅陵算是个湘西受外来影响较久较大的地方，城区教会的势力，造成一批吃教饭的人物，蛮悍性情因之消失无余，代替而来的或许是一点青年会办事人的习气。沅陵又是沅水几个支流货物转口处，商人势力较大，以利为归的习惯，也自然很影响到一些人的打算行为。沅陵位置在沅水流域中部，就地形言，自为内战时代必争之地，因此麻阳县的水手，一部分登陆以后，便成为当地有势力的小贩，凤凰县屯垦子弟兵官佐，留下住家的，便成为当地有产业的客居者。慷慨好义，负气任侠，楚人中这类古典的热诚，若从当地人寻觅无着时，还可从这两个地方的男子中发现。一个外来人，在那山城中石板作成的一道长街上，会为一个矮小，瘦弱，眼睛又不明，听觉又不聪，走路时匆匆忙忙，说话时结结巴巴，那么一个平常人引起好奇心。说不定他那时正在大街头为人排难解纷，说不定他的行为正需要旁人排难解纷！他那样子就古怪，神气也古怪。一切像个乡下人，像个官能为嗜好与毒物所毁坏，心灵又十分平凡的人。可是应当找机会去同他熟一点，谈谈天。应当想办法更熟一点，跟他向家里走。（他的家在一个山上。那房子是沅陵住房地位最好，花木最多的。）如此一来，结果你会接触一点很新奇的东西，一种混合古典热诚与近代理性在一个特殊环境特殊生活里培养成的心灵。你自然会"同情"他，可是最好倒是"赞美"他。他需要的不是同情，因为他成天在同情他人，为他人设想帮忙尽义务，来不及接收他人的同情。他需要人"赞美"，因为他那种古典的作人的态度，值得赞美。同时他的性情充满了一种天真的爱好，他需要信托，为的是他值得信托。他的视觉同听觉都毁坏了，心和脑可极健全。凤凰屯垦兵子弟中出壮士，体力胆气两方面都不弱于人。这个矮小瘦弱的人物，虽出身世代武人的家庭中，因无力量征服他人，失去了作军人的资格。可是那点有遗传性的军人气概，却征服了他自己，统制自己，改造自己，成为沅陵县一个顶可爱的人。他的名字叫做"大老爷"，或"大大"，一个古怪到家的称呼。商人，妓女，屠户，教会中的牧师和医生，都这样称呼他。到沅陵去的人，应当认识认识这位大老爷。

沅陵县沿河下游四里路远近，河中心有个洲岛，周围高三四合，名"合掌洲"，名目与情景相称。洲上有座庙宇，名"和尚洲"，也还说得去。但本地的传说，却以为是"和涨洲"，因为水涨河面宽，淹不着，为的是洲随河水起落！合掌洲有个白塔，由顶到根雷劈了一小片，本地人以为奇，并不足奇。河北岸村名黄草尾，人家多在橘柚林里，橘子树白华朱实，宜有小腰白齿出于其间。一个种菜园的周家，生了四个女儿，最小的一个四妹，人都呼为夭妹，年纪十七岁，许了个成衣店学徒，尚未圆亲。成衣店学徒积蓄了整年工钱，打了一副金耳环给夭妹，女孩子就戴了这副金耳环，每天挑菜进东门城卖菜，因为性格好繁华，人长得风流俊俏，一个东门大街的人都知道卖菜的周家夭妹。

因此县里的机关中办事员，保安司令部的小军佐，和商店中小开，下黄草尾玩耍的就多起来了。但不成，肥水不落外人田，有了主子。可是"人怕出名猪怕壮"，夭夭的名声传出去了，水上划船人全都知道周家夭夭。去年（二十六年）冬天一个夜里，忽然来了四百武装喽啰攻打沅陵县城，在城边响了一夜枪，到天明以前，无从进城，这一伙人依然退走了。这些人本来目的也许就只是在城外打一夜枪。其中一个带队的称团长，却带了兄弟伙到夭妹家里去拍门。进屋后别的不要，只把这女孩子带走。

女孩子虽又惊又怕，还是从容的说："你抢我，把我箱子也抢去，我才有衣服换！"

带到山里去时那团长问："夭夭，你要死，要活？"

女孩子想了想，轻声的说："要死，你不会让我死。"

团长笑了："那你意思是要活了！要活就嫁我，跟我走。我把你当官太太，为你杀猪杀羊请客，我不负你。"

女孩子看看团长，人物实在英俊标致，比成衣店学徒强多了，就说："人到什么地方都是吃饭。我跟你走。"

于是当天就杀了两个猪，十二只羊，一百对鸡鸭，大吃大喝大热闹，团长和夭妹结婚。女孩子问她的衣箱在什么地方，待把衣箱取来打开一看，原来全是预备陪嫁的！英雄美人，可谓美满姻缘。过三天后，那团长就派人送信给黄草尾种菜的周老夫妇，称岳父岳母，报告夭妹安好，不用挂念。信还是用红帖子写的，词句华而典，师爷的手笔。还同时送来一批礼物！老夫妇无话可说，只苦了成衣店那个学徒，坐在东门大街一家铺子里，一面裁布条子做纽绊，一面垂泪。

这也可说是沅陵县人物之一型。

至于住城中的几个年高有德的老绅士，那倒正像湘西许多县城里的正经绅士一样，在当地是很闻名的，庙宇里照例有这种名人写的屏条，名胜地方照例有他们题的诗词。儿女多受过良好教育，在外做事。家中种植花木，蓄养金鱼和雀鸟，门庭规矩也很好。与地方关系，却多如显克微支在他《炭画》那本书里所说的贵族，凡事取"不干涉主义"。因为名气大，许多不相干的捐款，不相干的公事，不相干的麻烦，不会上门。乐得在家纳福，不求闻达，所以也不用有什么表现。对于生活劳苦认真，既不如车站边负重妇女，生命活跃，也不如卖菜的周家夭妹，然而日子还是过得很好，这就够了。

由沅水下行百十里到沅陵属边境地名柳林岔，——就是湘西出产金子，风景又极美丽的柳林岔。那地方过去一时也有个人，很有意思。这个人据说母亲貌美而守寡，住在柳林岔镇上。对河高山上有个庙，庙中住下一个青年和尚，诚心苦修。寡妇因爱慕和尚，每天必借烧香为名去看看和尚，二十年如一日。和尚诚心修苦，不作理会，也同样二十年如一日。儿子长大后，慢慢的知道了这件事。儿子知道后，不敢规劝母亲，也不能责怪和尚，唯恐母亲年老眼花，一不小心，就会堕入深水中淹死。又见庙宇在一个圆形峰顶，攀援实在不容易。因此特意雇定一百石工，在临河悬岩上开辟一条小路，仅可容足，更找一百铁工，制就一条粗而长的铁链索，固定在上面，作为援手工具。又在两山间造一拱石头桥，上山顶庙里时就可省一大半路。这些工作进行时自己还参加，直到完成。各事完成以后，这男子就出远门走了，一去再也不回来了。

这座庙，这个桥，濒河的黛色悬崖上这条人工凿就的古怪道路，路旁的粗大铁链，都好好的保存在那里，可以为过路人见到。凡上行船的纤手，还必需从这条路把船拉上滩。船上人都知道这个故事。故事虽还有另一种说法，以为一切是寡妇所修的，为的是这寡妇……总之，这是一个平常人为满足他的某种愿心而完成的伟大工程。这个人早已死了，却活在所有水上人的记忆里。传说和当地景色极和谐，美丽而微带忧郁。

沅水由沅陵下行三十里后即滩水连接，白溶、九溪、横石、青浪，……就中以青浪滩最长，石头最多，水流最猛。顺流而下时，四十里水路不过二十分钟可完事，上行船有时得一整天。

青浪滩滩脚有个大庙，名伏波宫，敬奉的是汉老将马援。行船人到此必在庙里烧纸献牲。庙宇无特点，不出奇。庙中屋角树梢栖息的红嘴红脚小小乌鸦，成千累万，遇下行船必飞往接船送船，船上人把饭食糕饼向空中抛去，这些小黑鸟就在空中接着，把它吃了。上行船可照例不光顾。虽上下船只极多，这小东西知道向什么船可发利市，什么船不打抽丰。船夫传说这是马援的神兵，为迎接船只的神兵，照老规矩，凡伤害的必赔一大小相等银乌鸦，因此从不会有人敢伤害它。

几件事都是人的事情。与人生活不可分，却又杂糅神性和魔性。湘西的传说与神话，无不古艳动人。同这样差不多的还很多。湘西的神秘，和民族性的特殊大有关系。历史上"楚"人的幻想情绪，必然孕育在这种环境中，方能滋长成为动人的诗歌。想保存它，同样需要这种环境。

记蔡威廉女士

似乎是民国十八年左右，朋友胡也频先生丁玲女士两人，由上海迁往杭州葛岭住家。过不久两个人回到上海，行李中多了一张丁玲女士的半身油画像。那画颜色用得暗暗的，好像一个中年人的手笔。问及时，才知道是蔡威廉女士给画的。当时只听说她为人极忠厚老实，除教书外从不露面。画并无什么出奇惊人处，可是很稳静，毫无浮嚣气。人如其画，同样给人一个好印象。试想想，在一个国立艺术学校，教西洋画十年，除了学生此外几乎无人知道，不是忠厚老实，办得到办不到？现在说起谁人忠厚老实时，好像不知不觉就有了点"无用"意思在内。可是对于一个艺术家，说起这点性格，却同"伟大"十分接近。正因一般艺术家给人的印象似乎是太不忠厚老实了。凡稍稍注意过中国艺术界情形的人，一定就还记得起二十年来的各种纠纷，以及各个人其所以出名露面的，或出国对客挥毫，用走江湖方式显其所长，或国内阿谀权贵，用拜老头子方式贡其所有。雇打手，作伪证，用心之巧，无所不至，谈话之多，在教育史艺术上亦属绝后空前。忠厚老实的艺术家，是一种如何稀有少见的人！若有人肯埋头努力，不求自见，十年如一，工作不懈，成就且不说，只看看那个态度，实不能不令人生敬佩之忱。所以当时丁玲女士就觉得她很好，很可爱，像一个理想艺术家。

那张画相虽出自一个忠厚老实艺术家的手笔，它的历史说起来却充满了浪漫性。第一次我看它挂在环龙路一个俄国妇人公寓里，正是丁玲写《在黑暗中》时节。第二次我看它挂在万宜坊某人家三楼，正是也频失踪前一日。到后隔了数年，丁玲女士忽然在上海失踪了，某个朋友记载这件事情时，曾提及这画相，说已连同许多信件画籍，已统被没收入官。可是过半年后，她被禁止在南京陵园附近狮子桥时，我去看望她，书房里却挂了那么一张大画相。谁还给她的，向谁讨回的，无人知道。

　　前年冬天我从北方回到湘西，住在沅陵。那时节南北两国立艺术专门学校刚好合并，也迁沅陵上课。我有个哥哥素称好事，生平只要得人信托，托他作事，总极高兴帮忙。为代学校找木匠工人，忙来忙去，十分有趣。有一天，回来时却同我说："到南门街上××店铺里，看见一群孩子，很可爱也很可怜，不知从什么地方逃来的。住在那个坏地方，孩子们无人看管，在小天井泥水中玩。我问他：小东西，你是什么地方人？那孩子举起小手来就说，打你，打你。好，要打我，我怕了，好厉害！"哥哥说到后来说笑了。哥哥同我上街去，从那铺子经过时，正好遇着一群孩子同一个妇人出门，走过去一点，却遇见一个长头发先生，很像胡也频。我想起在上海某地方升降机旁见过文铮一面。试作招呼，果然是文铮。介绍后才知道女的就是蔡威廉，一群孩子是两个人的儿女。大家稍稍谈了一会，到城门边看看窑货，就分手了。我那哥哥知道是我熟人时，恐怕他们初来，吃什么都不方便，赶快为孩子们送了点小食去。看到孩子们都挤在一处，哥哥想，这不成，得换个住处才好。即自动为他们去找住处，正拟和一个姓白的交涉，租赁他那未完工的新房住。学校恰恰出了事，闹起风潮来了。一闹风潮，纠察队，打架队，以及什么古怪组织都一起出现，且闹风潮牵涉到每一个教员，文铮自然也在内。教部派了一个陈先生来调停此事时，借用我家房子开会，有些学生竟分批装作写生，故意来到我家大门前作画，以便探听谁进谁出。我觉得这是艺术家的玩意儿，沾惹不得十分讨厌。中国各地方正有百万人在为国家打仗，许多家乡朋友亲戚，伤痕未愈，就即刻又出发向前，这些读书人来到后方，却打来闹去，实在看不惯。且明白纠纠纷纷，是非混淆，外边人毫无办法。很有几个艺术家疑心多，计策多，沾上去说不定还有人以为我也在内，要夺他们臭皮蛋！因此一来，同大家都不常见面，同文铮夫妇也只见过几次面。哥哥虽好客，且欢喜那一群孩子，不敢邀他们来玩了。

我当时对于威廉的印象，同十年前差不多。她样子很朴实，语言很少，正和她那画像相称。且以为朴实的人，朴实的工作，将来成就一定大。

到昆明来后，我们凑巧又成为邻居同住北门街。问及时，方知两夫妇都离开了艺专，失了业。其中经过情形并不明白，但总觉得古怪。文铮或和朋友意见不合，放下学校事不干。蔡女士为人那么忠厚老实，对人几乎可说无意见，对职务又那么热心认真，若非二三子有意作成，她决不会同这个学校离开。当局稍微肯为这个学校着想，肯为艺术着想，本人即辞职，也一定加以挽留，不许她离开。可是她竟然离开了学校。且据朋友们传说，生活情形在沅陵时即已经很困难了的。但与两夫妇谈及学校时，她竟一句话不说。总好像贫穷是并不什么可怕的，学校倒有点可惜。不过人家不要她教书了，她还是可以自己画画。为证明这点理想并不因离学校而受挫折，情形上就贴满了她为孩子们作的小幅精美速写。可是事实上也就有点麻烦了。房子那么小，大杂院那么乱，想安静作画是不可能的。初来用人照例不合式，不上三天又走了，作主妇的就得为一家大小八口人作饭。五个孩子虽然都很乖，大的间或还能帮点小忙，提提水，炉子里加加炭，拌和稀饭，最忙的人自然还是主妇。并且腹中孩子已显然日益长大，到四五月间必将生产。我住处进出需从他们厨房楼下经过，孩子们一见我必大声招呼，我必同样向这些小朋友一一招呼。常常看到这个作母亲的，看了件宽博印花布袍子，背身向外，在那小锅小桌边忙来忙去听我和孩子招呼时，就转身对我笑笑，我心中总觉得很痛苦。生活压在这个人身上，实在太重了，微笑就是一种无可奈何的表示。意思想用微笑挪开朋友和自己那点痛苦，却办不到。

我每天早晚进出，还是依然同小朋友招呼。间或戏呼他家第三位黑而胖的小姐做"大块头"，问她爸爸妈妈好，出不出门玩。小孩子依然笑嘻嘻答应得很好。可是前两天听家里人说，才知道孩子的母亲，在家生产了一个小毛毛，已死去三天了。死的直接原因是产后发热，间接原因却是无书教，无收入，恐费用多担负不下，不能住医院生产，终于死去。人死了，剩下一堆画，六个孩子。

死下的完了，虽三十多岁却即志而没，有许多理想无从实现，但人已死去，无所关心，既不必为生活烦累，更不会受同行闲气，或比生前安适，也未可知。朋友们同情或不平，很显然都毫无意义，既不能帮助这个朋友重生，也不容易使这个社会转好。惟生者何以为生？行将堕入这种困境或已经到了同样情形的朋友，是哺糟啜醨随波逐流以作伪售奸，是改业跳槽经营小生意以糊口？术艺界方面二十年来我们饱看了一切人与人的斗争，用尽一切技巧，使用各种法术，名分上为的是理想、事业，事实上不外"饭碗"二字。真真在那里为艺术而致力，用勤苦与自己斗争，改正弱点，发现新天地，如蔡威廉那么为人，实在不多，末了却被穷病打倒，终于死去，想起来未免令人痛苦。

潜
渊

一

黄昏极美丽悦人。光景清寂，极静，独坐小蒲团上，望窗口微明，欧战从一日起始，至今天为止，已三十天。此三十天中波兰即已灭亡。一国家养兵至一百万，一月中即告灭亡，何况一人心中所信所守，能有几许力量，抗抵某种势力侵入？一九三九之九月，实一值得记忆的月份。人类用双手一头脑创造出一个惊心动魄文明世界，然此文明不旋踵立即由人手毁去。人之十指，所成所毁，亦已多矣。

二

读《人与技术》《红百合》二书各数章。小楼上阳光甚美，心中茫然，如一战败武士，受伤后独卧荒草间，武器与武力已全失。午后秋阳照铜甲上炙热。手边有小小甲虫爬行，耳畔闻远处尚有落荒战马狂奔，不觉眼湿。心中实充满作战雄心，又似觉一切已成过去，生命中仅残余一种幻念，一种陈迹的温习。

心若翻腾，渴想海边，及海边可能见到的一切。沙滩上为浪潮漂白的一些螺蚌残壳，泥路上一朵小小蓝花，天末一片白帆，一片紫。

房中静极。面对窗上三角形夕阳黄光，如有所悟，亦如有所惑。

三

晴。六时即起。甚愿得在温暖阳光下沉思，使肩背与心同在朝阳炙晒中感到灼热。灼热中回复清凉，生命从疲乏得到新生。久病新瘥一般新生。所思者或为阳光下生长一种造物（精巧而完美，秀与壮并之造物），并非阳光本身。或非造物，仅仅造物所遗留之一种光与影，形与线。

人有为这种光影形线而感兴激动的，世人必称之为"痴汉"。因大多数人都"不痴"，知从"实在"上讨生活，或从"意义""名分"上讨生活。捕蚊捉虱，玩牌下棋，在小小得失上注意关心，引起哀乐，即可度过一生。生活安适，即已满足。活到末了，倒下完毕。多数人所需要的是"生活"，并非对于"生命"具有何种特殊理解，故亦不必追寻生命如何使用，方觉更有意思。因此若有一人，超越习惯的心与眼，对于美特具敏感，自然即被称为痴汉。此痴汉行为，若与多数人庸俗利害观念相冲突，且成为罪犯，为恶徒，为叛逆。换言之，即一切不吉名词无一不可加诸其身，对此符号，消极意思为"沾惹不得"，积极企图为"与众弃之"。然一切文学美术以及人类思想组织上巨大成就，常惟痴汉有分，与多数无涉，事情显明而易见。

四

金钱对"生活"虽好像是必需的，对"生命"似不必需。生命所需，惟对于现世之光影疯狂而已。因生命本身，从阳光雨露而来，即如火焰，有热有光。

我如有意挫折此奔放生命，故从一切造形小物事上发生嗜好，即不能挫折它，亦可望陶冶它，羁縻它，转变它。不知者以为留心细物，所志甚小。见闻不广，无多大价值物事，亦如宝贝，加以重视，未免可笑。这些人所谓价值，自然不离金钱，意即商业价值。

美固无所不在，凡属造形，如用泛神情感去接近，即无不可以见出其精巧处和完整处。生命之最大意义，能用于对自然或人工巧妙完美而倾心，人之所同。惟宗教与金钱，或归纳，或消灭。因此令多数人生活下来都庸俗呆笨，了无趣味。某种人情感或被世务所阉割，淡漠如一僵尸，或欲扮道学，充绅士，作君子，深深惧怕被任何一种美所袭击，支撑不住，必致误事。又或受佛教"不净观"影响，默会《诃欲经》本意，以爱与欲不可分，惶恐逃避，唯恐不及。像这些人，对于"美"，对于一切美物，美行，美事，美观念，无不漠然处之，竟若毫无反应。

不过试从文学史或美术史（以至于人类史）上加以清查，却可得一结论，即伟人巨匠，千载宗师，无一不对于美特具敏锐感触，或取调和态度，融汇之以成为一种思想，如经典制作者对于经典文学符号排比的准确与关心。或听其撼动，如艺术家之与美对面时从不逃避某种光影形线所感印之痛苦，以及因此产生佚智失理之疯狂行为。举凡所谓活下来"四平八稳"人物，生存时自己无所谓，死去后他人对之亦无所谓。但有一点应当明白，即"社会"一物，是由这种人支持的。

五

饭后倦极。至翠湖土堤上一走。木叶微脱，红花萎悴，水清而草乱。猪耳莲尚开淡紫花，静贴水面。阳光照及大地，随阳光所及，举目临眺，但觉房屋人树，及一池清水，无不如相互之间，大有关系。然个人生命，转若甚感单独，无所皈依，亦无附丽。上天下地，粘滞不住。过去生命可追寻处，并非一堆杂著，只是随身记事小册三五本，名为记事，事无可记，即记下亦无可观。惟生命形式，或可于字句间求索得到一二，足供温习。生命随日月交替，而有新陈代谢现象，有变化，有移易。生命者，只前进，不后退，能迈进，难静止。到必需"温习过去"，则目前情形可想而知。沉默甚久，生悲悯心。

我目前俨然因一切官能都十分疲劳，心智神经失去灵明与弹性，只想休息。或如有所规避，即逃脱彼噬心嚼知之"抽象"。由无数造物空间时间综合而成之一种美的抽象。然生命与抽象固不可分，真欲逃避，唯有死亡。是的，我的休息，便是多数人说的死。

六

在阳光下追思过去，俨然整个生命俱在两种以及无数种力量中支撑抗拒，消磨净尽，所得惟一种知识，即由人之双手所完成之无数泥土陶瓷形象，与由上帝双手搏泥所完成之无数造物灵魂有所会心而已。令人痛苦也就在此。人若欲贴近土地，呼吸空气，感受幸福，则不必有如此一分知识。多数人或具有一种浓厚动物本性，如猪如狗，或虽如猪如狗，惟感情被种种名词所阉割，皆可望从日常生活中感到完美与幸福。譬如说"爱"，这些人爱之基础或完全建筑在一种"情欲"事实上，或纯粹建筑在一种"道德"名分上，异途同归，皆可得到安定与快乐。若将它建筑在一抽象的"美"上，结果自然到处见出缺陷和不幸。因美与"神"近，即与"人"远。生命具神性，生活在人间，两相对峙，纠纷随来。情感可轻蓁高飞，翱翔天外，肉体实呆滞沉重，不离泥土。

××说："×××年前死得其所，是其时。"即"人"对"神"的意

141

见，亦即神性必败一个象征。××实死得其时，因为救了一个"人"，一个贴近地面的人。但××若不死，未尝不可以使另外若干人增加其神性。

　　有些人梦想生翅膀一双，以为若生翅翼，必可轻举，向日飞去。事实上即背上生出翅膀，亦不宜高飞。如×××。有些人从不梦想。惟时时从地面踊跃升腾，作飞起势，飞起计。虽腾空不过三尺，旋即堕地。依然永不断念，信心特坚。如×××。前者是艺术家，后者是革命家。但一个文学作家，似乎必需兼有两种性格。

生命

我好像为什么事情很悲哀，我想起"生命"。

每个活人都像是有一个生命，生命是什么，居多人是不曾想起的，就是"生活"也不常想起。我说的是离开自己生活来检视自己生活这样事情，活人中就很少那么作。因为这么作不是一个哲人，便是一个傻子了。"哲人"不是生物中的人的本性，与生物本性那点兽性离得太远了，数目稀少正见出自然的巧妙与庄严。因为自然需要的是人不离动物，方能传种。虽有苦乐，多由生活小小得失而来，也可望从小小得失得到补偿与调整。一个人若尽向抽象追究，结果纵不至于违反自然，亦不可免疏忽自然，观念将痛苦自己，混乱社会。因为追究生命"意义"时，即不可免与一切习惯秩序冲突。在同样情形下，这个人脑与手能相互为用，或可成为一思想家、艺术家，脑与行为能相互为用，或可成为一革命者。若不能相互为用，引起分裂现象，末了这个人就变成疯子。其实哲人或疯子，在违反生物原则，否认自然秩序上，将脑子向抽象思索，意义完全相同。

我正在发疯。为抽象而发疯。我看到一些符号，一片形，一把线，一种无声的音乐，无文字的诗歌。我看到生命一种最完整的形式，这一切都在抽象中好好存在，在事实前反而消灭。

有什么人能用绿竹作弓矢，射入云空，永不落下？我之想象，犹如长箭，向云空射去，去即不返。长箭所注，在碧蓝而明静之广大虚空。

明智者若善用其明智，即可从此云空中，读示一小文，文中有微叹与沉默，色与香，爱和怨。无著者姓名。无年月。无故事。无……然而内容极柔美。虚空静寂，读者灵魂中如有音乐。虚空明蓝，读者灵魂上却光明净洁。

大门前石板路有一个斜坡，坡上有绿树成行，长干弱枝，翠叶积叠，如翠翠，如羽葆，如旗帜。常有山灵，秀腰白齿，往来其间。遇之者即喑哑。爱能使人喑哑——一种语言歌呼之死亡。"爱与死为邻"。

然抽象的爱，亦可使人超生。爱国也需要生命，生命力充溢者方能爱国。至如阉寺性的人，实无所爱，对国家，貌作热诚，对事，马马虎虎，对人，毫无情感，对理想，异常吓怕。也娶妻生子，治学问教书，做官开会，然而精神状态上始终是个阉人。与阉人说此，当然无从了解。

夜梦极可怪。见一淡绿百合花，颈弱而花柔，花身略有斑点青渍，倚立门边微微动摇。在不可知地方好像有极熟习的声音在招呼：

"你看看好，应当有一粒星子在花中。仔细看看。"

于是伸手触之。花微抖，如有所怯。亦复微笑，如有所恃。因轻轻摇触那个花柄、花蒂、花瓣。近花处几片叶子全落了。

如闻叹息，低而分明。

…………

雷雨刚过。醒来后闻远处有狗吠。吠声如豹。半迷糊中卧床上默想，觉得惆怅之至。因百合花在门边动摇，被触时微抖或微笑，事实上均不可能！

起身时因将经过记下，用半浮雕手法，如玉工处理一片玉石，琢刻割磨。完成时犹如一壁炉上小装饰。精美如瓷器，素朴如竹器。

一般人喜用教育身分，来测量这个人道德程度。尤其是有关乎性的道德。事实上这方面的事情，正复难言。有些人我们应当嘲笑的，社会却常常给以尊敬，如阉寺。有些人我们应当赞美的，社会却认为罪恶，如诚实。多数人所表现的观念，照例是与真理相反的。多数人都乐于在一种虚伪中保持安全或自足心境。因此我焚了那个稿件。我并不畏惧社会，我厌恶社会，厌恶伪君子，不想将这个完美诗篇，被伪君子与无性感的女子眼目所污渎。

百合花极静。在意象中尤静。

山谷中应当有白中微带浅蓝色的百合花，弱颈长蒂，无语如语，香清而淡，躯干秀拔。花粉作黄色，小叶如翠珰。

法郎士曾写一《红百合》故事，述爱欲在生命中所占地位，所有形式，以及其细微变化。我想写一《绿百合》，用形式表现意象。

云南看云

云南是因云而得名的，可是外省人到了云南一年半载后，一定会和本地人差不多，对于云南的云，除了只能从它变化上得到一点晴雨知识，就再也不会单纯的来欣赏它的美丽了。看过卢锡麟先生的摄影后，必有许多人方俨然重新觉醒，明白自己是生在云南，或住在云南。云南特点之一，就是天上的云变化得出奇。尤其是傍晚时候，云的颜色，云的形状，云的风度，实在动人。

战争给了许多人一种有关生活的教育，走了许多路，过了许多桥，睡了许多床，此外还必然吃了许多想象不到的小苦头。然而真正具有深刻教育意义的，说不定倒是明白许多地方各有各的天气，天气不同还多少影响到一点人事。云有云的地方性：中国北部的云厚重，人也同样那么厚重。南部的云活泼，人也同样那么活泼。海边的云幻异，渤海和南海云各不相同，正如两处海边的人性情不同。河南的云一片黄，抓一把下来似乎就可以作窝窝头，云粗中有细，人亦粗中有细。湖湘的云一片灰，长年挂在天空一片灰，无性格可言，然而橘子辣子就在这种地方大量产生，在这种天气下成熟，却给湖南人增加了生命的发展性和进取精神。四川的云与湖南云虽相似而不尽相同，巫峡峨眉夹天耸立，高峰把云分割又加浓，云有了生命，人也有了生命。可是体积虽大分量轻，人亦因之好夸饰而不甚落实。论色彩丰富，青岛海面的云应当首屈一指。有时五色相煊，千变万化，天空如展开一张锦毯。有时素净纯洁，天空只见一片绿玉，别无它物。看来令人起轻快感，温柔感，音乐感，情欲感。一年中有大半年天空完全是一幅神奇的图画，有青春的嘘息，煽起人狂想和梦想。海市蜃楼即在这种天空显现。海市蜃楼虽并不常在人眼底，却永远在人心中。秦皇汉武的事业，同样结束在一个长生不死青春常驻的美梦里，不是毫无道理的。云南的云给人印象大不相同，它的特点是素朴，影响到人性情，也应当是挚厚而单纯。

云南的云似乎是用西藏高山的冰雪，和南海长年的热风，两种原料经过一种神奇的手续完成的。色调出奇的单纯。惟其单纯反而见出伟大。尤以天时晴明的黄昏前后，光景异常动人。完全是水墨画，笔调超脱而大胆。天上一角有时黑得如一片漆，它的颜色虽然异样黑，给人感觉竟十分轻。在任何地方"乌云蔽天"照例是个沉重可怕的象征，云南傍晚的黑云，越黑反而越不碍事，且表示第二天天气必然顶好。几年前中国古物运到伦敦展览时，记得有一个赵松雪作的卷子，名《秋江叠嶂》，净白的澄心堂纸上用浓墨重重涂抹，给人印象却十分秀美。云南的云也恰恰如此，看来只觉得黑而秀。

可是我们若在黄昏前后，到城郊外一个小丘上去，或坐船在滇池中，看到这种云彩时，低下头来一定会轻轻的叹一口气。具体一点将发生"大好河山"感想，抽象一点将发生"逝者如斯"感想。心中一定觉得有些痛苦，为一片悬在天空中的沉静黑云而痛苦。因为这东西给了我们一种无言之教，比目前政论家的文章，宣传家的讲演，杂感家的讽刺文都高明得多，深刻得多，同时还美丽得多。觉得痛苦原因或许也就在此。那么好看的云，教育了在这一片天底下讨生活的人，究竟是些什么？是一种精深博大的人生思想？还是一种单纯美丽的诗的性情！若把它与地面所见、所闻、所有两相对照，实在使人不能不痛苦！

在这美丽天空下，人事方面，我们每天所能看到的，除了空洞的论文，不通的演讲，小巧的杂感，此外似乎到处就只碰到"法币"。大官小官商人和银行办事人直接为法币而忙，教授学生也间接为法币而忙。最可悲的现象，实无过于大学校的商学院，每到注册上课时，照例人数必最多。这些人其所以习经济、习会计，都可说对于生命毫无高尚理想可言，目的只在毕业后能入银行作事。"熙熙攘攘，皆为利往，挤挤挨挨，皆为利来。"教务处几个熟人都不免感到无可奈何。教这一行的教授，也认为风气实不大好。社会研究的专家，机会一来即向银行跑。习图书馆的，弄考古的，学外国文学的，因为亲戚、朋友、同乡……种种机会，又都挤进银行或相近金融机关作办事员。大部分优秀脑子，都给真正的法币和抽象的法币弄得昏昏的，失去了应有的灵敏与弹性，以及对于"生命"较高的认识。其余无知识的脑子，成天打算些什么，就可想而知了。云南的云即或再美丽一点，对于多数人还似乎毫无意义可言的。

近两个月来本市这连续的警报，城中二十万市民，无一不早早的就跑到郊外去，向天空把一个颈脖昂酸，无一人不看到过几片天空飘动的浮云，仰望结果，不过增加了许多人对于财富得失的忧心罢了。"我的越币下落了""我的汽油上涨了""我的事业这一年发了五十万财""我从公家赚了八万三"，这还是就仅有十几个熟人口里说说的。此外说不定还有一个把教授之流，终日除玩牌外无其他娱乐，会想到前一晚上玩麻雀牌输赢事情，聊以解嘲似的自言自语："我输牌不输理。"这种教授先生当然是不输理的，在警报解除以后，不妨跑到老伙伴住处去，再玩个八圈，证明一下输的究竟是什么。一个人若乐意在地下爬，以为是活下来最好的姿势，他人劝说站起来走，或更盼望他挺起脊梁来做个人，当然是不会有什么结果的。

就在这么一个社会一种情形中，卢先生却来展览他在云南的照相，告给我们云南法币以外还有些什么。即以天空的云彩言，色彩单纯的云有多健美，多飘逸，多温柔，多崇高！观众人数多，批评好，正说明只要有人会看云，能从云影中取得一种诗的感兴和热情，还可望将这种尊贵的感情，转给另外一种人。换言之，就是云南的云即或不能直接教育人，还可望由一个艺术家的心与手，间接来教育人。卢先生照相的兴趣，似乎就在介绍这种美丽感印给多数人，所以作品中对于云物的题材，处理得特别好。每一幅云都有一种不同的性情，流动的美。不纤巧，不做作，不过分修饰，一任自然，心手相印，表现得素朴而亲切，作品成功是必然的。可是得到"赞美"还不是艺术家最终的目的，应当还有一点更深的意义。我意思是如果一种可怕的实际主义正在这个社会各组织各阶层间普遍流行，腐蚀我们多数人做人的良心、做人的理想，且在同时把每一个人都有形无形市侩化，社会中优秀分子一部分，所梦想，所希望，也都只是糊口混日子了事，毫无一种较高尚的情感，更缺少用这情感去追求一个美丽而伟大的道德原则的勇气时，我们这个民族应当怎么办？大学生读书目的，不是站在柜台边作行员，就是坐在公事房作办事员，脑子都不用，都不想，只要有一碗饭吃就算有了出路。甚至于做政论的，作讲演的，写不高明讽刺文的，习理工的，玩玩文学充文化人的，办党的，信教的……出路也都是只顾眼前。大众眼前固然都有了出路，这个国家的明天，是不是还有希望可言？我们如真能够象卢先生那么静观默会天空的云彩，云物的美丽，也许会慢慢的陶冶我们，启发我们，改造我们，使我们习惯于向远景凝眸，不敢堕落，不甘心堕落，我以为这才像是一个艺术家最后的目的。正因为这个民族是在求发展，求生存，战争了已经三年，战争虽败北，不气馁，虽死亡万千人民，牺牲无数财富，亦不以为意。就为的是这战争背后还有个庄严伟大的理想，使我们对于忧患之来，在任何情形下都能忍受。我们其所以能忍受，不特是我们要发展，要生存，还要为后来者设想，使他们活在这片土地上，更好一点，更像人一点！我们责任那么严重那么困难，所以不特多数知识分子必然要有一个较坚朴的人生观，拉之向上，推之向前，就是作生意的，也少不了需要那么一分知识，方能够把企业的发展，与国家的发展，放在同一目标上，分途并进，异途同归！

举一个浅近的例来说说：我们的眼光注意到"出路""赚钱"以外，若还能够估量到在滇越铁路的另一端，正有多少鬼蜮成性阴险狡诈的木屐儿，圆睁两只鼠眼，安排种种巧计阴谋，预备把劣货倾销到昆明来，且把推销劣货的责任，派给昆明市的大小商家时，就知道学习注意远处，实在是目前一件如何重要的事情！照相必选择地点，取准角度，方可望有较好成就。做人何常不是一样。明分际，识大体，"有所不为"，敌人即或花样再多，劣货在有经验商家的眼中，总依然看得出，取舍之间是极容易的。若只图发财，见利忘义，"无所不为"，日本货变成国货，改头换面，不过是反手间事！劣货推销不过是若干有形事件中之一种。此外知识阶级中不争气处，所作所为，实有更甚于此者。

所以我觉得卢先生的摄影，不仅仅是给人看看，还应当给人深思。

水
云

青岛的五月，是个稀奇古怪的时节。自二月起从海上吹来的季候风，饱吹了一季，忽然一息后，阳光热力到达了地面，天气即刻暖和起来。山脚树林深处，便开始有啄木鸟的踪迹和黄莺的鸣声。公园中分区栽种梅花、桃花、玉兰、郁李、棠棣、海棠和樱花，正像约好日子，都一齐开放了花朵。到处各聚集了些游人，穿起初上身的称身春服，携带酒食和糖果，坐在花木下的草地上赏花取乐。就中还有些从南北大都市官场或商场抽空走出，坐了路局的特别列车，来看樱花作短期旅行的，从外表上一望也可明白。这些人为表示当前被自然解放后的从容和快乐，多仰卧在软草地上，用手枕着头，给天上云影压枝繁花弄得发迷，口中还轻轻吹嘘嗯哨，学林中鸣禽唤春。女人多站在草地上和花树前，忙着帮孩子们照相，不受羁绊的孩子们，却在花树间各处乱跑。

就在这种阳春烟景中，我偶然看到一本小书，书上有那么一段话——"地上一切花叶都从阳光挹取生命的芳馥，人在自然秩序中，也只是一种生物，还待从阳光中取得营养和教育。美不能在风光中静止，生命也不能在风光中静止，值得留心！"俨若有会于心，因此常常欢喜孤独伶俜的我，带了几个硬绿苹果，带了两本书，向阳光较多无人注意的海边走去。照习惯我实对准日出方向，沿海岸往东走。夸父追日我却迎赶日头，不担心半道会渴死。我的目的正是让不能静止的生命，从风光中找寻那个不能静止的美。我得寻觅，得发现，得受它的影响或征服，从忘我中重新得到我，证实我。走过了惠泉浴场，走过了炮台，走过了建筑在海湾石岨上俄国什么公爵用黄麻石堆就的堡垒型大房子，一片待开垦的荒地……一直到太平角凸出海中那个黛色大石堆上，方不再向前进。这个地方前面已是一片碧绿大海，远远可看见多蛇水灵山岛的灰色圆影，和海上船只驶过时在浅紫色天末留下那一缕淡烟。我身背后是一片马尾松林，好像一个一个翠绿扫帚，倒转竖起扫拂天云。矮矮的疏疏的马尾松下，到处有一丛丛淡蓝色和黄白间杂野花正任意开放。花丛里还常常可看到一对对小而伶俐麻褐色野兔，神气天真烂漫，在那里追逐游戏。这地方原有一部分已划作新住宅区，还无一座房子，游人又极稀少，本来应该算是这些小小生物的特别区，所以当它们与陌生人互相发现时，必不免抱有三分好奇，眼珠子骨碌碌的对人望望。望了好一会，似乎从神情间看出了点危险，或猜想到"人"是什么，方憬然惊悟，猛回头于草树间奔窜。逃走时恰恰如一个毛团弹子一样迅速，也如一个弹子那么忽然触着树身而转折，更换一个方向继续奔窜。这聪敏活泼小生物，终于在绿色马尾松和杂花乱草间消失了。我于是好像有点抱歉，来估想它受惊以后跑回窝中的情形。它们照例是用山道间埋在地下的引水陶筩作窝的，因为里面四通八达，合乎传说上的三窟意义。逃进去后，必互相挤得紧紧的，为求安全准备第二次逃奔。（因为有时很可能是被一匹顽皮的小狗所追逐，这小狗却用一种好奇好事心情徘徊在水道口。）过一会儿心定了些，小心谨慎从水道口露出那两个毛茸茸的耳朵和光头，听听远近风声，明白天下太平后，才重新出到草树根间来游戏。

　　我坐的地方八尺以外，便是一道陡峻的悬崖，向下直插深入海中，若想自杀，只要稍稍用力向前一跃，就可堕崖而下，掉进海水里喂鱼吃。海水有时平静不波，如一片光滑的玻璃在阳光下时时刻刻换颜色。有时又可看到两三丈高的大浪头，戴着绉折的白帽子，排列成行成队，直向岩石下扑撞，结果这浪头即变成一片银白色的水沫，一阵带咸味的雾雨。我一面让和暖阳光烘炙肩背手足，取得生命所需要的热力，一面即用身前这片大海教育我，淘深我的生命。时间长，次数多，天与树与海的形色气味，便静静的溶解到了我绝对单独的灵魂里。我虽寂寞却并不悲伤。因为从默会遐想中，体会到生命中所孕育的智慧和力量。心脏跳跃节奏中，俨然有形式完美韵律清新的诗歌，和调子柔软而充满青春狂想的音乐。

"名誉、金钱，或爱情，什么都没有，那不算什么。我有一颗能为一切现世光影而跳跃的心，就很够了。这颗心不仅能够梦想一切，还可以完全实现它。一切花草既都能从阳光下得到生机，各自于阳春烟景中芳菲一时，我的生命也待发展，待开放，必然有惊人的美丽与芳香！"

我仰卧时那么打量。一起身有另外一种回答出自中心深处。这正是想象碰着边际时所引起的一种回音。回音中杂有一点世故，一点冷嘲，一种受社会长期挫折蹂躏过的记号。

"一个人心情骄傲，性格孤僻，未必就能够作战士！应当时时刻刻记住，得谨慎小心，你到的原是个深海边。身体从不至于掉进海里去，一颗心若掉到梦想荒唐幻异境界中去，也相当危险，挣扎出时并不容易！"

这点世故对于当时环境中的我当然不需要，因此重新躺下去。俨若表示业已心甘情愿受我选定的生活选定的人事所征服。我正等待这种征服。

"为什么要挣扎？倘若那正是我要到的去处，用不着使力挣扎的。我一定放弃任何抵抗愿望，一直向下沉。不管它是带咸味的海水，还是带苦味的人生，我要沉到底为止。这才像是生命。我需要的就是绝对的皈依，从皈依中见到神。我是个乡下人，走到任何一处照例都带了一把尺，一把秤，和普遍社会权量不合。一切临近我命运中的事事物物，我

有我自己的尺寸和分量，来证实生命的价值和意义。我用不着你们名叫
'社会'为制定的那个东西。我讨厌一般标准，尤其是伪'思想家'为
扭曲压扁人性而定下的庸俗乡愿标准。这种思想算是什么？不过是少年
时男女欲望受压抑，中年时权势欲望受打击，老年时体力活动受限制，
因之用这个来弥补自己并向人间复仇的人病态的行为罢了。这种人照例
先是显得极端别扭表示深刻，到后又显得极端和平表示纯粹，本身就是
一种矛盾。这种人从来就是不健康的，哪能够希望有个健康人生观。一
般社会把这种人叫作思想家，只因为一般人都不习惯思想，不惯检讨思
想家的思想。一般人都乐意用校医室的磅秤称身体和灵魂。更省事是只
称一次。"

"好，你不妨试试看，能不能用你自己那个尺和秤，来到这个广大
繁复的人间，量度此后人我的关系。"

"你难道不相信吗？"

"人应当自己有自信，不必担心别人不相信。一个人常常因为对自
己缺少自信，总要从别人相信中得到证明。政治上纠纠纷纷，以及在这
种纠纷中的广大牺牲，使百万人在面前流血，流血的意义，真正说来，
也不过就为的是可增加某种少数人自己那点自信！在普通人事关系上，
因有人自信不过，又无从用牺牲他人得到证明，所以一失了恋就自杀
的。这种人做了一件其蠢无以复加的行为，还以为是追求生命最高的意
义，而且得到了它。"

"我是如你所谓灵魂上的骄傲，也要始终保留那点自信的！"

"那自然极好，因为凡真有自信的人，不问他的自信是从官能健康或
观念顽固而来，都可望能够赢得他人相信的。不过你要注意，风不常向
一定方向吹。我们生命中到处是'偶然'，生命中还有比理性更具势力的
'情感'，一个人的一生可说即由偶然和情感乘除而来。你虽不迷信命运，
新的偶然和情感，可将形成你明天的命运，还决定后天的命运。"

"我自信能得到我所要的，也能拒绝我不要的。"

"这只限于选购牙刷一类小事情。另外一件小事情，就会发现势不可能。至于在人事上，你不能有意得到那个偶然的凑巧，也无从拒绝那个附于情感上的弱点，由偶然凑巧而作成的碰头。"

辩论到这个时候，仿佛自尊心起始受了点损害，躺卧向天那个我，于是沉默了，坐着望海那个我，因此也沉默了。

试看看面前的大海，海水明蓝而静寂，温厚而蕴藉。虽明知中途必有若干岛屿，可作候鸟迁移时的栖息，鸟类一代接续一代而从不把它的位置记错。且一直向前，终可达到一个绿芜照眼的彼岸，有一切活泼自由生命存在。但缺少航海经验的人，是无从用想象去证实的。这也正与一个人的生命相似，未来一切无从由他人经验取证，亦无从由书本取证。再试抬头看看天空云影，并温习另外一时同样天空的云影，我便俨若重新有会于心。因为海上的云彩实在华丽异常。有时五色相煊，千变万化，天空如张开一铺活动锦毯。有时又素净纯洁，天空但见一片明莹绿玉，别无它物。这地方一年中有大半年天空中竟完全是一幅神奇的图画，充满青春的嘘息，煽起人狂想和梦想，看来令人起轻快感，温柔感，音乐感，情欲感。海市蜃楼就在这种天空中显现，它虽不常在人眼底，却永远在人心中。秦皇汉武的事业，同样结束在一个长生不死青春常驻的梦境里，不是毫无道理的。然而这应当是偶然和情感乘除，此外是不是还有点别的什么？

我不羡慕神仙，因为我是个从乡下来的凡人。我偶然厌倦了军队中平板生活，撞入都市，因之便来到一个大学教书。在现实生活中我还不曾受过任何女人关心，也不曾怎样关心过别的女人。我在缓缓移动云影下，做了些青年人所能做的梦，我明白我这颗心在情分取予得失上，受得住人的冷淡糟蹋，也载得起从人取来的忘我狂欢。我试从新询问我自己。

"什么人能在我生命中如一条虹，一粒星子，记忆中永远忘不了？

世界上应当有那么一个人。"

"怎么这样谦虚得小气？这种人并不止一个，行将就要陆续侵入你的生命中，各自保有一点虽脆弱实顽固的势力。这些人名字都叫做'偶然'。名字虽有点俗气，但你并不讨厌它，因为它比虹和星还无固定性，还无再现性。它过身，留下一点什么在这个世界，它消失，当真就消失了。除留在你心上那个痕迹，说不定从此就永远消失了。这消失也不使人悲观，为的是它曾经活在你或他人心上过。凡曾经一度在你心上活过来的，当你的心还能跳跃时，另外那一个人生命也就依然有他本来的光彩，并未消失。那些偶然的颦笑，明亮的眼目，纤秀的手足，有式样的颈肩，谦退的性格，以及常常附于美丽自觉而来的彼此轻微妒嫉，即侵入你的生命，也即反映在你人格中，文字中，并未消失。世界虽如此光大，这个人的心和那个人的心却容易撞触。况且人间到处是偶然。"

"我是不是也能够在另外一个生命中同样保留一种势力？"

"这应当看你的情感。"

"难道我和人对于自己，都不能照一种预定计划去作一点安排？"

"唉，得了。什么叫做计划？你意思是不是说那个理性可以为你决定一件事情，而这事情又恰恰是上帝从不曾交把任何一个人的？你试想想看，能不能决定三点钟以后，从海边回到你那个住处去，半路上会有些什么事情等待你？这些事影响到一年两年后的生活，又可能有多大？若这一点你猜测失败了，那其他的事情，显然就超过你智力和能力以外更远了。这种测验对于你也不是件坏事情，因为可让你明白偶然和情感将来在你生命中的种种势力，说不定还可以增加你一点忧患来临的容忍力，和饮浊含清的适应力——也就是新的道家思想，在某一点某一事上，你得保留一种信天委命的达观，方不至于……"

我于是靠在一株马尾松旁边，一面随手采摘那些杂色不知名野花，一面试去想象下午回住处时去半路上可能发生的一切事情。我知道自然会有些事情。

到下午四点钟左右，我预备回家了。在惠泉浴场潮水退落后的海滩沙地上，看见一把被海水漂成白色和粉红色的小螺蚌，散乱的在地面返漾着珍珠光泽。从螺蚌形色可推测得出这是一个细心人的成绩。我猜想这也许是个小女孩作的事情，随同家人到海滩上来游玩，用两只小而美丽的手，精心细意把它从砂砾中选出，玩过一阵以后，手中有一点湿汗，怪不受用，又还舍不得抛弃，恰好见家中人在前面休息处从藤提篮中取出苹果，得到理由要把手弄干净一点，就将它塞在随身保姆肥暖暖的掌心里，不再关心这个东西了。保姆把这些螺蚌残骸捏在大手里一会儿，又为另外一个原因，把它随意丢在这里了。因为湿地上一列极长的足印，就中有个是小女孩留下的，我为追踪这个足印，方发现了它。这足印到此为止，随后即斜斜的向可供休息的一个大磐石边走去，步法已较宽，可知是跑去的。并且石头上还有些苹果香蕉皮屑。我于是把那些美丽螺蚌一一捡拾到手中，因为这些过去生命，实保留了些别的生命的美丽愿望，活在我当时的想象中，且可能活在我明日的命运中。

再走过去一点，我又追踪另外两个脚迹走去，从形式大小上可看出这是一对青年伴侣留下的。到一个最适宜于看海上风帆的地点，两个脚迹稍深了点，乱了点，似乎曾经停留了一会儿。从男人手杖尖端划在砂上的几条无意义的曲线，和一些三角形与圆圈，和一小个装相片的黄纸盒，推测得出这对年青侣伴，很可能是到了这里，恰好看见海上一片三角形白帆驶过，因为欣赏景致停顿了一会儿，还照了个相。照相的大致是女人，手杖在砂上画的曲线和其他，就代表男子闲适与等待中的厌烦。又可知是一对外来游人，照规矩本地人不会在这个地方照相的。

再走过去一点，近海滩尽头时，我碰到一个趁退潮敲拾牡蛎的穷女孩，竹篮中装了一些牡蛎和一把鲜艳照眼的黄花，给我印象特别好。

于是我回转到住处。上楼梯时照样轧轧的响，响声中就可知并无什么意外事发生。从一个同事半开房门间，可看到墙壁上那张有香烟广告的美人画，另外一个同事窗台上，还依然有个鱼肝油空瓶。一切都照样，尤其是楼下厨房中大师傅，在调羹和味时有意将那些碗盏碰撞出的声音，以及那点从楼口上溢的菜蔬扑鼻香味，更增加凡事照常的感觉。我不免对于在海边那个宿命论与不可知论的我，觉得有点相信不过。其时尚未黄昏，住处小院子十分清寂，远在三里外的海上细浪啮岸声音，也听得很清楚。院子内花坛中一大丛真珠梅，脆弱枝条上繁花如雪。我独自在院中划有方格的水泥道上来回散步，一面走一面思索些抽象问题，恰恰如歌德传记中说他二十多岁时在一个钟楼上看村景心情，身边手边除了本诗集什么都没有，可是世界俨然为他而存在。用一颗心去为一切光色声音气味而跳跃，比用两条强壮手臂对于一个女人所能作的还更多。可是多多少少却有一点儿难受。好像在有所等待，可不知要来的是什么。

远远的忽然听到一阵女人清朗笑语声，抬头看看，就发现开满攀枝蔷薇短墙外，拉斜下去的山路旁，那一片加拿大的白杨林边，正有个年事极轻身材秀美的女子，穿着件式样称身的黄绸袍子，走过草坪去追赶一个女伴。另外一处却有个"上海人"模样穿旅行装的二号胖子，携带两个孩子，在招呼他们。我心想，怕是什么银行中人来看樱花吧。这些人照例住"第一宾馆"的头等房间。上馆子时必叫"甲鲗鱼"，还要到炮台边去照几个相，一切行为都反应他钱袋的饱满和兴趣的通俗。女的很可能因为从"上海"来的，衣服虽极时髦，头脑却很空洞，除了从电影上追求摹仿女角的头发式样，算是生命中至高的悦乐，此外竟毫无所知。然而这究竟是个美丽生物，那个发育完美的青春肉体，大六月天展览到用碧绿海水作背景的沙滩阳光下时，实在并不使人眼目厌嫌！

过不久，同住的几个专家学者陆续从学校回来了。于是照例开饭，甲乙丙丁戊己庚辛坐满了一桌子。再加上一位陌生女客，一个受过北平高等学校教育上海高等时髦教育的女人。照表面看，这个女人可说是完美无疵，大学教授理想的太太，照言谈看，这个女人并且对于文学艺术竟像是无不当行，若仅仅放在"太太客厅"中，还不免有点委屈，真是兼有了浪子官能上帝与君子灵魂上帝的长处的一种杰作。不凑巧平时吃保肾丸的教授乙，饭后拿了个手卷人物画来欣赏时，这个漂亮女客却特别注意画上的人物数目，反复数了三次，这一来，我就明白女客外表虽很好，精神上还是大观园拿花荷包的人物了。这点发现原本在情理中，实对于我像是种小小嘲弄。因为我这个乡下人总以为一个美观的肉体，应当收容一个透明的灵魂。

到了晚上，我想起"偶然"和"情感"两个名词，不免重新有点不平。好像一个对生命有计划对理性有信心的我，被另外一个宿命论不可知论的我居然战败了，虽然败还不服输，所以总得想方法来证实一下。当时唯一可证实我是能够有理想，照理想活下去的事，即是用手上一支笔写写什么。先是为一个远在南方千里外女孩子写了些信，预备把白天海滩上无意中拾得螺蚌附在信里寄去。因为叙述这些螺蚌的来源，我便将海上光景仔细描绘一番。信写成后，使我不免难过起来，心俨然沉到一种绝望的泥潭里了。因为这种信照例是无下落的，且仿佛写得太真实动人，所以失去了本来意义的。为自救自解计，才另外来写个故事。我以为由我自己把命运安排得十分美丽，若不可能，由手中一支笔来安排一个小小故事，应当不太困难。我想试试看能不能用我这枝笔在空中建造一个式样新奇的楼阁。于是无中生有，就日中所见、所感、所想象种种，从新拼合写下去。我要创造一种可能在世界上存在并未和我碰头的爱情。我应当承认在写到故事一小部分时，情感即已抬了头。我一直写到天明，还不曾离开桌边，且经过二十三点钟，只吃过三个硬苹果。写到一半时，我方在前面加个题目，《八骏图》。第五天后，故事居然写成功了。第二十七天后，故事便在上海一个刊物上发表了。刊物从上海寄到青岛时，同住几个专家学者都自以为即故事上甲乙丙丁，觉得被我讥讽了一下，感到愤愤不平。完全不想到我写它的用意，只是在组织一个梦境，至于用来表现"人"在各种限制下所见出的性心理错综情感，我从中抽出式样不同的几种人，用言语、行为、联想、比喻以及其他方式来描写它。八个人用八种不同方式从八个角度来摄取断面影像。这些人照样活一世，或者更平凡猥琐的活一世，并不以为难受，到被别人如此艺术的处理时，看来反而难受，在我当时实觉得大不可解。这故事虽得来些不必要烦琐，且影响到我后来放弃教书的理想，可是一般读者却因故事和题目巧合，表现方法相当新，处理情感相当美，留下个异常新鲜印象，且以为一定真有那么一回事，那么几个人，因此按照当时上海文坛风气，在报纸副刊上为我故事来作索引，就中男男女女都有名有姓。这种索引自然是不可信的。尤其是说到作品中那个女人，完全近于猜谜。这种猜谜既无关宏旨，所以我只用微笑和沉默作为答复。

夏天来了，长住青岛伴同外来避暑的人，大家都向海边跑，终日泡在咸水中取乐。我却留在山上。有一天，独自在学校旁一列梧桐树下散步，太阳光从梧桐大叶空隙间滤过，光影铺在地面上，纵横交错。脚步踏到那些荡漾不定日影时，忽若有所契，有所悟，只觉得生命和一切都交互溶解在这个绿色迷离光影中，不问分别。超过了简文帝说的鱼鸟亲人境界，感到我只是自然一部分。这时节，我又照例成为两种对立的人格。

我稍稍有点自骄，有点兴奋，"什么是偶然和情感？我要做的事，就可以做。世界上不可能用任何人力材料建筑的宫殿和城堡，原可以用文字作成功的。有人用文字写人类行为的历史，我要写我自己的心和梦的历史。我试验过了，还要从别人一方面作试验。"

那个回音依然是冷冷的，"这不是最好的例。若用前事作例，倒恰好证明前次说的偶然和情感实决定你这个作品的形式和内容。你偶然遇到几件琐碎事情，在情感兴奋中粘合贯串了这些事情，末了就写成那么一个故事。你再写写看，就知道你单是'要写'，并不成功了。文字虽能建筑想象宫殿和城堡，可是那个图样却是另外一时的偶然和情感决定的。这其中虽有你，可不完全是你的创造。一个人从无相同的两天生命，因此也就从无两回相同的事情。"

"这是一种诡辩。时间将为证明，我要作什么，必能作什么。"

"别说你'能'作什么，你不知道，就是你'要'作什么，难道还不是由偶然和情感乘除来决定？人应当有自信，但不许超越那个限度。而且得分别清楚，自信与偶然或情感是两条河水，一同到海，但分开流到海，并且从发源到终点，永不相混。"

"情感难道不属于我？不由我控制？"

"它属于你，可并不如由知识经验堆积而来的理性，能供你使唤。只能说你属于它。它又属于生理上无固定性的'性'，性又属于天时阴晴所生的变化，与人事机缘上的那个偶然。总之是外来力量，外来影响，它能使你生命如有光辉，就是它恰恰如一个星体为阳光照及时反映出那点光辉。你能不能知道阳光在地面上产生了多少生命，具有多少不同形式？你能不能知道有多少生命，长得脆弱而美丽，慧敏而善怀，名字应当叫做女人，在什么情形下就使你生命放光，情感发炎？你能不能估计有什么在阳光下生长中的这种脆弱美丽生命，到某一时恰恰会来支配你，成就你，或者毁掉你？这一切你全不知道！"

这似乎太空虚了点，正像一个人在抽象中游泳，这样游来游去，自然不会到达那个理想或事实边际的。如果是海水，还可推测得出本身浮沉和位置。如今只是抽象，一切都超越常识感觉以上。因此我不免有点恐怖起来。我赶忙离开了树下日影，向人群集中处走去，到了熙来攘往的大街上。这一来，两个我照例都消失了。只见陌生人林林总总，在为一切事务而忙。商店和银行，饭馆和理发馆，到处有人的洪流灌注，人与人关系变得复杂到不可思议，然而又异常单纯的一律受"钞票"所控制。到处有人在得失上爱憎，在得失上笑骂，在得失上作伪誓和伪证人。离开了大街，转到市政府和教堂时，就可使人想到这是历史上这种得失竞争的象征。或者或用文字制作庄严堂皇的经典，或用木石造作虽庞大却极不雅观的建筑物，共同支撑一部分前人的意见，而照例更支撑了多数后人的衣禄。政治或宗教，二而一，庄严背后都包含了一种私心，无补于过去而有利于当前的……不知如何一来，一切人事在我眼前忽然都变成了漫画，既虚伪，又俗气，而且还得反复继续下去，不知道何时为止，但觉人类一切在进步中，人与人关系实永远停顿在某一点上。人生百年是勤，所得于物虽不少，所得于己实不多。

我俨然就休息到这种对人事的感慨上，虽累还不十分疲倦。

回来时，我想除去那些漫画印象，和不必要的人事感慨，就用碛砂藏中诸经作根据，来把佛经中小故事放大翻新，注入我生命中属于抑压的种种纤细感觉和荒唐想象。我认为人生追求抽象原则，应超越功利得失和贫富等级，去处理生命与生活。我认为人生至少还容许用文字来重新安排一次。就那么试来用一支笔重作安排，因此又写成一本《月下小景》。

两年后，《八骏图》和《月下小景》，结束了我教书生活，也结束了我海边单独中那种情绪生活。两年前偶然写成的一个小说，损害了他人的尊严，使我无从和甲乙丙丁专家学者同在一处继续共事下去。偶然拾起的一些螺蚌，连同一个短信，寄到南方某地时，却装饰了一个女孩子的青春生命。那个人把他放在小小保险箱里，带过杭州六合塔边一个学校中，沉默而愉快的度了一个暑假。我幻想已证实了一部分，原来我和这个素朴而沉默的女孩子，相互间在生命中都保留一种势力，无从去掉了。可是也许是偶然，我不过南方却到了北平。

　　有一天，我走入北京城一个人家的阔大华贵客厅里，猩红丝绒垂地的窗帘，猩红丝绒四丈见方的地毯，把我愣住了。我就在一套猩红丝绒旧式大沙发中间，选定靠近屋角一张沙发坐下来。观看对面高大墙壁上的巨幅字画，莫友芝斗大的分隶屏条，赵㧑叔斗大的红桃立轴，事事物物竟像是特意为配合客厅而准备，并且还像是特意为压迫客人而准备。原来这个客厅在十五年前，实接待了中国所有政府要人和大小军阀，因政治上人事上的新陈代谢，成为一个空洞客厅又有了数年。一切都那么壮大，我于是似乎缩得很小了。

　　来到这地方是替一个亲戚带了份小礼物，应当面把礼物交给女主人的。等了一会儿，女主人不曾出来，从客厅一角却出了个"偶然"。问问才知道是这人家的家庭教师，和青岛托带礼物的亲戚相熟，和我好些朋友都相熟。虽不曾见过，实读过我作的许多故事。因为那女主人出了门，等等方能回来，所以用电话要她先和我谈谈。我们于是谈青岛的四季，才知道两年前她还到青岛看樱花，以为樱花和别的花都并不比北平的花木好，倒是那个海有意思。曾和几个孩子在沙滩上拾了许多螺蚌，坐在海潮不及的岩石上看海浪扑打岩石。说不定我得到的那些小蚌壳，就是这一位偶然抛弃的！正当我们谈起海边一切，和那个本来俨然海边主人的麻兔时，女主人回来了。我们又谈了些别的事方告辞。"偶然"给我一个幽雅而脆弱的印象：一张白白的小脸，一堆黑而光柔的头发，一点陌生羞怯的笑。当发后的压发翠花跌落到猩红地毯上，躬身下去寻找时，从净白颈肩与脆弱腰肢作成的曲度上，我仿佛看到一条素色的虹霓。虹霓失去了彩色，究竟还有什么，我并不知道。总之，"偶然"已给我保留一种离奇印象，我却只给了"偶然"一本小书，书上第一篇故事，就是两年前为抵抗偶然而写成的。

　　一个月以后，我又在一个素朴而美丽的小客厅中，重新见到了"偶然"。她说一点钟前还看过我写的故事，一面说一面微笑。且把一个发光万鉴的头略偏，一双清明无邪眼中带点羞怯之光，想有所探询，可不便启齿。

仿佛有斑鸠唤雨声音，从高墙外远处传来。小庭院一树玉兰正盛开，高摇摇的树枝探出墙头。我们从花鸟上说了些闲话，到后"偶然"方嚅嚅嗫嗫的问我："你写的可是真事情？"

我说："什么叫作真？我倒不大明白真和不真在文学上的区别，也不能分辨它在情感上的区别。文学艺术只有美和不美，不能说真和不真，道德的成见，更无从羼杂其间。精卫衔石，杜鹃啼血，情真事不真，并不防事。你觉得对不对？我的意思自然不是为我故事拙劣要作辩护，只是……"

"我看你写的小说，觉得很美，当真很美。但是，事情怕不真！"

这种大胆惑疑似乎已超过了文学作品的欣赏，所要理解的是作者的人生态度。

我稍稍停了一会儿："不管是故事还是人生，一切都应当美一些！丑的东西虽不是罪恶，总不能令人愉快。我们活到这个现代社会中，已经被官僚，政客，银行老板和伪君子，理发匠和成衣师傅，种族的自大与无止的贪私，共同弄得到处够丑陋！可是人生应当还有个较理想的标准，至少容许在文学和艺术上创造那个标准。因为不管别的如何，美丽当永远是善的一种形式，文化的向上就是追求善的象征！"

正像是这几句空话说中了"偶然"另外某种嗜好，有会于心，"偶然"轻轻的叹了一口气。"美的有时也令人不愉快！譬如说，一个人刚好订婚，不凑巧又……战争。我觉得这对于读者，也就近乎残忍！"

我为中和那点人我之间的不必要紧张，所以忙带笑说："是的，我知道了。你看了我写的故事，一定难过起来了。不要难受！我不仅写到订婚又离婚，还写过恋爱就死亡。美丽总使人忧愁，可是还受用。那是我在海上受水云教育产生的一些幻影，并非真有其事。我为的是使人分享我在海上云影阳光中得来的愉快，得来的感应，以及得来的对人生平凡否认和否定的精神，我方写下那个故事。可并不存心虐待读者！"

"偶然"于是笑了。因为心被故事早浸柔软，忽然明白这为古人担忧弱点已给客人发现，自然觉得不大好意思。因此不再说什么，把一双纤而柔的白手拉拉衣角，裹紧了膝头。那天穿的衣服，恰好是件绿地小黄花绸子夹衫，衣角袖口缘了一点紫。也许自己想起这种事，只是不经意的和我那故事巧合。也许又以为客人并不认为这是不经意，且可能已疑心到是成心。"偶然"在应对间不免用较多微笑作为礼貌的装饰，与不安定情绪的盖覆，结果另外又给了我一种印象。我呢，我知道，上次那本小书，给人甘美的忧愁已够多了。我什么都没有给"偶然"。

离开那个素朴小客厅时，我似乎遗失了一点东西。在开满了马樱花和刺槐的长安街大路上，试搜寻每个衣袋，不曾发现失去的是什么。后来转入总统府中南海公园，在柳堤上绕了一个大圈子，看见水中的游移云影，方憬然觉悟，失去的只是三年前独自在青岛大海边向虚空凝眸，作种种辩论时那一点孩子气主张。这点自信主张，若不是遗忘到一堆时间后边，就是前不久不谨慎掉落在那个小客厅中了。

我坐在一株老柳树下休息，想起"偶然"穿的那件夹衫，颜色花朵如何与我故事上景物巧合。当这点秘密被我发现时，"偶然"所表示的那种轻微不安，是种什么分量。我想起向"偶然"说的话，这些话稍稍在"偶然"生命中，可能发生的那点意义，又是什么分量，我都清清楚楚，我的心似乎稍稍有点搅乱，跳得不大正常。"美丽总使人忧愁，然而还受用。"

一个小小金甲虫落在我的手背上，捉住了它看看时，只见六只小脚全缩敛到带金属光泽的甲壳上面，从这小虫生命完整处，见出自然的巧慧，和生命形式的多方。手轻轻一扬，金甲虫即振翅飞起，消失到广阔的湖面莲叶间去了。我同样保留了一点印象在记忆里。我的心尚空阔得很，为的是过去曾经装过各式各样的梦，把梦腾挪开时，还装得上许多事事物物。然而我想这一个泛神倾向用之与自然对面，很可给我对现世光色声味有更多理解机会，若用之于和人事对面，或不免即成为我一种被征服的弱点，尤其是在当前的情形下，决不能容许这个弱点抬头。

因此有意从"偶然"给我的印象中，搜寻出一些属于生活习惯上的缺点，用作保护我性情上的弱点。

> 生活在一种不易想象的社会中，日子过得充满脂粉气，这脂粉气既成为生活一部门，积久也就会成为生命中不可少的一分。爱好装饰处，原只重在增加对人的效果，毫无自发的较深远的理想。性情上的温雅，和文学爱好，也可说是足为装饰之一种。但脂粉气邻于庸俗，知识也不免邻于虚伪。一切不外乎时髦，然而时髦得多浅多俗气……

我于是觉得安全了，倘若没有在别的时间下发生的事情，我应当说实在是十分安全的。因为我所体会到的"偶然"生活性情上的缺点，一直都还保护到我，任何情形下尚有作用。不过保护得我更周到的，还是另外一种事实，即幸福的婚姻，或幸福婚姻的幻影，我正准备去接受它，证实它。这也可说是种偶然，由于两年前在海上拾来那点泛白闪光的螺蚌，无意中寄到南方时所得的结果。然而关于这件事，我却认为是意志和理性作成的。恰恰如我一切用笔写成的故事，内容虽近于传奇，由我个人看来，却产生完成于一种人为计划中。

时间流过去了，带来了梅花，丁香，芍药，和辛夷，玉兰，一切北方色香悦人的花朵，在冰冻渐渐融解风光中逐次开放。另外一种温柔的幻影，则已成为实际生活。我结了婚，一个小小院落中一株槐树和一株枣树，遮蔽了半个长而狭的院子。从细碎树叶间筛下细碎的日影，铺在方砖地上，映照在明净纸窗间，无不给我对于生命或生活一种新的启示。更重要的是一个由异常陌生到完全熟习的人，在日常生活中形成的一种新的习惯，新的适应。当前一切似乎都安排对了，只是还像尚未把一些过去的账目完全结清，我心想：

"我要的，已经得到了。名誉，金钱和爱情，全都到了我的身边。我从社会和别人证实了存在的意义。可是不成。我还有另外一种幻想，即从个人工作上证实个人希望所能达到的传奇。我准备创造一点纯粹的诗，与生活不相粘附的诗。情感上积压下来的东西，家庭生活并不能完全中和它，消蚀它。我需要一点传奇，一种出于不巧的痛苦经验，一分从我'过去'负责所必然发生的悲剧。换言之，即爱情生活并不能调整我的生命，还要用一种温柔的笔调来写各式各样爱情，写那种和我目前生活完全相反，然而与我过去情感又十分相近的牧歌，方可望使生命得到平衡。这种平衡，正是新的家庭所不可少的！"

因此每天大清早，就在院落中一个红木八条腿小小方桌上，放下一叠白纸，一面让细碎阳光洒在纸上，一面也将我某种受压抑的梦写在纸上。故事上的人物，一面从一年前在青岛崂山北九水旁所见的一个乡村女子，取得生活的必然，一面就用身边黑脸长眉新妇作范本，取得性格上的素朴良善式样。一切充满了善，充满了完美高尚的希望，然而到处是不凑巧。既然是不凑巧，因之素朴的良善与单纯的希望终难免产生悲剧。故事中浸透了五月中的斜风细雨，以及那点六月中夏雨欲来时闷人的热，和闷热中的静与寂寞。这一切其所以能转移到纸上，依然可说全是从两年间海上阳光得来的能力。这一来，我的过去痛苦的挣扎，受压抑无可安排的乡下人对于爱情的憧憬，在这个不幸故事上，方得到了完全排泄与弥补。主妇噙着眼泪读下去，从故事发展中也依稀照见一点自己影子。

一面写，一面总仿佛有个生活上陌生，情感上相当熟习的声音，在轻轻地招呼我：

"××，这算什么？你这是在逃避一种命定。其实一切努力全是枉然。你的一支笔虽能把你带向'过去'，不过是用故事抒情作诗罢了。真正在等待你的却是'未来'。你敢不敢向更深处想一想，笔下如此温柔的原因？你敢不敢仔仔细细认识一下你自己，是不是个能够在小小得失悲欢传奇故事上满足的人？你敢不敢想你这是打量逃避一种命定……"

"我用不着作这种分析和研究！我目前的生活很幸福，这就够了。"

"你以为你很幸福，为的是你尊重过去，你以为当前生活是照过去理性或计划安排成功的。但你何尝真正能够在自足中得到幸福？或用他人缺点保护，或用自己的幸福幻影保护，二而一，都可作为你害怕'偶然'侵入生命中时所能发生的变故。因为'偶然'能破坏你幸福的幻影。你怕事实，所以自觉宜于用笔捕捉抽象。"

"我怕事实？什么事实使我害怕？杀人放火我看厌了，临到生活中一分我就从不害怕！"

"是的，你害怕明天的事实。你比谁都胆小。或者你厌恶一切影响你目前生活的事实，因之极力想法贴近过去，有时并且不能不贴近那个抽象的过去。"

我好像被说中了，无从继续申辩。我希望从别的事情上找寻找寻我那点业已失去的自信。我支持自信的观念，没有得到，却得到许多容易破碎的古陶旧瓷。由于耐心和爱好换来的经验，使我从一些盘盘碗碗形体和花纹上，认识了这些艺术品的性格和美术上特点，都恰恰如一个老浪子来自各样女人关系上所得的知识一般。久而久之，对于清代瓷器的盘碗，我几几乎闭目用手指去摸抚它底足边缘的曲度，就可判断出作品的时代了。我且预备在这类无商业价值有美术价值的瓷器中，收集到两三千件时，来写一本小书，讨论讨论清瓷中串枝莲清花发展的格式。然而这种新的嗜好，只能增加我耳边另外一种声音的调讽，是很显明的。

"××，你打量用这些容易破碎的东西，稳定平衡你奔放的生命，到头还是无结果的。这消磨不了你三十年从寂寞中孕育的幻想堆积。你只有一件事情可作，即从一种更直接有效的方式上，发现你自己，也发现人。什么地方有些年青温柔的心在等待你，收容你的幻想，这个你明明白白。为的是你谨慎怕事，你于是名字叫作好人。"

只因为这些声音似乎从各方面传来，试去搜寻在我生活上经过的人事时，才发现这个那个"偶然"都好像在支配我。因此重新在所有"偶然"给我的印象下，找出每个偶然的缺点，保护到我自己的弱点。

我的新书《边城》是出了版。这本小书在读者间得到些赞美，在朋友间还得到些极难得的鼓励。可是没有一个人知道我是在什么感情下写成这个作品，也不大明白我写它的意义。即以极细心朋友刘西渭先生的批评说来，就完全得不到我如何用这个故事填补过去生命中一点哀乐的原因。正惟其如此，这个作品在个人抽象感觉上，我却得到一种近乎严厉而讽刺的责备。

"这是一个胆子小而知足且善逃避现实者最大的成就。将热情注入故事中，使他人得到满足，而自己得到安全，并从一种友谊的回声证实生命的意义。可是生命真正意义是什么？是节制还是奔放？是矜持还是疯狂？是一个故事还是一堆人事？……"

"这不是我要回答的问题，他人也不能强迫我答复。"

不过这件事在我生命中究竟已经成为一个问题。庭院中枣子成熟时，眼看到缀系在细碎枝叶间被太阳晒得透红的小小果实，心中不免有一丝儿对时序迁移的悲伤。一切生命都有个秋天，来到我身边首先却是那个"秋天的感觉"。这种感觉可使一个浪子缩手皈心，也可使一个君子胡涂堕落，为的是衰落感或刺激了他，或恼怒了他。

天气渐渐冷了，我已不能再在院中阳光下写什么。且似乎也并无什么故事可写了。心手两闲的结果，使我起始堕入故事里乡下女孩子那种纷乱情感中。我需要什么？不大明白，又正像不敢去认真思索明白。总之情感在生命中已抬了头。这比我真正去接近某个"偶然"时还觉得害怕。因为它虽不至于损害人，事实上却必然破坏我——我的工作理想和一点自信心，都将为此而毁去。最不妥当处是我还有些预定的计划，这些事与我习惯性情虽不甚相合，对我家庭生活却近于必需。弱点对我抬了头，让一群偶然听其自由浸入我生命中，各自占据一个位置，就什么都完事了。当时若能写个长篇小说，照《边城》题记中说，写崩溃了的乡村一切，来消耗它，归纳它，调整它，转移它，也许此后可以去掉许多麻烦困难。但这种题目和当时心境可不相合。我只重新逃避到字帖赏玩中去。我想把写字当成一种工作，这工作俨然如一束草，一片破碎的船板，用它为我在人事纠纷中下沉时有所准备。我要和生命中那种无固定的性能力继续挣扎。尽可能去努力转移自己到一种无碍于人我的生活方式上去。

　　不过我虽能将生命逃避到艺术中，可无从离开那个生活环境。环境里到处是年青生命，即到处是偶然，而且有些还出奇的勇敢。也许有些是相互逃避于某种问题上，有些又相互逃避到礼貌中，更有些说不定还近于挹彼注此，……因之各人都可得到种安全感。可是这对于我，自然是不相宜的。我的需要在压抑中，更容易见出它的不自然处。在文字运用中，一支笔见出透明和灵秀处，在人事应对中，却相当拙呆，且若于拙呆上给偶然一个容易俘掳的印象。岁暮年末时，因之偶然中较老实的某一个，重新有机会给了我一种更离奇的印象。依然那么脆弱而羞怯，用少量言语多量微笑或纯粹沉默来装饰我们的晤面。其时向日的阳光虽然稀薄，寒气冻结了空气。可是房中炉火照例极其温暖，火炉边柔和灯光下，是容易生长一切的，尤其是那个名为"情感"或"爱情"的东西。可是防止附于这个名词的纠纷性和是非性，我们却把它叫作"友谊"。总之，偶然之一和我的友谊越来越不同了。一年余以来努力的趋避，在十分钟内即证明等于精力白费。偶然的缺点依旧尚保留在我印象中，而且更加确定，然而这些缺点的印象，却不能保护我什么了。

我于是重新进入到一个激烈战争里，即理性和情感的取舍。但事极显明，其中那个理性的我终于败北了。当我第一次向"偶然"作一种败北以后的说明时，一定使"偶然"惊喜交集，且不知如何来应付这种新的发展。因为这件事若出于另一偶然，则或者已有相当准备，恐不过是"我早知如此"轻轻的回答，接着也不过是由此必然而来的一些取和予。然而这事情却临到一个无经验无准备的"偶然"手中。在她的年龄和生活上，实都无从处理这个难题，更毫无准备应付这种问题技术的。因此当她感觉到我的命运仿佛在她那双小小白手中时，一时虽惊喜交并，终于不免茫然失措，不知是放下好还是握紧好。

我呢，实在说来，俨然只是在用人教育我。我知道这恰是我生命的两面，用之于编排故事，见出被压抑热情的美丽处，用之于处理人事，即不免见出性情上的劣点，不特苦恼自己，同时也困惑人。我当真好像业已放弃了一切可由常识来应付的种种，一任自己沉陷到一种情感漩涡里去。十年后温习到这种"过去"时，恰恰像在读一本属于病理学的书籍，这本书名应当题作：

《情感发炎及其治疗》

作者近乎一个疯子，同时又是一个诗人。书中毫无故事，惟有近乎抽象的一堆印象拼合。到小客厅中红梅与白梅全已谢落时，偶然的微笑已成为苦笑。因为明白这事得有个终结，就装作为了友谊的完美，和个人理想的证实，带着一点儿好景不常的悲伤，一种出于勉强的充满痛苦的笑，好像很谦虚的说，"我得到的已够多了"，就借故走到别一地方去了。走时的神气，和事前心情上的纷乱，竟与她在某一时写的一个故事完全相同，不同处只是所要去的方向而已。

至于家中那一个呢……

我于是重新得到用笔的机会。可是我不再写什么传奇故事了。因为生活本身就是一种动人的传奇。我读过一大堆书，再无什么故事比我情感上的哀乐得失经验更离奇动人。我读过许多故事，好些故事到末后，都结束于"死亡"和一个"走"字上，我却估想这不是我这个故事应有的结局。

第二个偶然因之在我生命里用另外一种形式存在。我用另一种心情读过了另外一本书。这本书正如出自一个极端谨慎的作者，中间从无一个不端重的句子，从无一段使他人读来受刺激的描写，而且从无离奇的变故与难解纠纷。然而却真是一种传奇。为的是在这故事背后保留了一切故事所必需的回目。书中每一章每一节都是不必要的对话，与前一个故事微笑继续沉默完全相反。故事中无休止的对话与独白，却为的是若一沉默即会将故事组织完全破坏而起。从独白中更可见出这个偶然生命取予的形式。因为预防，相互都明白一沉默即将思索，一思索即将究寻名词，一究寻名词即可能将"友谊"和"爱情"分别其意义。这一来，情形即必然立刻发生变化，不窘人的亦将不免自窘。因此这故事就由对话起始，由独白暂时结束。书中人物俨然是在一种战争中维持了十年友谊，形式上都得了胜利，事实上也可说都完全败北，因为都明白装饰过去青春的生命，本容许有一点妩媚和爱骄，以及少许有节制的疯狂，目下说来或不甚合理，在十年八年时间中，却将醇化成为一种温柔的记念。但在这个故事中，却用对话或独白代替了。这是一本纯洁故事，可是也是一本使人读来惘怅的故事。

第三个偶然浸入我生命中时，起初即给我一点启示，是上海成衣匠和理发匠等等，在一个年青肉体上所表现的优美技巧。这种技巧在当时是得到许多人赞叹的。我却以为只合给第二等人增加一点风情上的效果，对于偶然实不必要。因此我在极其谨慎情形中，为除去了这些人为的技巧，看出自然所给予一个年青肉体完美处和精细处。最奇异的是这里并没有情欲。竟可说毫无情欲，只有艺术。我所处的地位，完全是一个艺术鉴赏家的地位。我理会的只是一种生命的形式，以及一种自然道德的形式，没有冲突，超越得失，我从一个人的肉体上认识了神。且即此为止，除了在《看虹录》一个短短故事上作小小叙述，我并不曾用任何其他方式破坏这种神的印象。正可说是一本完全图画的传奇，色彩单纯而温雅，线条明净而高贵，就中且无一个文字。唯其如此，这个传奇也庄严到使我无从用普通文字来叙述。唯一可重现人我这种崇高美丽情感，应当是第一等音乐。但是这之间一个轻微的叹息，一种目光莹然如湿的凝注，一点混合爱与怨的谦退，或感谢与皈依的轻微接近，一点象征道德极致的白，一种表示惊讶倾倒的呆，音乐到此亦不免完全失去了意义。这个传奇是结束于偶然回返到上海去作时装表演为止的。若说故事离奇而华美，比我记忆中世界上任何作品还温雅动人多了。

第四个是……说及时，或许会使一些人因妒嫉而疯狂，不提它也好。

我真近于在用人教育我，陆续读了些人类荒唐艳丽传奇。这点因缘大多数却由我先前所写的一堆故事而来的。正好像在故事上我留给人的印象是诚实而细心，且奇特的能辨别人生理解人心，更知道情感上庄严和粗俗的细微分量，不至于错用或滥用，这些偶然为证明这些长处的是否真实，稍稍带点好奇来发现我，我因之能翻阅这些奇书的。

不过这一切自然用的是我从乡下来随身带来的尺和秤作度量。若由一般社会所习惯的权衡来度量我的弱点和我的坦白，则我存在的意义，存在的价值，早已完全失去了。我也许在偶然中还翻阅了些不应道及的篇章，留下些不大宜于重述的印象，然而我知道，这对于"偶然"，是大都以能够将灵魂展览于我这个精细读者面前，为无疚于心，到二十年后生命失去青春光泽时，且会觉得未将那个比灵魂更具体一些的东西在我面前展览为失计的。

正因为弱点和坦白共同在性格或人格上表现，如此单纯而显明，使我在婚姻上便见出了奇迹。在连续而来的挫折中，作主妇的情感经验，比《边城》中的翠翠困难复杂多了。然而始终能保留那个幸福的幻影，而且还从生活其他方式上去证实，这种事由别人看来，将为不可解，恰恰如我为这个问题写个短篇所描写到的情形。或出于一种伟大容忍，或出于一种明知原谅，当两人在熟人面前被人称为"佳偶"时，就用微笑表示"也像冤家"的意思，又或从熟人神气间被目为"冤家"时，仍用微笑表示"实是佳偶"的意思。由主妇自己说来，这情形也极自然。我的行为端谨和想象放荡恰恰形成生命的两极。只因为理解到"长处"和"弱点"原是生命使用方式上的不同，情形必然就会如此。

再过了四年，战争把世界地图和人类历史全改变了过来。同时从极小处，也重造了人与人的关系，以及这个人在那个人心上的位置。

一些偶然又继续在我生命中保存了一点势力。但今昔情形已稍稍不同。

一个聪明善怀的女孩子，年纪大了点时，到了二十五岁以后，不问已婚未婚，或婚后家庭生活幸或不幸，自然都乐意得到一些朋友的信任，更乐意从一两个体己朋友得来一点有分际的关心，混合忧郁和热忱所表示的轻微烦乱，用作当前剩余青春的点缀，以及明日青春消逝温习的凭证。如果过去一时，对某一朋友保留过些美好印象，印象的重现，使人在新的取予上，都不能不变更一种方式，见出在某些情形上的宽容为必然，在某些情形上的禁忌为不必要。无形中会放弃了过去一时那点警惧心和防卫心。因此一来虹和星都若在望中，我俨若可以任意伸手摘取。可是一切既在时间有了变化，我也免不了受一分影响，我所注意摘取的，应当说却是自己生命追求抽象原则的一种形式。我可说常在一种精细而稳重与盲目而任性的交替中，过了许多离奇日子，得到许多离奇经验。我只希望如何来保留这种有传染性的热忱到文字中，对于爱情或友谊本身，已不至于如何惊心动魄来接近它了。我懂得人多了一些，懂得自己也多了些。在偶然之一过去所以自处的"安全"方式上，我发现了节制的美丽。在另外一个偶然目前所以自见的"忘我"方式上，我又发现了忠诚的美丽。在三个偶然所希望于未来"谨慎"方式上，我还发现了谦退中包含勇气与明智的美丽。在第四……由于生命取舍的多方，因之我不免有点"老去方知读书少"的知觉。我还需要学习，从更多陌生的书以及少数熟习的人，好好学习点"人生"。

因此一来，"我"就重新又成为——个毫无意义的字言，因为很快即完全消失到一切偶然的謦笑中，和这类謦笑权衡取舍中了。

失去了"我"后却认识了"人"，体会到"神"，以及人心的曲折，神性的单纯。墙壁上一方黄色阳光，庭院里一点草，蓝天中一粒星子，人人都有机会看见的事事物物，多用平常感情去接近它，对于我，却因为常常和某一个偶然某一时的生命同时嵌入我印象中，它们的光辉和色泽，就都若有了神性，成为一种神迹了。不仅这些与偶然同时浸入我生命中的东西，各有其神性，即对于一切自然景物的素朴，到我单独默会它们本身的存在和宇宙彼此生命微妙关系时，也无一不感觉到生命的庄严。花木为防卫侵犯生长的小刺，为诱惑关心而具有的甜香，我似乎都因此领悟到它的因果。一种由生物的美与爱有所启示，在沉静中生长的宗教情绪，无可归纳，因之一部分生命，就完全消失在对于一些自然的皈依中。这种由复杂转简单的情感，很可能是一切生物在生命和谐时所同具的，且必然是比较高级文化所不能少的，人若保有这种情感时，即可产生伟大的宗教，或一切形式精美而情感深致的艺术品。对于我呢，我实在什么也不写，亦不说。我的一切官能都在一种崭新教育中，经验了些极纤细微妙的感觉。

我不惧怕事实，却需要逃避抽象，因为事实只是一团纠纷，而抽象却为排列得极有秩序的无可奈何苦闷。于是用这种"从深处认识"的情感来写战事，因之产生《长河》，产生《芸庐纪事》，两个作品到后终于被扣留无从出版，不是偶然事件。因为从当前普遍社会要求说来，对战事描写，是不必要如此向人性深处掘发的。其实我那时最宜写的是忠忠实实记述那些偶然行为如何形成一种抽象意象的过程。若能够用文字好好保留下来，毫无可疑，将是一个有光辉的笔录。

我住在一个乡下，因为某种工作，得常常离开了一切人，单独从个宽约八里的广大田坪通过。若跟随引水道曲折走去，可见到长年活鲜鲜的潺潺流水中，有无数小鱼小虾，随流追逐，悠然自得，各尽其性命之理。水流处多生长一簇簇野生慈姑，三箭形叶片虽比田中培育的较小，开的小白花却很有生气。花朵如水仙，白瓣黄蕊连缀成一小串，抽苔从中心挺起。路旁尚有一丛丛刺蓟属野草，开放出翠蓝色小花，比毋忘我草颜色形体尚清雅脱俗，使人眼目明爽，如对无云碧空，花谢后还结成无数小小刺球果子，便于借重野兽和家犬携带繁殖到另一处。若从其他几条较小路上走去，蚕豆麦田沟坎中，照例到处生长浅紫色樱草，花朵细碎而妩媚，还涂上许多白粉。采摘来时不过半小时即已枯萎，正因为生命如此美丽而脆弱，更令人感觉生物中求生存与繁殖的神性。在那两面铺满彩色绚丽花朵细小的田塍上，且随时可看到成对成双躯体异常清洁的鹡鸰，羽毛黑白分明，见人时微带惊诧，一面飞起下面摇颠着小小长尾，在豆麦田中一起一伏，充满了生命自得的快乐。还有那个顶戴大绒冠的戴胜鸟，已过了蹲扰人家茅屋顶上呼朋唤侣的求爱期，披负一身杂毛，睁着一对小眼睛骨碌碌的对人痴看，直到人来近身时，方匆促展翅飞去。本地秧田照习惯不作他用，除三月时种秧，此外长年都浸在一片浅水里。另外几方小田种上慈姑莲藕的，也常是一片水。不问晴雨田中照例有两三只缩肩秃尾白鹭鸶，神情清癯而寂寞，在泥沼中有所等待，有所寻觅。又有种鸥形水鸟，在水田中走动时，肩背羽毛全是一片美丽桃灰色，光滑而带丝绸光泽，有时数百成群在明朗阳光中翻飞游戏，因翅翼下各有一片白，便如一阵光明的星点，在蓝空下动荡。小村子有一道长流水穿过，水面人家土墙边，都用带刺木香花作篱芭，带雨含露成簇成串香味郁馥的小白花，常低垂到人头上，得用手撩拨，方能通过。树下小河沟中，常有小孩子捉鳅拾蚌，或精赤身子相互浇水取乐。村子中老妇人坐在满是土蜂窠的向阳土墙边取暖，屋角隅听到有人用大石杵缓缓的捣米声。将这些景物人事相对照，恰成一希奇动人景象。过小村落后又是一片平田，菜花开时，眼中一片明黄，鼻底一片温馨。土路并不十分宽绰，驮麦粉的小马，和驮烧酒的小马，与迎面来人擦身而过时，赶马押运货物的，远远的在马后喊"让马"，从不在马前拢马以让人，因此人必照规矩下到田里去，等待马走过时再上路。菜花一片黄的平田中，还可见到整齐成行的细枝葫麻，竟像是完全用为装饰田亩，一行一行栽在中间。在瘦小而脆弱的本端，开放一朵朵翠蓝色小花，花头略略向下低垂，张着小嘴如铃兰样子，风姿娟秀而明媚，在阳光下如同向小蜂小虫微笑招手，"来吻我，这里有蜜！"

耳目所及都若有神迹存乎其间，且从这一切都可发现有"偶然"友谊的笑语和爱情芬芳。这在另一方面说来，人事上彼此之间自然也就生长了些看不见的轻微的妒嫉，无端的忧虑，有意的间隔，和那种无边无岸累人而又闷人的白日梦。尤其是一点眼泪，来自爱怨交缚的一方，一点传说，来自得失未明的一方，就在这种人与人，偶然与偶然的取舍分际上，我似乎重新接受了一种人生教育。韩非子说，矢来有向，作铁函以当之，言有所防卫也。在我问题上的种种，矢来有向或矢来无向，我却一例听之直中所欲中心上某点，不逃避，不掩护。我活在一种极端复杂矛盾情形中，然而到用自己那个权量来测检时，却感觉生命实单纯而庄严。尤其是从某个偶然的在眩目景象中离开，走到平静自然下见到一切时，生命的庄严处有时竟全然如一个极诚虔的教士。谁也想象不到我生命是在一种什么形式下燃烧，即以这个那个偶然而言，所知道的似乎也就只是一些片段；不完全的一体。

　　我写了无数篇章，叙述这种感觉或印象，结果却不曾留下。正因为在各种试验下都证明它无从用充满历史霉斑的文字保存，或只合保存在生命中。且即同一回事，在人我生命中，意义上亦将完全不同。

　　我这点只用自己尺寸度量人事得失的方式，不可免要反应到对偶然的缺点辨别上。这种细微感觉，在普通人我关系间，决体会不到，在比较特殊的一种情形下时，便自然会发生变化。这恰恰如甲状腺在清水中，分量即或极稀少，依然可以测出。在这个问题上，我明白我泛神的思想，即会损害到这个或那个"偶然"的幽微感觉，是种什么情形。我明知语言行为都无补于事实，便用沉默应付了一些困难，尤其是应付一个偶然轻微的妒嫉，以及伴同那个人类弱点而来的一点怨艾，一点责难，一点不必要的设计。我全当作不知道。我自觉已尽了一个朋友所能尽的力，来在友谊上用最纤细感觉接受纤细反应。对于偶然，我永远是诚实的，专一的。然而专一略转而成为偶然一种责任感时，这个偶然便不免要感到轻微恐惧和烦乱。而且在诚实外还那么谨慎小心，从不曾将"乡下人"实证生命的方式，派给一个城中有教养的朋友。一切有分际的限制，即所以保护到人我情感上和生活上的安全。然而问题也许就正在此："你口口声声说是一个乡下人，从不用乡下人的坦白来说明友谊，却装作一个绅士，拘谨到令人以为是世故，矜特到近乎虚伪。然而在另外一个人面前，我却猜想得出，你可能又会完全如一个乡下人。"我就用沉默将这种询问所应有的回声，逼回到那个"偶然"耳中去，使她从自己回音中听出"对于你，我不愿用轻微损害取得快乐，对于人，我不能作丝毫计较保护安全。这是热情的两种形式，只为的你们原是两种人，两种爱，两种取和予。"于是这个"偶然"走去了。我还必需继续沉默下去，虽然在沉默中，无从将我为保护她的那点好意弄明白。

　　其次是正在把生活上缺点从习惯中扩大的"偶然"，当这种缺点反应在我感觉上时，她一面即意识到在过去一时某些稍稍过分行为中，失去了些骄傲，无从收回，一面即经验到必需从另外一种信托上，方能收回那点自尊心。或换一个生活方式，始可望产生一点自信心。因为热情原本也是一种教育，既能使人疯狂糊涂，也能使人明澈深思。热情使我对于"偶然"感到惊讶，无物不"神"，却使"偶然"明白自己只是一个"人"，乐意从人的生活上实现个人的理想与个人的梦。到"偶然"思索及一个人的应得种种名分与事实时，当然就有了痛苦。因为发觉自己所得到，虽近于生命中极纯粹的诗，然而个人所期待所需要的，还只是一种较复杂又较具体生活。纯粹的诗虽华美而又有光辉，能作一个女孩子青春的装饰，然而并不能够稳定生命，满足生命。再经过一些时间的澄滤，"偶然"便得到如下的结论："若想在他人生命中保有'神'的势力，即得牺牲自己一切'人'的理想，若希望证实人的理想，即必需放弃当前惟神方能得到的一切。"热情能给人兴奋，也给人一种无可形容的疲倦。尤其是在"纯粹的诗"和"活鲜鲜的人"愿望取舍上，更加累人。"偶然"就如数年前一样，用着无可奈何的微笑，掩盖到心中小小受伤处，离开了我，临走时一句话不说，我却从她沉默中，听到了一种无言申诉：

"我想去想来，终究是个人，并非神，所以我走了。若以为这是我一点私心，这种猜测也不算错误。因为我还有我做一个人的平庸希望。并且我明白离开你后，在你生命中保有个什么印象。若尽那么下去，不说别的，即这种印象在习惯方式上逐渐毁灭，对于我也受不了。若不走，留到这里算什么？在时间交替中，我能得到些什么？我不能尽用诗歌生存下去，恰恰如你说的一个人不能用好空气和好风景活下去一样。我本是个并不十分聪明的女人，不比那个聪敏绝顶的××，这也许正是使我把一首抒情诗当作散文去诵读的真正原因。我当真得走了。我的行为并不求你原谅，因为给予的和得到的已够多。不需用这种泛泛名辞来表示了，说真话，这一走，结论对于你也不十分坏；你有一个幸福完美的家庭，……有一个——应当说有许多的'偶然'，各在你过去生活中保留一些动人印象。你得到所能得到的，也给予所能给予的，尤其是在给予一切后，你生命反而更丰富更充实的存在！"

于是"偶然"留下一排插在发上的玉簪花，摇摇头，轻轻的开了门，当真就走去了。其时天上落了点微雨，雨后有断虹如杵，悬垂天际。

我并不如一般故事上所说的身心崩毁，反而变得非常沉静。因为失去了"偶然"，我即得回了理性，我试向虹悬处方向走去，到了一个小小山顶上。过一会儿，残虹消失到虚空里去了，而剩余一片在变化明灭中的云影。那条素色的虹霓，若干年来在我心上的形式，重新明明朗朗在我眼前现出。我不由得不为"人"的弱点，和对于这种弱点挣扎的努力，以及重得自由的不习惯，感到痛苦和悲怆。

"偶然，你们全走了，很好，或为了你们的自觉，或为了你们的自负，又或不过只是为了生活上的必然。既以为一走即可得到一种解放，一些新生的机缘，且可从另外人事关系，收回过去一时在我面前损失的尊严和骄傲，尤其是生命的平衡感和安全感的获得，在你们为必需时，不拘用什么方式走出我生命以外，我觉得都是不可免的。可是时间带走了一切，也带走了生命中光辉的青春，和附于青春间存在的羞怯的笑，优雅的礼貌，微带矜持的应对，有弹性极敏感的情分取予，以及属于官能方面的完整形式，华美色泽，和无比芳香。消失的即完全消失到不可知的'过去'里了。然而却有一个朋友，能在印象中好好保留它，能在文字中好好重现它……你如想寻觅失去的生命，是只有从这两方面得到，此外别无方法。你也许以为离开了我，即可望得到'明天'，但不知生命中真正失去了我时，失去了'昨天'，活下来对于你是种多大的损失！"

自从几个"偶然"离开了我后，云南我只有云可看了。黄昏薄暮时节，天上照例有一抹黑云，那种黑而秀的光景，不免使我想起过去海上的白帆和草地上的黄花，想起种种虹彩和淡色星光，想起灯光下的沉默继续沉默，想起墙上慢慢的移动那一方斜阳，想起瓦沟中的绿苔和细雨微风中轻轻摇头的狗尾草……想起一堆希望和一点疯狂，终于如何于刹那间又变成一片蓝色的火焰，一撮白灰。这一切如何教育我，认识生命最离奇的遇合，与最高尚的意义。

当前在云影中恰恰如过去在海岸边，我获得了我精神上的单独，那个失去了十年的理性，完全回到我身边来了。

"你这个对政治无信仰对生命极关心的乡下人，来到城市中用人教育我，所得经验已经差不多了。你比十年前稳定得多也进步得多了。正好准备你的事业，即用一支笔，来好好的保留最后一个浪漫派在二十世纪生命挥霍的形式，也结束了这个时代这种情感发炎的症候。你知道你的长处，即如何好好的善用长处，成功在等待你，嘲笑也在等待你，但这两件事对于你都无多大关系。你只要想到你要处理的也是一种历史，属于受时代带走行将消灭的一种人我关系的情绪历史，你就不至于迟疑了。"

"成功与幸福，不是伟人的目的，就是俗人的期望，这与我全不相干。值得歌颂的是青春，以及象征青春的狂热，寄托狂热的脆弱中见神性的笑语与沉思，真正等待我的只有死亡，在死亡未临以前，我也许还可以作点小事，即保留这些'偶然'势力各以不同方式陆续浸入一个乡下人生命中所具有的冲突与和谐程序，我还得在'神'之解体的时代，重新给神作一种光明赞颂。在充满古典庄雅的诗歌失去价值和意义时，来谨谨慎慎写最后一首抒情诗。我的妄想在生活中就见得与社会倾向隔阂，在写作上自然更容易与社会需要脱节。不过我还年青！世故虽能给我安全和幸福，一时还似乎不必来到我身边。我已承认你十年前的意见，即将一切交给偶然和情感为得计，我好像还要受另外一种'偶然'

所控制，接近她时，我能从她的微笑和皱眉中发现神，离开她时，又能从一切自然形式色香中发现她。这也许正因为如你所说，我是个对一切无信仰的人，却只信仰'生命'。这应当是我一生的弱点。但想想附于这个弱点下的坦白与诚实，以及对于人性幽微感觉理解的深至，以及表现这一切文字如何在我手中各得其所各尽所能，我知道，你是第一个就首先对于我这个弱点加以宽容了。我还需要回到海边去，回到'过去'那个海边。至于偶然呢，我知道她们需要的倒应当是一个'抽象'的海边。两个海边景物的明丽处相差不多，不同处其一或是一颗孤独的心的归宿上，其一却是热情与梦结合而为一，使偶然由神变人的家。其一是用孤独心情为自己去找寻那些蚌壳，由蚌壳产生想象，其一是带了几个孩子去为孩子找寻那些原来式样的蚌壳，让孩子们把这些小小蚌壳和稚弱情感连接起来。……"

"唉，我的浮士德，你说得很美，或许也说得很对。你还年青，至少当你某一时，被某种黯黄黄灯光所诱惑时，就显得相当年青。我还相信这个广大的世界，尚有许多形体，颜色，声音，气味，都可以刺激你过去灵敏的感觉，使你变得真正十分年青。不过这是不中用的，因为时代过去了。在前一时代，能激你发狂引你入梦的生物，都在时间漂洗中消失了匀称和丰腴，典雅与清芬。能教育你的正是从过去时代培养成功的各式典型。时间在成毁一切，从这种新陈代谢中，凡属于你同一时代中的生物，因为脆弱，都行将消灭了。代替而来的将是在无计划无选择随同海上时髦和政治需要繁殖的一种简单范本。新的时代在进展中，不拘如何总之在进展，你是个不必要的人物。你的心即或强健而韧性，也只合为过去跳跃，不宜于用在当前景象上。你需要休息休息了，因为在这问题上徘徊实在太累。你还有许多事情可作，纵不乐成也得守常，有些责任，即与他人或人类相关的责任。你读过一本题名《情感发炎及其治疗》的奇书，还值得写成这样一本书，且不说别的，即你这种文字的格式，这种处理感觉和联想方法，也行将成为过去，和当前体例不合了！当前是全个人类的命运都交给'伟人'与'宿命'的古怪时代，是个爵士音乐流行的时代，是个美丑换题时代，是个用简单空洞口号支配一切的时代，思想家不是袖手缄口，就是在为伟人贡谀，替宿命辩护。你不济事了！"

"是不是说我当真已经老了？"

没有得到任何回答。

天气冷了些，我一个人坐在桌前，清油灯加了个灯头，两个灯头燃起两朵青色小小火焰，好像还不大亮。灯火还是不大稳定，正如一张怯弱发抖的嘴唇，代替过去生命吻在桌前一张白纸。十年前写《边城》时，从槐树和枣树枝叶间滤过的阳光，如何照在白纸上，恍惚如在目前。灯光照及油瓶，茶杯，书籍，桌面遗留的一小滴清油时，曲度相当处都微微返着一点青光。我心上也依稀返着一点光影，映照过去，又像是为过去所照澈。

我应当在这一张白纸上写点什么？一个月来因为写"人"，已第三回被人责难，证明我对于人事的寻思，文字体例显然当真已与时代不大相合。因此试向"时间"追求，就见到那个过去。然而有些事，温习起来已多少有点不同了。

"时间带走了一切，天上的，或人间的，或失去了颜色，或改变了式样，即或你还自以为有许多事，好好保留在心上，可是，那个时间在你不大注意时，却把你的一颗能感受善跳跃的心变硬了，变钝了，变得连你自己也不大认识自己了。时间在改造一切，重造一切。太空星宿的运行，地面昆虫的触角，你和人，同样都会在时间下慢慢失去了固有位置和形体，真正如诗人所说：'美不能在风光中静止。'人生究竟可悯！这就是人生！"

"若能温习过去，变硬了的心也会柔软的！到处地方都有个秋风吹上人心的时候，有个灯光不大亮时候，有个想从'过去'伸手，若有所攀援，希望因此得到一点助力，似乎方能够生活得下去时候。我或那些偶然，难道不需要向过去伸手……"

"这就更加可悯！因为印象温习，会追究到生活之为物，不过是一种连续的负心。过去的分量若太重，心子是载不住它的，凡事无不说明忘掉比记住好。在过去当前印象和事实取舍上，也正是一种战争。你曾经战争过来，你还得继续战争。"

是的，这的确也是一种战争。我始终对桌前那两个小小火焰望着，灯头不知何时开了花，"在火焰中开放的花，油尽灯熄时，才会谢落的。"

"你比拟得好。可是人不能在美丽比喻中生活下去。热情本来并不是象征，虽抽象，也具体，它燃烧了自己生命时，即可能燃烧别人的生命。到这种情形下，只有一件事可作，即听它燃烧，从燃烧中将有更新生命产生（或为一个孩子，或为一个作品）。那个更新生命方足象征热情。人若思索到这一点，为这一点而痛苦，痛苦到超过忍受能力时，自然就会用手剔剔你所谓要在油尽灯熄时方谢落的灯花，这么一来，灯花就被剔落了。多少女人即如此战胜了自己的弱点，虽若在谦退中救出了自己，也正可见出爱情上的坚贞。因为不是件容易事，虽损失够多，作成功后还将感谢上帝赐给她的那点勇气和决心！至于男子呢，照例是把弱点当成最小的儿子，最长的女儿，特别偏爱。"

"不过，也许在另外一时，还应当感谢上帝，给了另外一些人的弱点，即凭灯光引带他向过去那个弱点。因为在这种弱点上，一切生命即重新得到意义。"

"既然自承是弱点，你自己到某一时，为了安全，省事，或又为了别的理由，也会把灯花剔落的！"

我当真就把灯花剔落了。可是重新添了两个灯头，灯光立刻亮了许多。我要试试看，能否有四朵灯花，在这深夜中偶然同时开放。

灯油慢慢的燃尽时，我手足都如结了冰，还没有离开桌边。灯光却渐渐微弱，还可以照我认识走向过去，并辨识路上所有和所遭遇的一切。情感重新抬了头，我当真变得好像很年青了。不过我知道，这只是那个"过去"发炎的反应，不久就会平复的。

屋角风声渐大时，我担心院中那株在小阳春十月中开放的杏花，会被冷风冻坏。"我关心的是一株杏花，还是几个人？是几个在过去生命中发生影响的人，还是另外更多数未来的生存方式？"等待回答，没有回答。

灯光熄灭时，我的心反而明亮了起来。

一切都沉默了，远处有风吹掠树枝声音轻而柔，仿佛有所询问："××，你写的可是真事情？"

我答非所问："美不能在风光中静止。"

忆北平

民国十三年三月，我在北京城一个小公寓中住下。有一天，公寓中伙计来上开水时，忽然闷沉沉的告我说："孙中山先生死了，您听放炮！"说过后，见我发呆，或许以为是我对于他臂膊上那片黑纱怀疑，便轻轻的说："这是我早预备好的。我是会里的人，去年冬天加入，住在东边院子八号房的张先生知道的！"他加入的是工会还是帮会，我没有问明白，但知道当时许多会都和革命有关联，而共同在孙先生领导中。我想起的都是北方一般民众对于革命领袖孙先生的前后不同印象。直到孙先生北上为止，北方无知识的小市民，原先都叫孙先生作"大炮"，语气中实充满帝国臣民对革命元首的不庄不敬，缺少认识。到他为促成全国统一，带病北行，病倒在协和医院，如今死了，一个公寓的普通茶房，也居然为他带孝。这不同情形，对于我真是一种奇特的启示！并且过不久，我便看到几十万市民和学生，以及来自国内各省，国外各华侨所在处，所有国民代表，共同在孙先生棺木前后巡礼致敬那个肃穆景象了。移灵到西山碧云寺时，从数十万送丧群众沉默行列中，我且看出了孙先生的死和生，对于国家过去是种什么意义，对于国家未来又还将要发生什么意义。我心想："孙先生怎么能死？他并不死！"过两年不多，到国民革命军北伐时，就证实了我的预感。凡革命军所到处，知识分子和工农群众，即无不热烈欢迎帮助，使军阀的私兵望风披靡，不战自溃。革命军既得顺利推进，不多久，于是北京城的市民，就有机会见到着布军服的白崇禧将军，在公园茶座上站起演说，向群众解释北伐目的和意义了。

民国二十六年七月，卢沟桥事变发生，北平故都陷落前夕，城郊远近炮声还十分激烈。我住在北平后门外国祥胡同。约下午四点左右，上街去探问战事消息，到鼓楼附近时，恰值城外黄寺弹药库爆炸，轰然巨响，一股黄烟直上天空，数千尺烟柱中还夹杂有一堆堆紫黑火焰。街上齐集数千人，都惊吓得不知所措。因为这个堆积物是要向下掉的，若有一小部分向城里坠落，即必然将作成巨大的损害。其时宋哲元部下兵士约一连人，全是十六七岁的小伙子。正满头满身血污泥土，踉跄退入城内，群众于是全忘了本身危险，呐一声喊，即一齐向前迎接上去。最动人的还是那一群从景山来的男女中学生，带了大饼茶水预备去劳军，也冲入队伍中，到大家混合一处时，都无话可说，每人眼中却充满了热泪。一个美国老太太，满头白发如银，也插身其间，万分激情的大声说："年青人，你们好，你们都好！"说时也不觉热泪盈眶。第二天，城外炮声全息了，人人都觉得希奇。我依然出门探消息，只觉得街上冷清清的。一切为巷战作准备的沙包和其他障碍物，不知夜里何时都已撤去，守工事的武装兵士也不知何处去了。走了半条街，只发现一顶旧军帽搁在路旁。将近鼓楼时，见街口电灯柱下，有个徒手老警官藏起脚在那里撕毁昨天学生贴的劳军用红绿标语。迨走近他身边，似乎已看出我的用意，嘴角抽缩了好一会，方轻轻的说出声来："先生，快回家去，不要再上街。我们打了败仗，免得轰炸平民，军队全退出北京城了。"皱纹重叠的眼角，含着两滴清泪。恰如为了职务上的尊严，勉强忍耐住，整整腰间皮带，大踏步走开了。从那群年青士兵和男女学生市民群眼角，从一个友邦的老太太眼角，从那位老警佐眼角，正反映出困住北平大城中一百廿万中国人，如何在沉默痛苦中接受这个新的日子，接受此后继续而来的每个日子。然而也可以看出，我们还并未真正打败仗。更使我想起，孙先生虽死而未死，不仅活在他初期对于革命的冒险活动上，也活在他后期对于党的重造时兼容并包识见气度上。国民革命受挫折了十余年，真正的转机直接得力于党的重造与建军，间接却得力于五四运动知识分子的把社会重造引为己任。北伐成功虽在孙先生死后，实则近于身前，因为那点革命家的真挚热情，和政治家的宽宏气度，是当时即已普遍注入党的组织中，和军民信仰中，而知识分子的社会改造与男女解放运动，又异途同归，大有助于革命的。

从民十七到二十二，这一段历史，凡生活于此时代的知识分子，总不会忘记一个惨痛教训，即国内各处自相残杀，把整个国家陷入于一种无可奈何纠纷中。但问题由何而起，因何而扩大？身当其事的容或各有解释，各有所借口。然而老百姓以及足以代表老百姓愿望感想对国事无私心的知识分子，却明白将国家财富和年青人生命作政治资本，牺牲于无终结内战中，任何庄严借口都不成，总之内战得告休息。从二十二年到二十六年，好几回行将引起的大消耗大冲突，终因舆论呼喊警告，得以免除。近三十年国内政治也就以这几年算得稍上轨道，社会建设以这几年稍有头绪。可是内战虽能幸免，外来压力实无从避免，对日战事终于爆发了。

打了八九年的仗，把这个国家民族的弱点和长处全打出来了。弱点是什么，大家都明明白白，自不用提。至于长处呢？也许就是"忍受"。不问在朝，在野，在后方，在前线，在办公室，在学校，在一切工作事业上，大家共通长处就是忍受，而忍受那个负有历史积习的弱点所作成的种种痛苦和不公正，倒下的即不声不响倒下，从此得到了休息，活着的总还以为从忍受中能得救，但每个人神经张力终有个限度，到大多数人由战事遭遇挫折忍受到战事胜利以后，实在忍受不下去时，自会要挣扎，有所表示，寻求转机，这也就是社会上许多人数十年沉默，当前却来大声疾呼国家需要如彼如此的原因。也就是有些人俨若特别苛刻，想把当前一切问题重新检讨的由来。民族品德在胜利中既已见出堕落，社会某种现实又已成为不可隐讳的事实，大家倒为"明日"感到惶恐忧惧，照本身所触及的问题，来坦白有所表示时，当然就会涉及一些人的责任，且对负责方面能力感到怀疑。平时朝野情绪既十分隔阂，负责方面不曾注意疏理，这时且以为触犯尊严，转若有意为其他势力张目，这一来，自不免即形成一种对立。为一切既得权势的保护，与既得权势的失坠，负责方面孤立感即不免扩大加深，所有问题便自然日趋于僵化，解决无望，国力在这个对立情势中日益尖锐，国际地位自然也在这个情况中日益低落，叫嚷"凡事重新再来"的亦必更惶遽忧惧，主张的更激切。负责者到此时也就转入一个严重试验阶段，若只从眼前少数个人成败得失看，心有所不甘，武力与武器大规模或小规模使用，自然都有其作用。若知从远处深处看，可就得承认要理性，要想方设法使理性完全抬头，从武力武器以外求各种合理解决，这个国家的明日方好办！不仅负责方面要理性，在野各方面，凡对于国家人民稍具爱与不忍之心，想把团体或个人能力和一腔热忱加上去，堆上去，黏上去，有所表示时，也需要理性，凡一举一动都得谨慎！中山先生的伟大气度和抱负，在此时实值得许多人重新认识，重新研讨！

个人从二十六年八月离开北平，到今年七月离开昆明起始作重回北平计，差一个月即已整整九年。一面看到北平的陷落，也一面看到昆明近一年来种种。最近从报上所报道昆明已发生的不幸，觉得实正象征国家明日更大的不幸。回溯过去，于是那个伙计，那群青年兵士和学生，那个外籍老妇人，那个老警佐，眼睛中所寄托的情感，愿望，便恍忽如在目前。孙先生难道当真就死了吗？为了中国，他应当还活着，他的意见，他的理想，还必需在一切有清明头脑与做人良心的中国人心中好好活着。中国要得救，这一点十分重要。倘若这种意见在国人已成为老生常谈，决不能有何反应时，我还希望刚刚上任的司徒雷登大使先生能好好记住。司徒先生过去个人是中国人的朋友，现在且是美国和中国友谊的代表。在他三十年努力经营的燕京大学规模风气上，已建树了中美永久的友谊，但如何保持它，扩大它，将完全在最近三个月工作表现上。司徒先生今年已七十过一，据闻学校职务本来即拟退休，今当此大暑天气，不仅不能休息，还冒暑往返南京和牯岭，为中国当前和明日而奔走，可知耶稣孔子之"爱"与"不忍"，已深中于心。明白中国青年和美国青年一样，决不宜从任何内战方式中再作广大牺牲。但事极显明，目前实已到一个严重关头，即中国战争的毒瘤，随时会恶化，会爆裂，若不即早设法，中国大规模战争既无从避免，美国明日也就决不能避免不重新卷入战争！司徒先生若体念及人类死亡流血之愚蠢可悯，以及残酷可怕，一定会承认除认识耶稣孔子外，还必需注意到中山先生的理想，与中国国运荣枯及世界安定，实如何不可分！

怀昆明

因为战争，寄寓云南不知不觉就过了九年。初到昆明时，事有凑巧，住处即在五省联帅唐蓂赓住宅对面，湖南军人蔡松坡先生住过的一所小房子中。斑驳陆离的墙砖上，有宣统二年建造字样。老式的一楼一底，楼梯已霉腐不堪，走动时便轧轧作声，如打量向每个登楼者有所陈诉。大大的砖拱曲尺形长廊，早已倾斜，房东刘先生便因陋就简，在拱廊下加上几个砖柱。院子是个小小土坪，点缀有三人联手方能合抱的尤加利树两株，二十丈高摇摇树身，细小叶片在微风中绿浪翻银，使人想起树下默不言功的将军冯异，和不忍剪伐的召伯甘棠。瓦檐梁柱和树枝高处，长日可看见松鼠三三五五追逐游戏，院中闲静萧条亦可想象。这房屋的简陋情况，和路东那座美轮美奂以花木亭园著名西南各省的唐公馆，恰作成一奇异的对比。倘有人注意到这个对比，温习过去历史时，真不免感慨系之！原来这两所房子和推翻帝制都有关系。战事发生不久，唐公馆即已成为老米的领事馆，我住的一所，自然更少有人知道注意了。

"护国"已成一个历史名辞，"反对帝制"努力也被时间冲淡，年青人须从教科书解释，方能明白这些名词所包含的意义了。可是我住昆明九年，不拘走到什么地方去，碰到的是厅长委员还是赶马老汉，寒暄请教时，从对面那一位语言神气间，却总看得出一点相同意思，"喔，你家湖南，湖南人够朋友！"这种包含信托、尊重以及一点儿爱好的表示，是极容易令人感觉到的。表示中正反映本地人对松坡先生"够朋友"的好印象。松坡先生虽死去了三十年，国人也快把他忘掉了，他的素朴风度宽和伟大人格，还好好留在云南。寄寓云南的湖南军人极多，对这种事不知作何感想。至于我呢，实异常受刺激。明白个人取予和桑梓毁誉影响永远不可分，在民族性比较上，湖南人多长于各自为战，而不易粘附团结，然而个人成就终究有种超乎个人的影响牵连存在，且通过长长的岁月，还好好存在。松坡先生在云南的建树，是值得吾人怀念，更值得军人取法的。

湖南人够朋友，当然不只松坡先生。谈革命，首先还应数及老战士黄克强先生。"湖南人够朋友"这句话，就是三十五年以前孙中山先生对克强先生说的。凡熟习中国革命史的人，都必然明白革命初期所遭遇的挫折。克服种种困难，把帝制推翻，湖南人对革命的忠诚，热忱，勇敢，负责，始终其事，实大有关系。而这点够朋友处，最先即见于中山先生和黄克强先生的友谊上，其次复见于唐蓂赓先生和松坡先生的关系上，再其次还见于北伐时代年青军人行为上，直到八年抗战，卫国守土，更得到充分表现机会。记得民二十以前，在上海见蒋百里先生时，因为谈起湖南的兵，他就说了个关于兵的故事。他说，德国有个文化史学者，讨论民族精神时，曾把日本人加以分析，认为强韧坚实足与中国的湖广人相比，热枕明朗还不如。日本想侵略中国，必需特别谨慎小心。中国军事防线，南北两方面都极脆弱，加压力即容易摧毁。但近于天然的心理防线，头一道是山东河南的忠厚朴质，不易克服，次一道是湖南广东的热情僵持，更难处理。这个形容实伤害了日本人的骄傲自大心，便为文驳问那德国学者，何所见而云然？那德国人极有风趣，只引了两句历史上的成语作为答复，"楚虽三户，亡秦必楚。"意以为凡想用秦始皇兼并方式造成的局势，就终必有一天会被打倒推翻。三户武力何能亡秦？居然能亡秦，那点郁郁不平有所否定的气概，是重要原因！百里先生后来还写了一本书，借用了那个德国学者口气，向多数中国人说，中国若与日本作战，一时失利是必然的。不怕败，只要不受引诱投降议和，拖下去日本就必倒。百里先生虽然抗战第二年即不幸过世，他的深刻信心和明确见解，以及所称引的先知预言，却已经给证实。日本的侵略行为，在中国遭遇的最大阻碍，从长沙、常德、衡阳、宝庆的争夺战已得到极好教训。日本在中国境内的败北，是从湘省西南雪峰山起始的。日本在印缅军事的失利，敌手恰好又大多是湖南军人。提起这件事，固能增加每个湖南军人的光荣，但这光荣的代价也就不轻细！因为虽骄傲实谨慎的日本军人，一定记忆住那个警告，忧虑大东亚独霸的好梦，会在热情僵持的湖南人面前撞碎，在湖南境内战事进行时，惨酷激烈就少见。八年苦战的结果，实包含了万千忠于国土的湖南军民生命牺牲，以及百十城市的全部毁灭。尽管如此牺牲，湖南人应当还有这点自信，即只要有土地，有人民，稍稍给以时间，便可望从一堆瓦砾上建设起更新更大的城市。可是人的损失，事实上已差不多了。不仅身当其冲的多已完事，即幸而免的老弱残余，留在断垣残瓦荒田枯井边活受罪，待普遍的灾荒一来临，还不免在无望无助情形下陆续为死亡收拾个罄净！灾情的严重一面是无耕具，少壮丁，另一面却是军粮的征实预借还继续进行。直到灾情已极端严重时，方稍稍引起负责方面的注意，得到一点点救济，稍稍喘一口气。可是国库大过赈济百倍的经常担负，却是把一些待退役转业的军官收容下来，尽这些有功于国的军人，在应遣散不即遣散，待转业又从不认真为其准备转业情况中等待下去。等待什么？还不是等个机会，来把美国剩余军火，重新装备，在国内各地砰砰彭彭那个"战争"！（这种收容军官机构，据一个同乡军官说，全国约二十个，人数在十二万以上，其中至少有三分之一就是湖南人。总队长大队长且有三分之二是湖南人。）试分析一下活在这个中国谷仓边人民普遍死亡的远因近果，以及国内当前可忧虑局势的发展，我们就会明白湖南人自傲的"无湘不成军"一句话，实含有多少悲剧性！对国家，湖南人总算够朋友了。可是国家负责方面，对于这片土地上人民的当前的未来，是不是还有点责任待尽？因为赈济湘灾，政府方面既不大关心，湖南人还得自救。在云南一发动募捐，数日即已过两万万，且超过了全国募捐总记录。对湖南，云南人也总算够朋友了。可是寄寓云南的湖南人，是不是还需要从各方面努点力，好把松坡先生三十年前所建立于当地的良好友谊，加以有效的扩大，莫使它在小小疏忽中，以及岁月交替中失坠？

国内局面既如此浑沌，正若随时随地均可恶化。在这个情况下，许多情绪郁结待找出路的人物，或因头脑单纯，或因好事喜弄，自不免禁不住要作作英雄打天下的糊涂梦，只要有东西在手，大打小打无不乐意从事。然稍稍认识国家人民破碎糜烂已到何等状况下的，对于武力与武器的使用，便明白不问大小，不能不万分谨慎小心！云南人性情坦白直爽，和湖南人有相似处。至于重友情，好学问，而谦虚从善以图适应时代，一般说来且比湖南人为强。

社会睿智明达之士，眼光远大，见事深刻，对国家民主特具热忱幻念者，更不乏人。自从日前闻李惨案发生后，大姚李一平先生，即电云南省参议会同乡说："此事发生于滇，近于吾滇之耻。务必将其事追究水落石出，以慰死者，以明是非。"目前在云南负军事责任的为湖南人，负昆明地方治安责任的亦湖南人，如何使这件事水落石出，彻底清楚，驻滇的湖南高级军官，实在其责任和义务待尽。若事不明白，或如"一二·一"学生惨案，马马虎虎过去，也近于湖南人羞耻，云南人多的是钱，当事者还不曾想到如何设法把唐公馆买来，好好保护，作为云南人对民主憧憬与认识的象征。至于松坡先生所住的小小房子，湖南同乡实在也值得集资购来，妥慎保存，留为一湘贤记念，且可为湘滇两地人士为国事合作良好友谊的象征，每一高级湖南军官，初到云南时，如能在那小房子中住住，与当地贤豪长者相过从，就必然会为一种崇高情绪浸润，此后对国家，对地方，对个人，知道随时随处还有多少好事可做，还有多少好事待做，西南一隅明日传给国人的消息，也自然会化乖戾为祥和，只听说建设与进步，不至于依然是暴徒白昼杀人，或更大如苏北山西种种不幸！

一个传奇的本事

我情感流动而不凝固，一派清波给予我的影响实在不小。我幼小时较美丽的生活，大都不能和水分离。我受业的学校，可以说永远设在水边。我学会思索，认识美，理解人生，水对于我有极大关系。

（自传一章）

水和我的生命不可分，教育不可分，作品倾向不可分。这不仅是二十岁以前的事情。即到厌倦了水边城市流宕生活，改变计划，来到北平阅读那本抽象"大书"第二卷，告了个小小段落转入几个学校教书时，我的人格的发展，和工作的动力，依然还是和水不可分。从《楚辞》发生地一条沅水上下游各个码头，转到海潮来去的吴淞江口，黄浪浊流急奔而下的武汉长江边，天云变幻碧波无际的青岛大海边，以及景物明朗民俗淳厚沙滩上布满小小螺蚌残骸的滇池边，三十年来水永远是我的良师，是我的净友。这分离奇教育并无什么神秘性，然而不免富于传奇性。

水的德性为兼容并包，柔弱中有强韧，从表面看，极容易范围，其实则无坚不摧。水教给我粘合卑微人生的平凡哀乐，并作横海扬帆的美梦，刺激我对于工作永远的渴望，以及超越普通个人功利得失，追求理想的热忱洋溢。我一切作品的背景，都少不了水。我待完成的十个故事，将是十个水边城市人民的爱恶哀乐。在这个变易多方取予复杂的人生社会中，宜让头脑灵敏身心健全的少壮，有机会架着飞机向天上飞，从高度和速度上打破记录，成为新时代报上的名人。还有那些马上治天下的伟人，将来都能由雕刻家设计，为安排骑在铜铸骏马上，在永远坚固磐石作基的地面，给后人瞻仰。也让那些各式各样的生命，于爱憎取予之际各得其所，各有攸归。我要的却只是再来好好工作十年二十年，写写那些生和死都和水离不开的平凡人的平凡历史。这个分定对于我是分义务不能拒绝，因为这种平凡生命的土壤，有时即孕育一点不平凡的人生。

我有一课水上教育受得极离奇，是二十七年前在常德府那半年流宕。这个城市从地图上看，即可知接连洞庭，贯串黔川，扼住湘西的咽喉，是一个在经济上军略上都不可忽略的城市。城市的位置似乎在水中或水下，因为每年有好几月城四面都是一片大水包围。水线且比城中民房高。保护到二十万居民不至于成为鱼鳖，全靠几道坚固的河堤。东门外有条卖牛肉的长街，西门外是百十万石湖莲的转口站，此外开染房的和收桐油的庄号，卖竹缆木圆器和船上人用的铁锚钢钻杂物的铺子，都各有专业，各有不同的处所，所以在回忆中某一条街是什么样子，有什么东西，什么气味，到如今也清清楚楚。这个城市在经济上和军略上既都有其重要意义，因此抗日战争末两年，最激烈的一役，即外人所谓"中国谷仓争夺战"的一役中，十万户人家于是完全在炮火中毁去。沅水流域木料来源虽比较容易，复兴也必然比中国任何一地方容易。不过那个原来的水上城市，有历史性的市容，有历史性的人事，就已于烈烈火焰中完全消失，后来者除了从我过去的叙述得到一个简略的印象，再也无从寻觅了。有形的和无形的都一例毁掉了，然而有些东西，却似乎还值得在少量文字或多数人情感中保留下来，对于明日社会重造工作上，有其长远的意义。

常德既是延长千里一条沅水和十来支流货物吞吐转移的总码头，向下游且毗连洞庭长江，地方人事自然也就相当复杂。城门口有驻军长官和税局长的布告，有党部的和卖补药的宣传品，更多的是商人和寄食于商人的特种职业人物。责任大，工作忙，性质杂，人数多，真正在支配这个城市的却是那几万船夫。这些人怎么使用他们各不相同各有个性的水上工具，按照祖传的行规，祖传的禁忌，挣扎生活并生儿育女，我都非常清楚。所以二十八年写了一本小书谈及湘西种种时，"常德的船"那一章特别写得有趣。在那个小文结尾上说：

> 常德本身也类乎一只旱船，女作家丁玲女士，法律学者戴修瓒先生，国学前辈余嘉锡先生，同是在这只旱船上长大的。……常德县沿沅水上行九十里，即到千年前武陵渔人问津的桃源。……那里有个省立女子第二师范学校，五四运动影响到湖南时，谈男女解放，自由平等，剪发恋爱，最先要求实现它的，就是这个学校一群女学生。

这只旱船上不仅装了几个知名之士，我还忘了提及平凡中也有伟大性的一位，即那个女作家的母亲蒋老太太，和几个虽不平凡终于从平凡中结束了一生的女学生。这里有和共产党书记瞿秋白恋爱，因肺病死去的川东王小姐。有先和施××同居，后和共产党要人张太雷结缡的芷江杨小姐，还有……两老太太那时是一个私立女子小学的校长，一群单纯热情的女孩子，离开学校离开家庭后，大都寄居到这个小学校里。大家当时书虽读得不怎么多，却为新青年一类刊物煽起了青春的狂热，带了点点钱和满脑子进步幻想，向北平上海跑去，接受她们各自不同的命运，和现代史的发展竟有过密切的联系，而终于又一例遗忘于时代发展变易中。就中有几位性情比较和平稳定，又不拟作升学准备的，便作了那个小学校的教员。这些女孩子年纪都不过二十岁，差不多有个相同背景，即出身于小有产阶级，自幼即许字了人家，毕业回家第一件事即等待完婚。既向家庭革命，家中接济断绝，向京沪跑的生活自然相当狼狈。犹幸当时社会风气正注重俭朴，人之师须为表率，作教员衣着化装品不必费钱，所以每月收入虽不多，居然有人能把收入一半接济升学的亲友。教员中有一位年纪较长，性情温和而潇洒，又特别富于艺术爱好，生长于苗乡得胜营的杨小姐。在没有认识以前，就听说她的每月收入，还供给了两个妹妹费用升学。

至于那时的我呢，正和一个习美术的表兄，住在每天一人共需三毛六分钱的小客栈里打发日子，说明白点就是无事可作，照当时称呼名为"打流"。那个平安小客栈对我们可真不平安！每五天必需结一结账，照例是支吾拉扯过去。欠账越久越多，因此住宿的房间也移来移去，由三面大窗的官房迁到只有天窗一片的贮物间，总之尽管调动，永不抗议，照栈规不破脸主人即不能赶客人。至于冷言冷语的讥诮时只装不懂，也陪着笑笑。一切用个"拖"字应付，支持了约莫三个月。到每人名下都有三十元欠项时，年过五十还把眉毛扯得弯弯的内老板，在饭桌上便说："开销越来越大了，门面当不下。我们吃四方饭，还有人吃八方饭！"说后见同桌客人都不声响，就和那养得白白胖胖的十六岁的寄女儿干笑，寄女儿也照例陪着笑笑。（这个女孩子背地里常常送表兄南瓜子和芙蓉酥，帮了我们不少的忙，表兄却和我笑她一身白得像发糕，虽不拒绝芙蓉酥，决不要发糕。）我们虽依旧装不懂，只管拣选豆芽菜汤里的肥肉片，可是都知道开过饭后还有一手。饭后回到房中商对策时，老茶房果然就带了账簿来看，借点钱买油盐。表兄作成老江湖满不在乎的神气，任意翻了一下即把账推开："我以为欠十万八千，这几个钱算什么？内老板豪杰人，还这样小气，笑话。——老弟，你想想看，岂不是笑话。我昨天发的那个急电你亲眼看见，不是三五天就会有款来了吗？"连哄带吹把茶房送走后，这个背晦时运的美术家却向我说："老弟，风声不大好，这不比巴黎！我听人说，巴黎的艺术家，不管作什么都不碍事。有些欠二十年的放饭账，到后索性做了房东的丈夫或女婿，我们在这里想攀亲戚倒有机会，只是我不大喜欢冒险吃发糕，正如我不喜欢从军一样，我们真是英雄落了难，黄骠马也卖不成！你说怎么办？"

我心想，怎么办？表兄常说，上海北京戏院里常有阔人掉金钢钻首饰，上海坐马车，马车上也许有贵妇人遗下的贵重钱包，运气好的常常一碰到即成富翁，可是路那么远！还是想法对付目前，脚踏西瓜皮一个溜了吧。至于向什么地方溜？当时倒有个去处，上桃源县找贺龙，因为有人介绍我们去做七块钱一月的差遣，只要肯去总可糊口的。可是就在这时，我们偶然认识了杨小姐。两人于是把"溜"字的水旁删去，"留"下来了。表兄既和她是学美术的同道，平时性情洒脱到能一事不作整天唱歌，这一来，当然不久就成了一团火，找到了他热情的寄托处。

自从认识了这位杨小姐后，一去那里两人必然坐在大风琴边，一面弹琴一面谈情，我照例站在后门前去欣赏市景，并观观风。到蒋老太太来学校时，经我一作暗号，里面琴声必忽然弹奏起来，老太太却照样笑笑的说："你们弹琴弹得真热心！"表示对于客人的礼貌，客人却不免红脸。因为"弹琴"和"谈情"字音相同，老太太语意指什么即不大分明。

两人回到客栈时，表哥便一连丢了十来个揖，要我代笔写信，他却从从容容躺在床上哼曲子。信写好念给他听后，必把两个大拇指翘起大摇着，表示感谢和赞佩。

"老弟，真好，真可以上报！"

事实上呢，我们当时只有两种机会上报，即抢人和自杀。但是这两件事似乎都和我们兴趣不大合，当然不曾采用。至于这种信的去处，有时要茶房送。借故有事时，却还得我代为传书递简。那女教员有两次还和我讨论到表哥的文才，只好支吾过去。回客栈谈起这件可笑故事，表兄却肯定的说，"你看，我不是说可以上报？"我们于是又支持了两个月，住处则已从有天窗的小房间迁到毛房隔壁那个小间里，气量窄，上吊可真方便！我实在忍受不住，有一天就忽然抛下这个表兄，却和一个头戴水獭皮帽子（沅水流域有名土娼都认识那顶帽子）的朋友，坐到一只装军服的"水上飘"，向沅水上游荡去了。

三年后我重新知道一件事情，即两个小学教员已结了婚，回转家乡同在一小学服务。这种结合由女方家长看来，自然不会怎么满意。因为一个小学教师，比地方传统所尊重的营连排长，就大不相如。不过两人生活虽不怎么宽舒，情感可极好。即因此孩子便陆续来了，自然更增加生计上的狼狈。

再过几年，又偶然听得人说，孩子已离开了家乡，到福建厦门一个堂叔处去读书。从小即可看出，父母爱美的好处，对于孩子显然已有了影响，但性情上另外一种弱点，潇洒超脱不甚顾及金钱的弱点，也似乎被同时接收下来了。所以在叔父身边读书，不及初中卒业，因为那个艺术型，又离开了亲戚，去阅读那本大书，从此就于广大社会中消失了。计算岁月，孩子年龄已到十四五岁，照家乡子弟飘江湖奔门路习惯，已并不算早。教育人家的子弟的既教育不起自己子弟，所以对于这个失踪的消息，大致也就不甚在意。

二十六年十二月间，我上云南路过长沙时，偶然在一个部队的留守处又见到那表兄。问问才知道因为脾气与人合不来，失了业，不得已屈服下来，改业作一名中尉办事员，办理收容连络事务。太太还在沅水中部一个小村子里教小学。大儿子既已失踪，音信不通，二儿子十二岁，也从了军，跟人作护兵自食其力了。事业不如意，人又上了点年纪，常害点胃病，性情越来越加拘迂，过去豪爽洒脱处已失去，只是还依然喜欢唱歌。邀他去李合盛吃了一次牛肚子，才知道已不喝酒。问他还吸烟不吸烟，就说不戒自戒，早已不再用它。可是我知道他欢喜吸雪茄烟，且很懂烟品好坏。第二次再去看他，带了两大盒烟去送他。他见到时，憔悴的脸上露出少有的欢喜和惊讶，只是摇头，口中低低的连说："老弟，老弟，太破费你了！我看到有人送师长两盒，美国军官也吃不起！"

我想起点旧事使他开开心："我当时只想做一个开糖房的女婿，好有糖吃，到如今还不成功！"

"不成功？你看这个？"他随手把一份三天前的本市报纸递给我，手指着一个记者写的访问说："老弟，你上了报，当真上了报！"

我说："我倒正想问你，我那些代劳的信件，表嫂是不是还留着？这可真值得上报，送过上海去，换二十盒烟也不难！"

想起十六年前同在一处过日子的情形，一切犹如目前又恍如隔世，两人不免相对沉默了许久。我们从此就离开了。

抗战到第六年，我弟弟过印度受训，到云南时谈及家乡亲友的种种，才知道年纪从十六七到四十岁的人，大多数已在六年消耗战中消耗将尽。表哥在一场小小病中也已无声无息的死去了。大孩子或已牺牲，小的作了排长，三月前部队在洞庭湖边作战，全部留在敌后，完全失了连络。那地方到处是水，交通工具不够，只有会泅水的还可望逃出，其余下落就不易说了。至于太太呢？还依然在乡村里教小学，收入足够个人糊口，第三儿子作了一个银匠学徒。

照一般情形来说，这正是一种极平常的故事。一个从中学毕业的女子，为反抗家庭，放弃了一切权利，在外县去作了一个小学教员，从一种偶然机会里即和一个性情相投的男子结了婚。婚后过了一阵子平静家庭生活，即生了孩子，接受了上帝给分派的庄严义务。照环境分定，温良母性和艺术秉赋都不曾得到好好的发展，十年过去，孩子已生到第四个。教人子弟的照例无从使自己子弟受教育，即尽孩子在成年以后——离开家庭，自求生存，或死或生，都不能过问。战事随来，可怜的教育职业，还为二十来岁的小伙子挤去，只好放弃了三十年的老本，换上一套不合身的军服，改业从军，作个不足轻重的军佐。部队一再改编，失业复就业，换了几个职务，于是在岁暮年末请了半个月假，背了个小小包袱，回到老太太身边去，即在一场小小疾病中死去了。亲人一面拭泪，一面把死者殓入一个赊借款项得来的小小白木棺木里，就地埋了。死者既已死去，生者于是依然照常沉默生活下去，每月还得从收入中扣出一点点钱填还亏空。在一个普通人不易设想的小乡村小学教师职务上，过着平凡而简单的日子，等待平凡的老去，平凡的死。一切都十分平凡，不过正因为它的平凡，为万千教师的共通命运，却不免使人感到一种奇异的庄严。

抗战到第八年，和平胜利骤然来临，睽违十年的亲友，都逐渐恢复了通信关系。忽然有个十六年不通音问的朋友，寄一本新出的诗集。诗集中用墨绿二色套印的木刻插图，充满了一种天真稚气与热情大胆的混和，给我一种崭新的印象。不仅见出作者头脑里的知慧和热情，还可发现这两者结合时如何形成一种诗的抒情，对于诗若缺少深致理解，也即不易作到。一经打听，才知道作者所受教育程度还不及初中三，而年龄也还不过二十五岁。更有料想不到的事，即那个青年艺术家，原来便正是那一死一生黯默无闻的两个美术教员的长子。十四岁即离开所有亲人，到陌生而广大世界上流荡，无可避免的穷困，疾病，挫折，逃亡，在某一处卑微工作上短时期的稳定，继以长时期的失业，如蓬如萍的转徙飘荡，……却从一种不易想象学习过程中，成为一个技术优秀特有个性的木刻作者。为了这个新的发现，使我对于国家，民族，以及属于个人极庄严的命运，感到异常痛苦。我真用得着法国人喜说的一句话，"这就是人生"，借用它来形容，我温习这两个有关于美术教员一生种种，和我身预其事的种种，所引起的痛苦回忆，以及对于命运偶然的惊奇！

作者至今还不曾和我见过面，只从通信中略知道他近十年一点过去，以及最近如何来到上海，和他几个同道陷于同样穷困中，想工作并购买板片的费用也无处筹措。境况虽如此，却对于工作还依然充满自信和狂热。于通信里可见出，于摊在我眼前的四十幅木刻更可见出。从那幅精力弥满大到二尺的"失去乐园"设计构图中，从他为几个现代诗人作品所作的小幅插画中，都依稀可见出父母潇洒善良的秉赋，与作者生活经验的沉重，粗豪与精细同时并存而不相犯相混，两者还共同形成一种幽默的雅典。说到这一点时，作者性格的鲜明的一面，事实上还有个人更重要的因素，即所生长的地方性，实需要一提。这不仅是两个穷教员的儿子，还是从二百年前设治以来，即完全在极变态的发展中一片土地，一种社会的衍生物。

作者家乡是个出兵的地方，住在那个小地方的人民，百多年前，即有世代服兵役的习惯。中国兵制中的绿营组织，在学人印象中已成一个历史名词了，然而抗战十年，那地方对于兵役补充，尤其是下级官佐补充，就还得力于这个制度的残余甚多。最初为征苗而推进这个人人转流服役制，因此到咸同之际，一个小小石头城即出了一大堆提督军门。到辛亥革命，驻长沙的四十九标新军发难时，首先吹哨子集合的是一位安姓伍长，随后作了团长，民国二十年后，却因老革命资格奉派到守陵园管工人养花。江南大营克南京时，有几个冲锋陷阵提督，到民元，革命军攻雨花台，首先入城的旅长，就是冲锋爬城的世家，一个姓田提督的小儿子。这个军官回转家乡作第一任镇守使时，唯一大事却办了个美术学校。这一切正说明到一点，即浪漫情绪在军人世家头脑中变质的衍化。三十年来国家动乱既照例以内战为主要动力，荡来淘去形成了大小军阀的新陈代谢，这小地方既僻处一隅，得天独厚，因之形成一个极离奇的存在。到抗战前夕为止，县城不到一万户人家，却保有了三千下级军官，和五个师的潜在实力。由于另外一种传统，一切年青人的出路寄托在军官上，一切聪明才智及优秀秉赋，也都一例归纳于这个虽庞大实简单的组织中，并消耗于组织中。而这个组织于国内省内，却又若完全孤立或游离，无所属亦无所归。这自然就有了问题，即对内为进步滞塞，不能配合实力作其他设计，军官日多而读书人日少，无从应付时变。对外则多误会，多忌讳，越来越加和各方面关系隔绝，实力越大也只是越增困难。战争来了，悲剧随来。淞沪之战展开，有个一二八师属于第四路指挥刘建绪调度节制，奉命守嘉善唯一那道国防线，即当时所谓"中国兴登堡防线"。当时报载，战事过于激烈，守军来不及和参谋部联络人员接头，打开那些钢骨水泥的门，即加入战斗，还以为不可信。后来方知道那师接防的部队，开入国防线后，除了从县长手里得到一大串编号的钥匙，什么图形也没有。临到天明快要有敌机来轰炸，敌人先头探索部队发见已发生接触时，一个少年军官方从一道河边发现工事的位置，一面用一营人向前作突击反攻，一面方来得及把上锈的铁门次第打开，准备死守。八天的固守，全师大部牺牲于敌人优势日夜不断炮火中，下级干部几乎全体完事，团营长正副半死半伤，提了那串钥匙去开工事铁门的，原来就是我一个弟弟，而死去的全是那小小城中长大的年青人。

随后是南昌保卫战，经补充的另一个荣誉师上前，守三角地的当冲处，自然不久又完事。随后是反攻宜昌、洞庭西岸荆沙争夺，以及长沙会战的单位争夺，常德、益阳、洞庭南岸的据点争夺，每一硬役必得参加，每役参加又照例是除了国家意识还有个地方荣誉面子问题在内，双倍的勇气使得下级全部成仁，中级半死半伤，而上级再回来补充调度。都明白这个消耗担负对地方明日的困难，却从种种复杂情绪中继续补充下去。总以为"这是和日本打仗，不管如何得打下去"！就这样，任何部队到补充困难时，这方面却好像全无问题。就这样，一直到三十四年底，小城市在湘西二十八县中比任何处物价都贱，虽说交通不当冲得免影响，事实上却是消费者越来越少，一城孤儿寡妇那还能想到囤积发财？每一家都分摊了战事带来的不幸，因为每一家都有子弟作下级军官。年在二十五岁以下的少壮，牺牲的数目更吓人。我们实不能想象一个城市把少壮全部抽去，每家陆续带来一分死亡给三千少妇万人父母时，形成的是一种什么空气！但这是战争！有过一百年当兵习惯的人民，战争是什么，必然比任何人都清楚明白，而这些人的家属子女，也必然要习惯于担受这个不幸！那里总还留下二三十个小学教员，到子弟长大能入小学时，不会无学校可进啊！

和平来了，胜利来了，拼补凑集居然还有一师部队，由一个从小卒，作书记，转军佐，入陆大，完全自学挣扎出来的田姓军官率领，驻防胶济线上，方以为国家和平来临，苦难已过，不久改编退役，正好过北方完成一个新的志愿，即好好的来读几年书。且和我合作，写一本小小历史。纪念一下这小小山城几万壮丁十年中如何陆续死去的情形，将比转入国防研究院工作还重要，还有意义。因为正可说明一种旧时代的灭亡而新生命的开始，虽然是种极悲惨艰难的开始，因为除少数的家庭还保有男丁，大部却得由孤儿寡妇来自作挣扎！不意内战终不可避免，一星期前胶东一役，这一师结果却在极暧昧情形下全部覆没。师长随之阵亡，统率者和一群干部，正是八年抗战犹未死尽的最后残余。从私人消息，方明白实由于"厌倦"这个大规模集团的自残自渎，因此解体。怎么不厌倦？专门家谈军略，谈军势，若明白这些青年人生命深处的苦闷，还如何在作普遍传染，尽管有各种习惯制度和集团厉害拘束到他们的行为，而加上那个美式装备，但那敌得过出自生命深处的另外一种潜力，和某种做人良心觉醒否定战争所具有的优势？一面是十分厌倦，一面还得承认现实，就在这么一个情绪状态下，我那些朋友亲戚，和他们的理想，便完事了。这一来，真是"连根拔去"，算军再也不会成为一个活的名词，成为湖南人谈军事政治的一忌了。而个人想从这个有野性有生活力的烈火焚灼残余孤株接接枝，使它在另外一种机会下作欣欣向荣的发展，开花结果的企图，自然也随之而摧毁了。

得到这个不幸消息时，我想起我生长那个小小山城两世纪以来的种种过去。因武力武器在手而如何作成一种自足自恃情绪，情绪扩张头脑即如何逐渐失去作用，因此给人的苦难和本身的苦难。想起整个国家近三十年来的变迁，也无不由此而起，在变迁中我那家乡其他地方青年的生和死，每因这生死交替于每一片土地上流的无辜的血，这血泊更如何增加了明白进步举足的困难。我想起这个社会背景发展中对年青一代所形成的情绪、愿望和动力，即缺少伟大思想家的引导和归纳，许多人活力充沛而常常不知如何有效发挥，结果便终不免依然一例消耗结束于近乎周期性的悲剧殒命中，任何社会重造品性重铸的努力设计，对目前情势言，都若无益白费。而殒命趋势，却从万千挣扎求生善良本意中，作成整个民族情感凝固大规模的集团自杀。

我也想到由于一种偶然机会，少数游离于共同趋势以外，由此产生的各种形式的衍化物。我和这以为年纪青青的木刻作者，恰代表一个小地方的一种情形：一则处理生命的方式，和地方积习已完全游离，而出于地方性的热情和幻念，却正犹十分旺盛，因之结合成种种少安定性的发展。但依然不免因另外一种有地方性的特质与负气，会合了一点古典的游侠情感与儒家的朴素人生观，与时代俨若完全游离。即因此终不免如其他乡人似异而实同的命运，僵仆于另外一种战场上，接受同一悲剧的结局。至于这个更新的年青的衍化物，从他的通信上，和作品自刻像一个小幅上，仿佛也即可看到一种命定的孤立，由强执、自信、有意的阻隔到永远的天真，共同作成一种无可避免的悲剧的将来。至于生活的败北，犹其小焉者。

最后一点涉及作者已近于预言，因此对作者也留下一点希望。我以为倘若所谓悲剧实由于性情一面的两用，在此为"个性鲜明"而在彼则为"格格不入"时，那就好好的发展长处，而不必作乡愿或政客，事事周到或八面玲珑来勇敢生活下去。应毫无顾虑的来接受挫折，不用退避也不必作无效果的自救。这是一个有良心的艺术家，有见解的思想家，和一个有勇气的战士，共同的必由之路。若悲剧只小半由于本来的气质，大半实出于后起的习惯，尤其是在十年游宦中养成的不良习惯时，想要保存这种衍生物的战斗性，持久存在与广泛发展，一种更新的坚韧朴素人生观的培育，实值得特别注意。

这种人生观的基础，应当建筑在对生命能作有效的控制，战胜自己被物态征服的弱点，从克制中取得一个完全独立的人格，以及创造表现的绝对自主性起始。由此出发，从优良传统去作广泛的学习，再将传统加以综合，由于虔诚和谦虚的试探，慢慢得到进步，作出崭新的成就。正因为工作真正贴近土地人民，只承认为人类而"工作"，不能为某一种政策某一时的"工具"，存在于现代政治所培养的窄狭病态自私残忍习惯空气中，或反而遭受来自各方面的强力压迫与有意忽视，欲得一稍微有自主性的顺利工作环境也不容易。但这不妨事！倘若真有成就，这成就，在另外一时，将无疑依然会成为一时代的重要标志！

在人类文化史的进步意义上，一个真的巨人所有努力挣扎的方式，照例和流俗所悬望的目标即不会完全一致。一个伟大纯粹艺术家或思想家的手和心，既比现实政治家更深刻并无偏见和成见的接触一切，因此它的产生和存在，有时若与某种思潮表面或相异，或独立，都极其自然。它的伟大的存在，即于政治、宗教以外更形成一种进步意义和永久性。虽然两者真正的伟大处，也同样需要"正直"和"诚实"，而艺术更需要"无私"，比过去宗教现代政治更无私！必对人生有种深刻的悲悯，无所不至的爱，而对工作又不缺少狂热和虔敬，方能够忘我与无私！宗教和政治都要求人类公平与和平，两者所用方法却带来过无数战争，尤以两者新的混合所形成的偏持情绪和强大武力，战争的完全结束更无可望。过去艺术必须宗教和政治的实力扶育，方能和人民对面，因之当前欲挣扎于政治点缀性外亦若不可能。然而明日的艺术，却必将带来一个更新的庄严课题。将宗教政治的"强迫""统制""专横""阴狠"种种不健全情绪，加以完全的净化廓清，而成为一种更强有力光明的人生观的基础。

这也是一种"战争"！（有个完全不同的含义。）惟有真的勇士，敢于从使人民无辜流血以外，不断有所寻觅，积累经验和发现，来培养爱与合作种子使之生根发芽，企图在人与人间建设一种新的关系，谋取人类真正和平与公正的工作者，方能担当这个艰巨重任，方敢担当这个艰巨重任。试看看世界上一切沉默者工作的建设性，和其他方式所形成的状况，加以比较，就可知于中国建筑一种更新的文化观和人生观，一个青年艺术家可能作的永久性工作，将从如何努力着手！

这只是一个传奇的起始，不是结束。然而下一章，将不是我用文字来这么写下去，却是一群生气勃勃的青年木刻家，为人民的苦难的现实，能作各种忠实的叙述，而对于造成这种种苦难，最重要的使人民流血而发展集团的内战，加以"耻辱"与"病态"的标志，用一百集木刻，来结束这个残忍的时代，更用一百集木刻，写出国人由于一种新的觉醒，去共同向知识进取，驾驭钢铁，征服自然，促进实现一个更新时代的牧歌。"这是可能的吗？""不，这是必然的！"

附记

这篇小文，是抗战八年后，我回到北京不多久，为初次介绍黄永玉木刻于读者而写成的。内中提及他的作品处文字并不多，大部分谈的却是作品以外事情，永玉本人也并不明白的本地历史和家中情况。从表面看来，只像"借题发挥"一种杂乱无章的零星回忆，事实上却等于我那小小地方近两个世纪以来形成的历史发展和悲剧结局，加以概括性的纪录。凡事都若偶然的凑巧，结果却又若宿命的必然。如非家乡劫后残余的中年人，是不大会理解到这个小文对于家乡现实，受历史性的束缚，使得以若干万计的有用青年，几几乎全部毁灭于无可奈何的战争形成的趋势中，而知识分子的灾难，也比湘西任何一县都来得严重。写它时，心中实充满了不易表达的深刻悲痛！因为我明白，在我离开家乡，去到北京阅读那本"大书"时，只不过是一个成年顽童，任何方面见不出什么聪敏才智过人处。只缘于正面接受了"五四"余波的影响，才能极力挣扎而出，走自己选择的道路。大多数比我优秀得多的同乡，或以责任所在，离不开教师职务，或认为冰山可恃，乐意在那个小小的孤立军事集团中磨混，到头来形势一有变化，几几乎全部在十多年中，无例外都完结于这种新的发展变化中。

这个小文，和较前一时写的《湘行散记》及《湘西》二书，前后相距约十年，叙述方法和处理事件各不相同，前者写背景和人事，后者谈地方问题，本文重点却范围更小，作纵的叙述。可是基本上是相通的。正由于深深觉得故乡土地人民的可爱，而统治阶层的保守无能、固步自封，在相互对照下，明日举步的困难，可以意想得到。因此把唯一转机希望，曾经寄托到年青一代的觉醒上。影响显明是十分微弱的，因为当时许多家乡读者，除了五六人受到启发，冲出那个环境，转到北方作穷学生，抗战时辗转到了延安。一般读者相差不多，只能从我作品中留下些"有趣"印象，看不出我反复提到的"寄希望于未来"的严肃意义。本文却以本地历史变化为经，永玉父母个人一生及一家灾难情形为纬，交织而成一个篇章。用的彩线不过三五种，由于反复错综联续，却形成土家族方格锦纹的效果。整幅看来，不免有点令人眼目迷乱，不易明确把握它的主题寓意何在。但是一个不为"概念""公式"所限制的读者，把视界放宽些些，或许将依然可以看出一点个人对于家乡"黍离之思"！

在本文末尾，我曾对于我个人工作作了点预言，也可说"一切不出所料"。由于性格上的局限性所束缚，虽能严格律己，坚持工作，可极缺少对世事的灵活变通性。于社会变动中，既不知所以自处，工作当然配合不上新的要求，于是一切工作报废完事于俄顷。这也十分平常自然。还记得在解放前付印的选集《长河》引言中，我就曾经说过："横在我们面前许多事情，都不免使人痛苦，可是却不必悲观。社会在剧烈变化中前进，骤然而来的风雨，说不定会把许多人的高尚理想，卷扫摧残，弄得无踪无迹。然而一个人对于人类前途的热忱，和工作的虔敬态度，是应当永远存在，且必然能给后来者以极大鼓励的！……"我的作品，早在五三年间，就由印行我选集的开明书店正式通知，说是"各书已过时，凡是已印、未印各书稿及纸型，全部均代为焚毁。"随后是香港方面转载台湾一道明白法令，更进一步，法令中指明除一切已印未印作品，全部焚毁外，还包括永远禁止再发表任何作品。这倒是历史上少有奇闻。说"作品已过时"，由国内以发财为主要目的商人说出，若意思其实指的是"得即早让路，免得成为绊脚石"，倒还近情合理，我得承认现实。明白此路不通，即早改业，或可躲免意外灾星。至于台湾的禁令，则不免令人起幽默感。好像是八百刀美式装备，满以为所向无敌，因此坚决要从内战上见个高低的一伙，料不到终究依然被"小米加步枪"的人民力量，打得个一败涂地。还不承认是由于政治上极端腐败必然的结果，却把打败仗的责任，以为是我写了点反内战小文章的原因，（本文似也应包括在内……）才出现这种禁令。采取这种办法，作出这种结论，是绝顶聪敏，还是极端愚蠢，外人不易明白，他们应当心中有数，十分清楚的！试作些分析，倒也十分有趣。听熟人说，北京现在有不少研究鲁迅先生的团体，谈起小说成就时，多不忘把《阿Q正传》举例，其实若说真正懂得阿Q精神，照我看来，大致还应数台湾方面的掌握文化大权的文化官有深刻领会。这种禁令的执行，就是最好的证明，实在说来，未免把我抬得太高了。

至于三十多年前对永玉的预言，从近三十年工作和生活发展看来，一切当然近于过虑。由于为人既聪敏能干，性情又开扩明朗，对事事物物反应十分敏捷。在社会剧烈变动中，虽照例难免挫折重重，在重重挫折中，却对于他的工作，始终能充满信心，顽强坚持，克服了来自内外各种不易设想的困难，从工作上取得不断新的突破，并显明进展。生命正当成熟期，生命力之旺盛，明确反映到每一幅作品中给人以十分鲜明印象。吸收力既强，消化力又好，若善用其所长，而又能对于精力加以适当制约，不消耗于无多意义的世俗酬酢中，必将更进一步，为国家作出更多方面的贡献，实在意料中。进而对世界艺术丰富以新内容，也将是迟早间事。

不毁灭的背影

　　"其为人也，温美如玉，外润而内贞。"

　　旧人称赞"君子"的话，用来形容一个现代人，或不免稍稍迂腐。因为现代是个粗犷、夸侈、褊私、疯狂的时代。艺术和人生，都必象征时代失去平衡的颠簸，方能吸引人视听。"君子"在这个时代虽稀有难得，也就像是不切现实。惟把这几句作为佩弦先生身后的题词，或许比起别的称赞更恰当具体。佩弦先生人如其文，可爱可敬处即在凡事平易而近人情，拙诚中有妩媚，外随和而内耿介，这种人格或性格的混和，在作人方面比文章还重要。经传中称的圣贤，应当是个什么样子，话很难说。但历史中所称许的纯粹君子，佩弦先生为人实已十分相近。

　　我认识佩弦先生和许多朋友一样，从读他的作品而起。先是读他的抒情长诗《毁灭》，其次读叙事散文《背影》。随即因教现代文学，有机会作个进一步的读者。在诗歌散文方面，得把他的作品和俞平伯先生成就并提，作为比较讨论，使我明白代表五四初期两个北方作家：平伯先生如代表才华，佩弦先生实代表至性，在当时为同样有情感且善于处理表现情感。记得《毁灭》在《小说月报》发表时，一般读者反应，都觉得是新诗空前的力作，文学研究会同人也推许备至。唯从现代散文发展看全局，佩弦先生的叙事散文，能守住文学革命原则，文字明朗、素朴、亲切，且能把握住当时社会问题一面，贡献特别大，影响特别深。从民九起，国家教育设计，即已承认中小学国文读本，必用现代语文作品。因此梁任公、陈独秀、胡适之、朱经农、陶孟和……诸先生在理论问题文中，占了教科书重要部门。然对于生命在发展成长的青年学生，情感方面的启发与教育，意义最深刻的，却应数冰心女士的散文，叶圣陶、鲁迅先生的小说，丁西林先生的独幕剧，朱孟实先生的论文学与人生信札，和佩弦先生的叙事抒情散文。在文学运动理论上，近二十年来有不断的修正，语不离宗，"普及"和"通俗"目标实属问题核心。真能理解问题的重要性，又能把握题旨，从作品上加以试验、证实，且得到有持久性成就的，少数作家中，佩弦先生的工作，可算得出类拔萃。求通俗与普及，国语文学文字理想的标准，是经济、准确和明朗，佩弦先生都若在不甚费力情形中运用自如，而得到极佳成果。一个伟大作家最基本的表现力，是用那个经济、准确、明朗文字叙事，这也就恰是近三十年有创造欲，新作家待培养、待注意、又照例疏忽了的一点。正如作家的为人，伟大本与素朴不可分。一个作家的伟大处，"常人品性"比"英雄气质"实更重要。但是在一般人习惯前，却常常只注意到那个英雄气质而忽略了近乎人情的厚重质实品性。提到这一点时，更让我们想起"佩弦先生的死去，不仅在文学方面损失重大，在文学教育方面损失更为重大"；冯友兰先生在棺木前说的几句话，十分沉痛。因为冯先生明白"教育"与"文运"同样实离不了"人"，必以人为本。文运的开辟荒芜，少不了一二冲锋陷阵的斗士，扶育生长，即必需一大群有耐心和韧性的人来从事。文学教育则更需要能持久以恒兼容并包的人主持，才可望工作发扬光大。佩弦先生伟大得平凡，从教育看远景，是惟有这种平凡作成一道新旧的桥梁，才能影响深远的。

我认识佩弦先生本人时间较晚，还是民十九以后事。直到民二十三，才同在一个组织里编辑中小学教科书，隔二三天有机会在一处商量文字，斟酌取舍。又同为一副刊一月刊编委，每二星期必可集会一次，直到抗战为止。西南联大时代，虽同在一系八年，因家在乡下，除每星期上课有二三次碰头，反而不易见面。有关共事同处的愉快印象，照我私意说来，潘光旦、冯芝生、杨今甫、俞平伯四先生，必能有纪念文章写得更亲切感人。四位的叙述，都可作佩弦先生传记重要参考资料。我能说的印象，却将用本文起始十余字概括。

一个写小说的人，对人特别看重性格。外表轮廓线条与人不同处何在，并不重要。最可贵的是品性的本质，与心智的爱恶取舍方式。我觉得佩弦先生性格最特别处，是拙诚中的妩媚，即调和那点"外润而内贞"形成的趣味和爱好。他对事，对人，对文章，都有他自己意见，见得凡事和而不同，然而差别可能极小。他也有些小小弱点，即调和折衷性，用到文学方面时，比如说用到鉴赏批评方面，便永远具教学上的见解，少独具肯定性。用到古典研究方面，便缺少专断议论，无创见创获。即用到文学写作，作风亦不免容易凝固于一定风格上，三十年少变化，少新意。但这一切又似乎和他三十年主持文学教育有关。在清华、联大"委员制"习惯下任事太久，对所主持的一部门事务，必调和折衷方能进行，因之对个人工作为损失，对公家贡献就更多。熟人记忆中如尚记得联大时代常有人因同开一课，各不相下，僵持如摆擂台局面，就必然会觉得佩弦先生的折衷无我处，如何难能可贵！又良好教师和文学批评家，有个根本不同点：批评家不妨处处有我，良好教师却要客观，要承认价值上的相对性，多元性。陈寅恪、刘叔雅先生的专门研究，和最新创作上的试验成就，佩弦先生都同样尊重，而又出于衷心。一个大学国文系主任，这种认识很显然是能将新旧连接文化活用引导所主持一部门工作，到一个更新发展趋势上的。中国各大学的国文系，若还需要办下去，佩弦先生这点精神，这点认识，实值得特别注意，且值得当成一个永久向前的方针。

凡讨论现代中国文学过去得失的，总感觉到有一点困难，即顾此失彼。时间虽仅短短三十年，材料已留下一大堆。民二十四年良友图书公司主持人赵家璧先生，印行新文学大系，欲克服这种困难和毛病，因商量南北熟人用分门负责制编选。或用团体作单位，或用类别作单位。最难选辑的是新诗。佩弦先生担任了这个工作，却又用的是那个客观而折衷的态度，不仅将各方面作品都注意到，即对于批评印象，也采用了一个"新诗话"制度辑取了许多不同意见。因之成为谈新诗一本最合理想的参考读物，且足为新文学选本取法。

　　佩弦先生的《背影》，是近二十五年国内年青学生最熟习的作品。佩弦先生的土耳其式毡帽和灰棉袍，也是西南联大同人记忆最深刻的东西。但这两种东西必需加在一个瘦小横横的身架上，才见出分量，——一种悲哀的分量！这个影子在我记忆中，是从二十三年在北平西斜街四十五号杨宅起始，到"八一三"共同逃难天津，又从长沙临时大学饭厅中，转到昆明青云街四眼井二号，北门街唐家花园清华宿舍一个统舱式楼上。到这时，佩弦先生身边还多了一件东西，即云南特制的硬质灰白羊毛毡。（这东西和潘光旦先生鹿皮背甲，照老式制法上面还带点毛，冯友兰先生的黄布印八卦包袱，为本地孩子辟邪驱灾用的，可称联大三绝。）这毛毡是西南夷时代的毹氀，用来裹身，平时可避风雨，战时能防刀箭，下山时滚转而下还不至于刺伤四肢。昆明气候本来不太热太冷，用不着厚重被盖，佩弦先生不知从何时起床上却有了那么一片毛毡。因为他的病，有两回我去送他药，正值午睡方醒，却看到他从那片毛毡中挣扎而出，心中就觉得有种悲戚。想象他躺在硬板床上，用那片粗毛毡盖住胸腹午睡情形，一定更凄惨。那时节他即已常因胃病，不能饮食，但是家小还在成都，无人照顾，每天除了吃宿舍集团粗粝包饭，至多只能在床头前小小书桌上煮点牛奶吃吃。那间统舱式的旧楼房，一共住了八个单身教授，同是清华二十年同事老友，大家日子过得够寒伦，还是有说有笑，客人来时，间或还可享用点烟茶。但对于一个体力不济的病人，持久下去，消耗情形也就可想而知。房子还坍过一次墙，似在东边，佩弦先生幸好住在北端。

楼房对面是个小戏台，戏台已改作过道，过道顶上还有个小阁楼，住了美籍教授温特。阁楼梯子特别狭小曲折，上下都得一再翻转身体，大个子简直无希望上去。上面因陋就简，书籍、画片、收音机、话匣子，以及一些东南亚精巧工艺美术品，墙角梁柱凡可以搁东西处无不搁得满满的。屋顶窗外还特制个一尺宽五尺长木槽，种满了中西不同的草花。房中还有只好事喜弄的小花猫，各处跳跃，客人来时，尤其欢喜和客人戏闹。二丈见方的小阁楼，恰恰如一个中西文化美术动植物罐头，不仅可发现一民族一区域热情和梦想，痛苦或欢乐的式式样样，还可欣赏终日接受阳光生意盎然的花草，陶融于其中的一个老人，一只小猫，佩弦先生住处一面和温特教授小楼相对，另一面有两个窗口，又恰当去唐家花园拜墓看花行人道的斜坡，窗外有一簇绿荫荫的树木，和一点芭蕉一点细叶紫干竹子。有时还可看到斜坡边栏干砖柱上一盆云南大雪山种华美杜鹃和白山茶，花开很十分茂盛，寂静中微见凄凉，雨来时风起处一定能送到房中一点簌簌声和淡淡清远香味。

那座戏楼，那个花园，在民初元恰是三十岁即开府西南，统领群雄，反对帝制，五省盟主唐继尧将军的私产。蔡松坡、梁任公，均曾下榻其中。迎宾招贤，举觞称寿，以及酒后歌余，月下花前散步赋诗，东大陆主人的豪情胜概，历史上动人情景，犹恍惚如在目前。然前后不过十余年，主要建筑即早已赁作美领事馆办公处，终日只闻打字机和无线电收音机声音。戏楼正厅及两厢，竟成为数十单身流亡教授暂时的栖身处，池子中一张长旧餐桌上放了几份报，一个不美观破花瓶，破烂萧条恰像是一个旧戏院的后台。戏台阁楼还放下那么一个"鸡尾"式文化罐头。花园中虽经常尚有一二十老花匠照料，把园中花木收拾得很好，花园中一所房子中，小主人间或还在搁有印缅总督，边疆土司，及当时权要所送的象牙铜玉祝寿礼物堆积客厅中，款待客人，举行小规模酒筵舞会，有乐声歌声和行酒欢呼笑语声从楼窗溢出，打破长年的寂静。每逢云南起义日，且照例开放墓园，供市民参观拜谒。凡此都不免更使人感到"一切无常，一切也就是真正历史。"这历史，照例虽存在却不曾保留下来，保留下来的倒常当是"不见马家宅，今作奉诚园"诗人黍离的感慨！就在那么一种情形下，《毁灭》与《背影》作者，站在住处窗口边，没有散文没有诗，默默的过了六年。这种午睡刚醒或黄昏前后镶嵌到绿荫荫窗口边憔悴清瘦的影子，在同住七个老同事记忆中，一定终生不易消失。

在那个住处窗口边，佩弦先生可能会想到传道书所谓"一切虚空"。也可能体味到庄子名言："大块赋我以形，劳我以生，佚我以老，息我以死。"因为从所知道的朋友说来，他实在太累了，体力到那个时候，即已消耗得差不多了。佩弦先生本来还并未老，精神上近年来且表现得十分年青。但是在公家职务上，和家庭担负上，始终劳而不佚，得不到一点应有的从容，就因劳而病死了。

广济寺下院砖塔顶扬起的青烟，这两天可能已经熄灭了。能毁灭的已完全毁灭。但是佩弦先生的人与文，却必然活到许多人生命中，比云南唐府那座用大理石砌就的大坟还坚实永久。

天安门前

近几年来，我因工作关系，无论风晴雨雪，每天早晨晚间都得进出天安门几次。可是试想拿起笔来写写天安门，倒不知从何说起了。

三十年前到北京来观光的人，在城郊各处都常有机会看见成串的骆驼队伍，从容不迫地在灰尘扑扑的道路上前进。每只骆驼背上必驮载两大袋杂粮或煤块。末尾照例还有只小骆驼押队，颈脖下悬个筒子形大铁铃，走动时当当地响。这些铃铛大致是世代相传，经历了许多年月风霜，声音有些已经哑沙沙的了。若机会凑巧，还可看到一种用两只骆驼组成的驼轿，一前一后斜斜的排着，抬着个大木轿笼，摇摇晃晃地走着，它也许正从蒙古、热河长途远道前来，恰好停顿在城外一个店铺前边。那店铺门口屋檐前挂有一块"某某镖局"的招牌。原来《七侠五义》《小五义》中提起的镖客，还有人在继承事业，又还有主顾上门求教。这个古老城市里，当时就还留下许多这类古老社会的标本。有的属于两百年前的，有的属于七八百年前的。骆驼队本来是沙漠中的舰队，在市中心的天安门前发现时，就更加显得这个城市的古老。当时北京电车开行还不多久，若遇骆驼队伍横贯马路时，电车司机照规矩还得暂时停车，等待一会儿，像是人人都得承认这是八百年前北京建都以来的成员，对待它们应当表示一点客气或尊重。

在天安门前，还有青年学生、工人、市民，在这里举行示威游行前的集会。"五四"、"三一八"、"五卅"、"九一八"……除了这些大的登报上书的集会以外，还经常有小规模的，每次虽然不过两、三千人，或

七、八百人，已使得旧军阀官僚感到头疼心烦不好办。因此天安门前有一时曾经各处都种满了白丁香和黄刺玫，不知道的还以为军阀官僚在美化旧都，事实上原来只是有意把广场面积缩小，消极防止爱国青年的示威活动。

三十年来，北京城经历过了许多重大事变，终于解放了。天安门成了人民争取持久和平的象征，共同努力走向幸福美好生活的象征。每逢节日，几十万群众集会游行已成平常事情。时代不同了，骆驼队伍再不容易在这里出现了。现在什么人想看看这种神气庄严、体魄壮伟、耐劳负重的生物，大致得到南口居庸关一带，才有机会偶然碰上。至于住在北京市的小朋友们呢，将来只有到动物园或地志博物馆去，才有希望知道真正的骆驼究竟是什么样子，并且明白成串骆驼由长城外来到北京的种种情形。北京动物园如今若还没有骆驼的位置，我建议不妨加入两三只，并且把它们祖先两千年前就经常载运了各种重要物资，横贯西北大沙漠，对于沟通中原和西域各民族关系，以及在中西文化交通史方面所作的伟大贡献，和二千年来在华北一般交通运输中所起的重要作用，加以适当的说明。更好的自然是将来地志博物馆陈列中表现城乡关系时，能够把三十年前成串骆驼在暮色沉沉时通过天安门前的景象，和解放后几十万群众在这里看五色焰火上冲霄汉、歌舞狂欢的景象，作一个显明对比，可见出两个时代、两种社会，如何截然不同。

天安门前大路上，成串骆驼迈着大方步过路，这种古色古香的、同时也是暮气沉沉的时代，已经完全结束了。代表今天、象征明天的各种新事物，却在不断出现。天安门大白石桥、石狮子前边，我们经常都可发现一群年纪四五岁的小朋友，两颊红都都的，双双拉着手排队上公园去，随着阿姨的指点，一齐暂时停下来欣赏面前那个高大的天安门楼，欣赏毛主席六年前站到那上面向中国人民、向全世界宣布"中国人民站起来了"的那个地方。这个庄严壮丽的大门楼背后，正衬着一片透蓝的天空，一群白鸽子和银星点子一样，在这个蓝空天幕下绕着门楼回旋飞翔。回过头向南边望望，人民英雄纪念碑大棚架已经撤去，全部工程过不久就要完成了。要使得这个纪念碑更加庄严好看一些，扩大四周空地，更新的待施工的建筑群蓝图，应当已经在准备中。

前一代的流血牺牲，为这一代青年学习和工作开辟了无限广阔平坦的道路，这一代的勤劳辛苦，又正在为幼小一代创造更加幸福美好的环境，全中国人民——老年、壮年、青年和儿童，就活在这么一个新的社会中。革命纪念碑全部落成后，夏天黄昏时节，会经常有各种音乐团体，来在纪念碑前边石台上，向市民举行公开演奏会；在这里我们不仅可听到热情优美的民间音乐，还有希望可听到世界各国伟大作曲家最健康悦耳的音乐。到三个五年计划完成时，天安门前的广场，可能已经完全改变了样子，所有看台都用汉白玉石作得整整齐齐，纪念碑附近已展开极宽，四周六七层高的新建筑物群，也大部分用汉白玉石装饰，作得十分华美。这里是革命博物馆，那里是祖国自然资源馆，第三是民族文化馆，第四是工业建设馆，第五是……。到晚上，这些大型建筑物里边，都光亮得和大白天一般，有万千游人进出。纪念碑前却有了二十丈大的巨型新式银幕，用电视方法，放映国家歌舞剧院正在上演的音乐舞蹈节目，免费供给三万市民群众欣赏。也还会看见成串骆驼，正在慢慢地从天安门前边走过，而且押队那只小骆驼，颈脖下那个铃铛，依旧当当地响着，把多数人暂时都吸引到半世纪前北京旧风景画中去。原来这是历史博物馆在用电视教育回述天安门前的种种历史！

过节和观灯

端午给我的特别印象

说起过节和观灯，每人都有份不同的经验。

中国是世界上一个大国，地面广、人口多、历史长、分布全国各民族语言文化风俗习惯又不一样，所以一年四季就有许多种节日，使用不同方式，分别在山上、水边、乡村、城镇举行。属于个人的且家家有份。这些节日影响到衣食住行各方面，丰富人民生活的内容，扩大历史文化的面貌，也加深了民族团结的感情。一般吃的如年糕、粽子、月饼、腊八粥，玩的如花炮、焰火、秋千、风筝、灯彩、陀螺、兔儿爷、胖阿福，穿戴的如虎头帽、猫猫鞋、作闹龙舟和百子观灯图的衣裙、坎肩、涎围和围裙……就无一不和节令密切相关。较古节日已延长了二三千年，后起的也有千把年历史，经史等古籍中曾提起它种种来历和举行的仪式。大多数节日常和农事生产相关，小部分则由名人故事或神话传说而来，因此有的虽具全国性，依旧会留下些区域特征。比如为纪念屈原的五月端阳，包粽子，悬蒲艾，戴石榴花，虽然已成全国习惯，但南方的龙舟竞渡，给青年、妇女及小孩子带来的兴奋和快乐，就决不是生长在北方平原的人所能想象的！

大江以南，凡是有河流可通船舶处，无论大城小市，端午必照例举行赛船。这些特制龙船多窄而长，有的且分五色，头尾高张，转动十分灵便。平时搁在岸上，节日来临前，才由二三十个特选少壮青年，在鞭炮轰响、欢笑呼喊中送请下水。初五叫小端阳，十五叫大端阳，正式比赛或由初三到初五，或由初五到十五。沅水流域的渔家子弟，白天玩不尽兴，晚上犹继续进行，三更半夜后，住在河边的人从睡梦中醒来时，还可听到水面飘来蓬蓬当当的锣鼓声。近年来我的记忆力日益衰退，可是四十多年前在一条六百里长的沅水和五个支流一些大城小镇度过的端阳节，由于乡情风俗热烈活泼，将近半个世纪，种种景象在记忆中还明朗清楚，不褪色，不走样。

因此还可联想起许多用"闹龙舟"作题材的艺术品。较早出现的龙舟，似应数敦煌壁画，东王公坐在上面去会西王母，云游远方，象征"驾六龙以驭天"。画虽成于北朝人手，最先稿本或可早到汉代。其次是《洛神赋图卷》，也有个相似而不同的龙舟，仿佛"驾玉虬而偕逝"情形，作为曹植对洛神的眷恋悬想。虽历来当作晋代大画家顾恺之手笔，产生时代又可能较晚些。还有个长及数丈元明人传摹唐李昭道《阿房宫图卷》，也有几只装饰华美的龙凤舟，在一派清波中从容荡漾，和结构宏伟建筑群相呼应。只是这些龙舟有的近于在水云中游行的无轮车子，有的又和五月端阳少直接关系。由宋到清，比较著名的画还有张择端《金明争标图》，宋人《龙舟图》，元人王振鹏《龙舟竞渡图》，宋人《西湖竞渡图》，明人《龙舟竞渡图》……画幅虽不大，作得都相当生动美丽，反映出部分历史真实。故宫收藏清初十二月令画轴五月端阳龙舟图，且画得格外华美热闹。

此外明清工人用象牙、竹木和剔红雕填漆作的龙船，也有工艺精巧绝伦的。至于应用到生活服用方面，实无过西南各省民间挑花刺绣；被面、帐檐、门帘、枕帕、围裙、手巾、头巾和小孩子穿的坎肩、涎围、戴的花帽，经常都把"闹龙舟"作主题，加以各种不同艺术表现，作得异常精美出色。当地妇女制作这些刺绣时，照例必把个人节日欢乐的回忆，作新嫁娘作母亲对于家庭的幸福愿望，对于儿女的热爱关心，连同彩色丝线交织在图案中。闹龙舟的五彩版画，也特别受农村中和长年寄居在渔船上货船上的妇孺欢迎，能引起他们种种欢乐回忆和联想。

记忆中的云南跑马节

还有特具地方性的跑马节，是在云南昆明附近乡下跑马山下举行的。这种聚集了近百里内四乡群众的盛会，到时百货云集，百艺毕呈，对于外乡人更加开眼。不仅引人兴趣，也能长人见闻。来自四乡载运烧酒的马驮子，多把酒坛连驮架就地卸下，站在一旁招徕主顾，并且用小竹筒不住舀酒请人品尝。有些上点年纪的人，阅兵点将一般，到处走去，点点头又摇摇头，平时若酒量不大，绕场一周，也就不免给那喷鼻浓香酒味熏得摇摇晃晃有个三分醉意了。各种酸甜苦辣吃食摊子，也都富有云南地方特色，为外地所少见。妇女们高兴的事情，是城乡第一流银匠到时都带了各种新样首饰，选平敞地搭个小小布棚，展开全部场面，就地开业，煮、炸、搥、钻、吹、镀、嵌、接，显得十分热闹。卖土布鞋面枕帕的，卖花边阑干、五色丝线和胭脂水粉香胰子的，都是专为女主顾而准备。文具摊上经常还可发现木刻《百家姓》和其他老式启蒙读物。

大家主要兴趣自然在跑马，特别关心本村的胜败，和划龙船情形相差不多。我对于赛马兴趣并不大。云南马骨架多比较矮小，近于古人说的"果下马"，平时当坐骑，爬山越岭腰力还不坏，走夜路又不轻易失蹄。在平川地作小跑，钻子步走来匀称稳当，也显得满有精神。可是当时我实另有会心，只希望从那些装备不同的马背上，发现一点"秘密"。因为我对于工艺美术有点常识，漆器加工历史有许多问题还未得解决。读唐宋人笔记，多以为"犀皮漆"作法来自西南，系由马鞍鞴涂漆久经磨擦而成。"波罗漆"即犀皮中一种，"波罗"由樊绰《蛮书》得知即老虎别名，由此可知波罗漆得名便在南方。但是缺少从实物取证，承认或否认仍难肯定。我因久住昆明滇池边乡下，平时赶火车入城，即曾经从坐骑鞍桥上发现有各种彩色重迭的花斑，证明《因话录》等记载不是全无道理。所谓秘密，就是想趁机会在那些来自四乡装备不同的马背上，再仔细些探索一下究竟。结果明白不仅有犀皮漆云斑，还有五色相杂牛毛纹，正是宋代"绮纹刷丝漆"的作法。至于宋明铁错银马镫，更是随处可见。云南本出铜漆，又有个工艺传统，马具制作沿袭较古制度，本来极平常自然。可是这些小发现，对我说来却意义深长，因为明白"由物证史"的方法，此后应用到研究物质文化史和工艺图案发展史，都可得到不少新发现。当时在人马群中挤来钻去，十分满意，真正应合了古人说的，"相马于牝牡骊黄之外"。但过不多久，更新的发现，就把我引诱过去，认为从马背上研究老问题，不免近于卖呆，远不如从活人中听听生命的颂歌为有意思了。

原来跑马节还有许多精彩的活动，在另外一个斜坡边，比较僻静长满小小马尾松林子和荆条丛生的地区，那里到处有一簇簇年轻男女在对歌，也可说是"情绪跑马"，热烈程度绝不下于马背翻腾。云南本是个诗歌的家乡，路南和迤西歌舞早著名全国。这一回却更加丰富了我的见闻。

这是种生面别开的场所，对调子的来自四方，各自蹲踞在松树林子和灌木丛沟凹处，彼此相去虽不多远，却互不见面。唱的多是情歌酬和，却有种种不同方式，或见景生情，即物起兴，用各种丰富譬喻，比赛机智才能。或用提问题方法，等待对方答解。或互嘲互赞，随事押韵，循环无端。也唱其他故事，贯穿古今，引经据典，当事人照例一本册，滚瓜熟，随口而出。在场的既多内行，开口即见高低，含糊不得。所以不是高手，也不敢轻易搭腔。那次听到一个年轻妇女一连唱败了三个对手，逼得对方哑口无言，于是轻轻的打了个吆喝，表示胜利结束，从荆条丛中站起身子，理理发，拍拍绣花围裙上的灰土，向大家笑笑，意思像是说："你们看，我唱赢了"，显得轻松快乐，拉着同行女伴，走过江米酒担子边解口渴去了。

这种年轻女人在昆明附近村子中多得是。性情明朗活泼，劳动手脚勤快，生长得一张黑中透红枣子脸，满口白白的糯米牙，穿了身毛蓝布衣裤，腰间围个钉满小银片扣花葱绿布围裙，脚下穿双云南乡下特有的绣花透孔鞋，油光光辫发盘在头上。不仅唱歌十分在行，大年初一和同伴各个村子里去打秋千，用马皮作成三丈来长的秋千条，悬挂在高树上，蹬个十来下就可平梁，还悠游自在若无其事！

在昆明乡下，一年四季早晚，本来都可以听到各种美妙有情的歌声。由呈贡赶火车进城，向例得骑一匹老马，慢吞吞的走十里路。有时赶车不及还得原骑退回。这条路得通过些果树林、柞木林、竹子林和几个有大半年开满杂花的小山坡。马上一面欣赏土坎边的粉蓝色报春花，在轻和微风里不住点头，总令人疑心那个蓝色竟像是有意摹仿天空而成的。一面就听各种山鸟呼朋唤侣，和身边前后三三五五赶马女孩子唱的各种本地悦耳好听山歌。有时面前三五步路旁边，忽然出现个花茸茸的戴胜鸟，蠢起头顶花冠，瞪着个油亮亮的眼睛，好像对于唱歌也发生了兴趣，征询我的意见，经赶马女孩子一喝，才扑着翅膀掠地飞去。这种鸟大白天照例十分沉默，可是每在晨光熹微中，却欢喜坐在人家屋脊上，"郭公郭公"反复叫个不停。最有意思的是云雀，时常从面前不远草丛中起飞，扶摇盘旋而上，一面不住唱歌，向碧蓝天空中钻去。仿佛要一直钻透蓝空。伏在草丛中的云雀群，却带点鼓励意思相互应和。直到穷目力看不见后，忽然又像个小流星一样，用极快速度下坠到草丛中，和其他同伴会合，于是另外几只云雀又接着起飞。赶马女孩子年纪多不过十四五岁，嗓子通常并没经过训练，有的还发哑带沙，可是在这种环境气氛里，出口自然，不论唱什么，都充满一种淳朴本色美。

大伙儿唱得最热闹的叫"金满斗会"，有一次由村子里人发起举行，到时候住处院子两楼和那道长长屋廊下，集合了乡村男女老幼百多人，六人围坐一桌，足足坐满了三十来张矮方桌，每桌各自轮流低声唱《十二月花》，和其他本地好听曲子。声音虽极其轻柔，合起来却如一片松涛，在微风荡动中舒卷张弛不定，有点龙吟凤哕意味。仅是这个唱法就极其有意思。唱和相续，一连三天才散场。来会的妇女占多数，和逢年过节差不多，一身收拾得清洁索利，头上手中到处是银光闪闪，使人不敢认识。我以一个客人身份挨桌看去，很多人都像面善，可叫不出名字。随后才想起这里是村子口摆小摊卖酸泡梨的，那里有城门边挑水洗衣的，此外打铁箍桶的工匠，小杂货商店的管事，乡村土医生和阉鸡匠，更多的自然是赶马女孩子和不同年龄的农民和四处飘乡赶集卖针线花样的老太婆，原来熟人真不少！集会表面说辟疫免灾，主要作用还是传歌。由老一代把记忆中充满智慧和热情的东西，全部传给下一辈。反复唱下去，到大家熟习为止。因此在场年老人格外兴奋活跃，经常每桌轮流走动。主要作用既然在照规矩传歌，不问唱什么都不犯忌讳。就中最当行出色是一个吹鼓手，年纪已过七十，牙齿早脱光了，却能十分热情整本整套的唱下去。除爱情故事，此外嘲烟鬼，骂财主，样样在行，真像是一个"歌库"。（这种人在我们家乡则叫做歌师傅。）小时候常听老太婆口头语，"十年难逢金满斗"，意思是盛会难逢，参加后才知道原来如此。

同是唱歌，另外有种抒情气氛，而且背景也格外明朗美好，即跑马节跑马山下举行的那种会歌。

西南原是诗歌的家乡，我听到的不过是极小范围内一部分而已。解放后人民自己当家作主，生活日益美好，心情也必然格外欢畅，新一代歌手，都一定比三五十年前更加活泼和热情。唱歌选手兼劳动模范，不是五朵金花，应当是万朵金花！

灯节的灯

　　元宵节主要在观灯。观灯成为一种制度，比较正确的记载，实起始于唐初，发展于两宋，来源则出于汉代燃灯祀太乙。灯事迟早不一，有的由十四到十六，有的又由十五到十九。"灯市"得名并扩大作用，也是从宋代起始。论灯景壮丽，过去多以为无过唐宋。笔记小说记载，大都说宫廷中和贵族戚里灯彩奢侈华美的情况。

　　观灯有"灯市"，唐人笔记虽记载过，正式举行还是从北宋汴梁起始，南宋临安续有发展，明代则集中在北京东华门大街以东八面槽一带。从《东京梦华录》和其他记述，得知宋代灯市计五天，由十五到十九。事先必搭一座高达数丈的"鳌山灯棚"，上面布置各种灯彩，燃灯数万盏。封建皇帝到这一天，照例坐了一顶敞轿，由几个得力太监抬着，倒退行进，名叫"鹁鸽旋"，便于四面看人观灯。又或叫几个游人上前，打发一点酒食，旧戏中常用的"金杯赐酒"即由之而来。说的虽是"与民同乐"，事实上不过是这个皇帝久闭深宫，十分寂寞无聊，大臣们出些巧主意，哄着他开心遣闷而已。宋人笔记同时还记下许多灯彩名目。"琉璃灯"可说是新品种，不仅在富贵人家出现，商店中也起始用它来招引主顾，光如满月。"万眼罗"则用红百纱罗拼凑而成。至于灯棚和各种灯球的式样，有《宋人观灯图》和《宋人百子闹元宵图》，还为我们留下些形象材料。由此得知，明清以来反映到画幅上如《金瓶梅》《宣和遗事》和《水浒传》插图中种种灯景，和其他工艺品——特别是保留到明清锦绣图案中，百十种极其精美好看旁缀珠玉流苏的多面球形灯，基本上大都还是宋代传下来的式样。另外画幅上许多种鱼、龙、鹤、凤、巧作灯、儿童竹马灯、在地下旋转不停的滚灯，也由宋代传来。宋代"琉璃灯"和"万眼罗"，明代的"金鱼住水灯"，和用千百蛋壳作成的巧作灯，用冰作成的冰灯，式样作法虽已难详悉，至于明代有代表性实用新品种，"明角灯"和"料丝灯"，实物还有遗存的。历史博物馆又还有个明代宫中行乐图，画的是宫中过年情形，留下许多好看宫灯式样。上面还有个松柏枝扎成挂八仙庆寿的鳌山灯棚，及灯节中各种杂剧活动，焰火燃放情况，并且还有一个乐队，一个"百蛮进宝队"，几个骑竹马灯演《三战吕布》戏文故事场面，画出好些明代北京民间灯节风俗面貌。货郎担推的小车，还和宋元人画的货郎图差不多，车上满挂各种小玩具和灯彩，货郎作一般小商人装束。照明人笔记说，这种种却是专为宫廷娱乐仿照市上风光预备的。

新的时代灯节已完全为人民所有，作灯器材也大不同过去，对于灯的要求又有了基本改变，节日即或依旧照时令举行，意义已大不相同了。

古代灯节不只是正月元宵，七月的中元，八月的中秋，也常有灯事。解放后，则五一劳动节和十一国庆节，全国各处都无不有盛会庆祝。天安门前广场和人民大会堂的节日灯景，应说是极尽人间壮观。不仅是历史上少见，更重要还是人民亲手创造，又真正同享共有这一切。

关于天安门节日的灯火，已经有了许多好文章好报导。另外我记得特别亲切的，却是前后四个月施工期间，广场中那一片辉煌灯火。因为首都所有机关工作同志和万千市民，都曾经热情兴奋在灯火下，和工人、农民、解放军一道，为这个有历史性的广场和两旁宏伟建筑出过一把力。

从个人经验来说，解放以后另外还有许多灯景，也这么具有历史意义，给我以深刻难忘印象。比如十三陵水库大坝落成前夕的灯，就是其中之一。

　　在修建这个水库时，我和作家协会几个同志前后曾到过四次：第一次是初步开工，指挥所还设在山脚一个小村子里。第二次已开始在挖底，指挥所移到了大坝前小孤山。第四次是落成前一星期，大家正分别住在工地附近帐篷中，气候热得出奇。每天早晚除分别拜访劳动模范，照例必去工地看看工程进展。前一天还眼见各处是大小不一的土石堆，各处是搬运土石的车辆和人流，空中到处牵满了电线，地面到处有水管纵横。堤坝下边长链条的运石子机、拌和水泥机，和堤上压路机、起重机，轰轰隆隆的响成一片。大坝虽在不断增高，到处都似乎还乱乱的，不像十天半月能完工。这天晚上我和几个同志又去看看时，才大吃一惊，原来不过一天工夫，工地全部已变了样子。所有机器全都不见了，一切土石堆打扫得干干净净、平平整整像个公园一样。堤坝下空落落的，堤坝上也无一个人，整个环境静得出奇。天上星月嵌在宁静蓝空中，也像是大了近了许多。正当我们到达坝上时，忽然间大坝下广场里十二万盏五色电灯齐明，让我们仿佛突然进到一个童话仙境里一般。我们就浮在这个闪烁不定的星海上，直到半夜。这种神奇动人的灯景，实在不是任何另外一时其他灯景能够代替的。第二天晚上，正式举行庆祝落成典礼时，约有二十万工人、农民和解放军及三百来个专业文艺团体及其他民间文艺队伍参加，在灯光下进行联欢演出。我们先是在堤坝上看了许久，随后又到堤下人丛中各处挤去。灯光下种种动人景象，也是无从让别的灯景代替的。十多年来，国家基本建设在全国范围内进行，亿万人民在党领导下完成了数不清的水库、桥梁、工厂、学校、万千座高楼大厦，每次欢庆落成典礼时，都必然有同样热烈的庆祝大会在灯火烛天热闹光景下举行，身预其事的人，一定怀着和我们差不多的感情，留在记忆中的灯景，想忘记也忘记不了！

　　前年岁暮年末，我和作家协会几个同志，在革命圣地井冈山茨坪参观访问，正赶上青年干部下放参加山区建设四周年纪念日。这几百个年轻同志，都是四年前离开学校，响应党的号召，来自全国各地，上山建设新山区的新型知识分子，其中女性且占一半。此外还有井冈歌舞团全体，和来自瓷都景德镇的歌舞团全体。管理局朱局长，却生长在附近山村里，十多岁就参加了工农红军，跟随毛主席万里长征，现在又重新上山，领导青年建设新山区。八百多公尺高的茨坪，过去不到二十户人家，近来已有三十多座大小楼房。新落成的七层大厦，依山据胜，远望常在云雾中的井冈山顶峰，青碧明灭，变幻不测，近接群峰，如相互揖让。礼堂在革命博物馆附近，灯光下一个个年轻健康红润的脸孔，无不见出活泼中的坚韧，对于改变山区面貌，具有克服困难完成工作的信心。四年来这些青年和当地人民、解放军战士一道参加公路、水电站，及其他开荒生产建设取得的成就，和自我思想改造的成就，都十分显明。大会结束后，我们和歌舞团一群青年朋友回转招待所时，天已落了大雪，远近一片白濛濛。一面走一面想起红军刚上山来种种情形。在这种光景下，把国家过去、当前和未来贯串起来，一切景象给我的教育意义，真是格外深长。这种灯景也是我一生难忘的。

　　由于解放后有机会看到过这么一些背景各不相同壮丽庄严的灯景，从这些灯景中体会出国家在中国共产党的领导下，亿万人民真正当家作主后，通过有计划、有组织、有目的的长期劳动，如何在迅速改变整个国家的面貌。社会不断前进，而灯节灯景也越来越宏伟辉煌，并且赋以各种不同深刻意义。回过头来看看半世纪前另外一些小地方年节风俗，和规模极小的灯节灯景，就真像是回到一个极其古老的历史故事里去了。

　　我生长家乡是湘西边上一个居民不到一万户口的小县城，但是狮子龙灯焰火，半世纪前在湘西各县却极著名。逢年过节，各街坊多有自己的灯。由初一到十二叫"送灯"，只是全城敲锣打鼓各处玩去。白天多大锣大鼓在桥头上表演戏水，或在八九张方桌上盘旋上下。晚上则在灯火下玩蚌壳精，用细乐伴奏。十三到十五叫"烧灯"，主要比赛转到另一方面，看谁家焰火出众超群。我照例凭顽童资格，和百十个大小顽童，追随队伍城厢内外各处走去，和大伙在炮仗焰火中消磨。玩灯的不仅要气力，还得要勇敢，为表示英雄无畏，每当场坪中焰火上升时，白光直泻数丈。有的还大吼如雷，这些人却不管是"震天雷"还是"猛虎下山"，照例得赤膊上阵，迎面奋勇而前。我们年纪小，还无资格参预与这种剧烈活动，只能趁热闹在旁呐喊助威。有时告奋勇帮忙，许可拿个松明火炬或者背背鼓，已算是运气不坏。因为始终能跟随队伍走，马不离群。直到天快发白，大家都烧得个焦头烂额，精疲力尽。队伍中附随着老渔翁和蚌壳精的，蚌壳精向例多选十二三岁面目俊秀姣好男孩子充当，老渔翁白须白发也假得俨然，这时节都现了原形，狼狈可笑。乐队鼓笛也常有气无力板眼散乱的随意敲打着。有时为振作大伙精神，乐队中忽然又悠悠扬扬吹起"端八板"来，狮子耳朵只那么摇动几下，老渔翁和蚌壳精即或得应着鼓笛节奏，当街随意兜两个圈子，不到终曲照例就瘫下来，惹得大家好笑！最后集中到个会馆前点验家伙散场时，正街上江西人开的南货店布店，福建人开的烟铺，已经放鞭炮烧开门纸迎财神，家住对河的年轻苗族女人，也挑着豆豉萝卜丝担子上街叫卖了。

有了这个玩灯烧灯经验底子，长大后读宋代咏灯节灯事的诗词，便觉得相当面熟，体会也比较深刻。例如吴文英作的《玉楼春》词上半阕：

> 茸茸狸帽遮梅额，金蝉罗剪胡衫窄，
> 乘肩争看小腰身，倦态强随闲鼓拍。

写的虽是八百年前元夜所见，一个小小乐舞队年轻女子，在夜半灯火阑珊兴尽归来时的情形，和半世纪前我的见闻竟相差不太多。因为那八百年虽经过元明清三个朝代，只是政体转移，社会变化却不太大。至于解放后虽不过十多年，社会却已起了根本变化，我那点儿时经验，事实上便完全成了历史陈迹，一种过去社会的风俗画。边远小地方年轻人，或者还能有些相似而不同经验，可以印证，生长于大都市见多识广的年轻人，倒反而已不大容易想象种种情形了。

我所见到的
司徒乔先生

我初次见司徒乔先生，是在半个世纪以前。记得约在一九二三年，我刚到北京的第二年，带着我的那份乡下人模样和一份求知的欲望，和燕京大学的一些学生开始了交往。最熟的是董景天，可说是最早欣赏我的好友之一人。常见的还有张采真、焦菊隐、顾千里、刘潜初、韦丛芜、刘廷蔚等等。当时的燕京大学校址在盔甲厂。一次，在董景天的宿舍里我见到了司徒乔。他穿件蓝卡机布旧风衣，随随便便的，衣襟上留着些油画色彩染上的斑斑点点，样子和塞拉西皇帝有些相通处。这种素朴与当时燕京的环境可不大协调，因为洋大学生是多半穿着洋服的。若习文学，有的还经常把一只手插在大衣襟缝中作成拜伦诗人神气。还有更可笑处，就是只预备写诗，已印好了加有边款"××诗稿"信笺的这种诗人。我被邀请到他的宿舍去看画。房中墙上，桌上，这里，那里，到处是画，是他的素描速写。我没受过西洋画训练，不敢妄加评论。静物写生，我没有兴趣，却十分注意他的人物速写。那些实实在在、平凡、普通、底层百姓的形象，与我记忆中活跃着的家乡人民有些相像又有些不同，但我感到亲切，感到特别大的兴趣，因为他"所画"的正是我"想写"的旧社会中所谓极平常的"下等人"。第一次见面，司徒乔给我的印象就极好。我喜欢他为人素朴，我还喜欢他墙上桌上的那些画。

不久，一九二四年大革命爆发，燕京中熟人不少参加革命去了武汉、广州。我却仍在北京过那种不易生活的"职业作家"的生活。他们来信邀我去武汉，我当时工作刚刚打下基础，以为去上海或许更合适一些。到一九二八、二九年间，因国共破裂，武汉局势动荡极大，不少熟人没有在这种白色大恐怖中牺牲的，多陆续来到上海聚合了。在重聚的人中，除董景天、张采真等，还有司徒乔。这位年青的画家，仍然是那个素朴的样子，他为我们带回了不少作品。对他的人和画，一九二八年我在《司徒乔君吃的亏》一文中曾写道：

> 此时的中国，各样的艺术，莫不是充满了权势，虚伪，投机取巧的种种成分，那里容得下所谓诚实？……

> 在一种无望无助中，他把每一个日子都耗费到为长于应世的"高明人"所不为的实际努力下了。没有颜料则用油去剥洗锡管中剩余红绿，没有画布则想法子用所有可当的衣物去换取，仍然作成了许多很好的作品，这傻处是我想介绍给大家知道的。我们若相信一个好的时代会快来，要这时代迈开脚步走近我们，在艺术上就似乎还需要许多这样傻子，才配合得上时代需要！

> 一种了解，一种认识，从了解与认识中产生出一点儿真实同情，从了解与认识中得到一点儿愉快，这在他，是已算很满意了！

因为那时的上海"艺术家"，多流行长头发、黑西服、大红领结，以效仿法国派头为时髦乐事。艺术家还必须得善交际，会活动，才吃得开。司徒乔的素朴与这种流行风尚不免格格不入。我却推崇他的实践态度，以为难得可贵。在我看来，文学与绘画是同样需要这种素朴诚实，不装模作样，不自外于普通人的生活，才能取得应有进展的。我对司徒乔已不仅是喜欢，而是十分钦佩了。

一九三三年我从青岛大学到北京工作，又有机会见到了司徒乔先生。当时他住在什刹海冰窖胡同，已经结婚。经过社会的大动荡，重又相见，彼此感觉格外亲热。谈话间自然要欣赏他的新作。生活虽从无安定，他的画却已愈见成熟。不久他就主动提出要为我画张像，留个纪念，约好在北海"仿膳"一个角落作画。到时他果然带了画具赴约，一连三个半天，他极认真地为我画了张二尺来高半身肖像。是粉彩画。朋友们都说画得好，不仅画得极像，且十分传神。他自己也相当满意，且说，此生为泰戈尔画过像，为周氏兄弟画过像，都感到满意，此像为第四回满意之作。他的热情令我感动，这幅肖像成为一件纪念品，好好保存在我的身边。

卢沟桥事变后，清华、北大、南开组成西南联大，在昆明集中。司徒乔先生为我画的肖像随同我到了昆明，整整八年，抗战胜利后，我随北大迁回北京，仍旧带着这幅十分珍贵的画像。听说司徒乔先生也回到了北京，在西郊卧佛寺附近买了所小小的画室。我和家中人去拜访他，见到了相隔十多年的老友和他这段时期的许多作品。给我印象最深处，是他还始终保持着原来的素朴、勤恳的工作态度。他不声不响的，十分严肃的把自己当成人民中的一员去接近群众，去描绘现实生活中被压迫的底层人物，代他们向那个旧社会提出无言的控诉。他依旧保留着他的诚实和素朴。这诚实，这素朴，却是多年来一直为我所钦佩和赞赏的。而在同时"艺术家"中，却近于希有少见的品质。

司徒乔先生经历了无数挫折，到了可以好好为他热爱的祖国人民作画的新社会，却过早地被病魔夺去了生命。他为我画的肖像，在文化大革命中也失去了！永远不会失去的，将是许多崇敬喜爱他的人对他的记忆！他的工作态度既曾经影响到我的工作，也还必将为更多的人所学习。他在世时从没有过什么得意处，也没有赫赫显要的名声，但他虽死犹生。他给我的最初印象至今还不曾淡漠，永远不会淡漠的！